호랑이성의 마법사

THE MAGICIAN OF TIGER CASTLE by Louis Sachar
Copyright ⓒ 2025 by Louis Sachar
All rights reserved.

Korean translation copyright ⓒ 2025 by Changbi Publishers, Inc.
Korean translation rights arranged with Trident Media Group,
LLC c/o Louis Sachar through KCC.

이 책의 한국어판 저작권은 KCC를 통한
Trident Media Group, LLC 와의 독점 계약으로 (주)창비가 소유합니다.
저작권법에 의해 한국 내에서 보호를 받는 저작물이므로
무단 전재와 복제를 금합니다.

호랑이성의 마법사

THE MAGICIAN OF TIGER CASTLE

루이스 새커 장편소설
김영선 옮김

창비

차례

제1부 위험한 개입 009

제2부 의도치 않은 결과 213

제3부 끝없이 기나긴 끝 395

감사의 말 410

옮긴이의 말 412

쿨 브리저스 친구들에게

제1부

위험한 개입

1
귀향

그리하여 지금 나는 여기 앉아 있다. 중세의 모습을 잘 보존한 마을에서, 전형적인 미국인 관광객 차림새로 야외 테이블에서 카푸치노를 마신다. 저 멀리 호랑이성이 보인다. 여명에 붉게 물든 하늘을 배경으로 성의 망루와 작은 탑들이 윤곽을 드러낸다. 나는 아몬드크루아상을 한 조각 떼어 후드티 앞주머니에 넣는다.

손에 멍이 들고 왼쪽 손목을 삔 것 같다. 여기 거리는 모양도 크기도 제각각인 넓적한 돌로 포장되어 있다. 돌과 돌 사이 틈이 꽤 넓은 곳들이 있다. 비틀거리다 넘어진 사람이 내가 처음은 아니었을 것이다. 가장 크게 상처받은 것은 나의 품위였다.

길을 이대로 놔둔 것은 진짜 중세 마을처럼 보이려는 의도겠지만, 오백 년 전이라면 이 거리에는 커피도 초콜릿도 없었을 것이다. 그런 사치는 **포폴로 그라소** 즉 '뚱뚱한 사람들'만이 누릴 수 있었다. '작은 사람들'을 뜻하는 **포폴로 미누토**는 주로 빵과 에일 맥주와 어렵사리 직접 재배한 채소를 먹었다.

당시에는 상점이 따로 있는 것이 아니라 물건을 만드는 장인의 집이 곧 상점이었다. 앞방에서는 장인이 일하고, 뒷방에서는 온 가족이 함께 잠을 잤다. (프라이버시는 포폴로 그라소만이 누릴 수 있었다.) 장인은 앞방의 덧문을 길 쪽으로 내려 상품을 올려놓는 진열대로 썼다.

여기 돌들은 처음부터 있었을 테지만, 오백 년 전에는 돌과 돌 사이의 틈이 차진 흙으로 고르게 메워져 있었다. 폭우가 오고 나면 우리는 흙이 묻지 않도록 신발 바닥에 나무판자를 대서 묶고 다녀야 했다.

어제 호랑이성을 구경했다. 투어 가이드에 따르면, 호랑이들은 정성껏 보살핌 받고 있고, 과학적인 비율로 배합한 고기와 영양제를 먹는다고 했다. 1523년에는 호랑이들이 염소, 돼지, 양, 말 등을 산 채로 먹었고, 이따금 사람도 먹었다.

당시에는 호랑이성이라고 부르지 않았다. 그냥 성이라고 하거나 에스콰베타 성이라고 불렀다. 에스콰베타 왕국은 이제 사라지고 없다.

투어 가이드는 복도를 오가고 계단을 오르내리며 우리를 안내하면서 성에 살았던 사람들의 이야기를 들려주었다. 권력이 너무 막강해 속삭이는 것만으로도 충분했던 '속삭이는 왕' 이야기. 남편인 왕을 죽이고 다른 왕과 결혼한 위험천만한 왕비 이야기도 있었다. 가이드는 결혼식 날 밤 납치되어 살해당한 아름다운 공주의 비극적인 이야기도 들려주었다.

가이드가 위대한 마법사 아나톨을 한 번도 언급하지 않아 서운했지만, 따지고 보면 당연한 일이었다. 역사는 정복당한 자의 기록이 아니니까. 더구나 요즘은 마법사를 그저 눈속임으로 재미를 주는 사람으로만 여길 뿐이니. 1500년대에는 사실상 과학과 마법의 경계가 없었다. 화약은 동물 똥으로 만들었다. 그것은 마법이었을까, 과학이었을까? 모래가 유리로 변할 수 있다면, 왜 금으로 변할 수는 없을까?

거대한 유리 코끼리를 보고는 깜짝 놀랐다. 성이 여러 번 정복당했던 터라 이미 오래전에 부서졌을 줄 알았다.

가이드는 비밀 통로의 입구를 가리켰지만, 실망스럽게도 안으로 들어가는 것은 허용되지 않았다. 너무 위험하다나.

요즘에는 누구나 소송을 걱정한다. 내가 비밀 통로를 지나갈 수 있다면, 다른 투어 참가자들도 당연히 통과할 수 있을 것이었다. 우리 일행 중 가장 민첩하지 못한 사람은 아무래도 나 같았으니 말이다.

가이드는 우리를 지하 감옥으로 안내했다. 그곳에서 전등을 끄고(그렇다, 이제 전기가 들어온다) 삼십 초 동안 칠흑 같은 어둠을 경험하게 했다. 그러고는 지하 감옥에 백 년 동안 갇혔던 죄수에 대해 이야기했다! 가이드는 그 죄수를 거룩한 성자처럼 묘사했다.

지금 커피를 마시고 있지만, 원래 나는 차를 즐겨 마셨다. 어떤 사람들은 나를 차 마니아라고 부르지만 나는 차 애호가라는 표현을 선호한다. 한 모금만 마셔도 어떤 차인지는 물론이고 어디서 재배했는지, 재배지의 고도는 어느 정도인지, 근처에 어떤 야생화들이 있었는지까지 말할 수 있었다.

예민한 후각과 미각이야말로 나의 성공의 주된 요인이었던 것 같다. 직관도 한몫했지만, 사실 직관은 주변 세상을 주의 깊게 관찰한 결과물일 뿐이다. 직관적으로 내린 결정이라고 여겼던 경우들도 따지고 보면 나의 정신세계 속 어딘가에 있는 지식에 기반한 결정인 때가 허다했다.

나의 다른 신체 기능은 온전히 유지되고 있지만, 아쉽게도 후각과 미각은 현저히 무뎌졌다. 이제는 쓰고 강한 맛만 느낄 수 있다. 그래서 무화과보다 양파를 더 좋아한다. 그리고 참으로 애석하게도 차에서 에스프레소로 바꿀 수밖에 없었다.

2
첫 호랑이

첫 호랑이가 성에 인도되었을 때 나는 그 자리에 있었다. 호랑이는 말이 끄는 마차에 실려 왔다. 마차 옆에는 말을 탄 기사 둘이 예복을 완벽하게 차려입고 빨강, 초록, 검정이 들어간 옥사타니아 깃발을 들고 있었다. 16세기에 기사는 구경거리로만 효용이 있었다. 화약으로 인해 전쟁에서는 쓸모가 없어졌다.

호랑이는 먹이를 넣어 주는 작은 구멍 하나만 뚫린, 쇠와 나무로 만든 우리 속에 갇혀 있었다. 옥사타니아를 출발해 사흘이 걸린 여정 끝이라 우리에서 악취가 풍겼다. 그 전에 얼마나 오랫동안 그 속에 갇혀 있었는지는 모를 일이었다. 1523년 당시, 왕과 왕비는 동물에 대한 인도적 처우 같은 걸 신경 쓰지 않았다. 그렇다고 인간에 대한 인도적 처우에 딱히 관심이 있는 것도 아니었다.

이 호랑이는 에스콰베타의 툴리아 공주와 옥사타니아의 달림플 왕자의 결혼식을 앞두고 선물로 받은 것이었다. 이 결혼은 십이 년 전에 약조되었다. 공주가 겨우 세 살 때였다.

내가 작업실에서 딱정벌레를 해부하고 있을 때였다. 누군가가 작업복을 잡아당기는 바람에 화들짝 놀랐다.

"나 약혼했어, 나토!"

세 살짜리 공주가 자랑스럽게 말했다.

어린 공주는 아나톨의 'ㄹ'을 발음하지 못했다.

내 작업실과 성의 복도 사이에 있는 아치형 출입구에는 문이 달려 있지 않아서, 구슬과 조개를 엮어 만든 발 두 개를 양쪽에 하나씩 걸어 두었다. 발은 궁정 마법사인 나의 신비감을 더해 줄 뿐만 아니라 누가 오면 알려 주는 기능도 했다. 하지만 툴리아 공주는 종종 발 사이로 슬며시 들어와 나를 놀래곤 했다.

"축하합니다! 그 행운의 남자는 누구입니까?"

공주는 당황하며 얼굴을 찡그렸다. 내가 남자 얘기를 했나?

그때부터 두 왕국 사이에 선물이 오갔다. 처음에는 그저 우호적인 선린의 표시 정도였지만, 결혼 날짜가 다가올수록 선물이 점점 호화로워졌다. 두 왕은 서로 기싸움을 벌였다.

호랑이가 도착한 것은 결혼식이 육 개월밖에 남지 않은 때였다. 옥사타니아 기사들이 떠나자 산드로 왕은 하늘을 향해 두 손을 펼치며 외쳤다.

"호랑이로 뭘 어쩌라고?"

특이하고 이국적인 것을 매우 좋아하는 코리나 왕비는 결혼식 전에 열리는 대연회에 호랑이 고기를 내놓자고 했다. 조리장은 즉각 반대했다. 호랑이 고기는 힘줄이 많아 질길 거라면서 말이다. 더구나 왕은 옥사타니아 사람들이 가장 아끼는 선물을 도살하면 그들이 모욕감을 느낄까 봐 걱정했다.

호랑이를 어떻게 처리할지보다 더 큰 문제가 있었으니, 어떤 답례품을 보낼지였다. 그 임무는 왕의 섭정인 디티에리에게 맡겨졌다. 완벽한 선물을 찾기 위해 고심하는 섭정을 보면서 나는 내심 즐거워했다.

하지만 나에게도 문제가 있었다. 호랑이가 오기 전날 아이슬란드에서 검은 모래 스물두 자루가 도착했다.

모래 자루들을 내 작업실로 옮기는 동안 재무장관인 자비에르가 나와 함께 있었다. 그는 나보다 젊고 불타는 듯이 붉은 머리가 풍성했지만, 직책의 압박감에 시달렸다. 눈 밑이 붓고 안면 경련 증세까지 보였다.

자비에르의 말에 따르면, 에스콰베타 왕국은 파산 직전이었다. 급료를 죄다 절반으로 줄여야 할 판이었다. 이미 많은 병사가 탈영했다.

포폴로 미누토에게서 세금을 더 짜낼 수도 없었다. 당시 모든 토지, 농작물, 가축은 왕의 재산으로 간주되었다. 소나 말이 죽으면 그 가축을 키우던 농부가 왕에게 손실을 보상해야 했다. 마찬가지 논리로, 농부가 죽으면 일꾼의 손실에 대해 그의 가족이 왕에게 벌충해야 했다.

위태로운 시기였다. 북쪽의 프랑스나 남쪽의 이탈리아 도시 국가들에 우리의 취약한 현실이 알려지는 상황은 결코 용납할 수 없었다. 심지어 교황조차 용병 군대를 유지하며 교황령을 확장하는 데 열을 올리고 있었다.

당면한 문제는 결혼식을 잘 치르는 것이었다. 결혼식에 앞서 호화로운 대연회를 열고 일주일 동안 축제를 벌일 계획이었다. 툴리아 공주와 달림플 왕자의 결혼은 '세기의 결혼식'으로 불렸다.

이 결혼은 두 사람의 결합이 아니라 두 왕국의 연합이었다. 세련된 우리 에스콰베타 사람들은 천박하고 상스러운 옥사타니아 사람들을 늘 낮잡아 보았다. 전형적인 옥사타니아 얼간이는 자주 우리 농담의 소재가 되곤 했다. 하지만 실상을 보면 우리에게는 그들의 막강한 병력과 효율적인 경제가 절실히 필요했다.

내 작업실 안에서 자비에르는 재무장관보다는 운송 기록원처럼 보였다. 검은 모래 자루를 하나하나 내릴 때마다 꼼꼼히 기록했다. 그의 태도에서는 긴장된 흥분이 느껴졌다. 벌써부터 마음속으로 금이 가득한 자루를 그리고 있는 듯했다.

나는 자비에르에게 내가 혹시 금을 만들어 내더라도 모래의 양보다 훨씬 더 적을 것이라고 미리 경고해 두었다. 그는 내 걱정을 무시하는 듯이 어깨를 으쓱하고는 아이슬란드의 검은 해변에는 모래가 아주아주 많다고 했다.

돌이켜보면, 이 일을 맡지 말아야 했다. 내 전문 분야는 식물, 벌레, 해양 생물, 육상 동물 같은 생명체의 세계였다. 암석과 광물에 나의 마법을 적용해 본 적은 없었다.

3

디티에리

당시 내 외모는 지금과 거의 같았다. 마흔 살이었고, 배가 살짝 나왔으며, 대머리였다. 오늘날 기준으로는 키가 작고 뚱뚱하다고 할 수 있지만, 16세기 남성의 평균 신장은 대략 170센티미터였다. 나는 평균보다 팔구 센티미터 작을 뿐이었다. 건강하게 통통한 몸은 풍요의 징표였으며, 기근에 대한 대비책이기도 했다.

대머리라고 했지만, 머리털뿐만이 아니었다. 온몸에 털이 없었고, 지금도 그렇다.

이는 내가 호랑이성에 오기 한참 전에 수행한 초기 실험이 남긴 의도치 않은 결과였다. 그 덕분에 내가 성에서 일자리를 얻었는지도 모를 일이다. 어느 왕인들 평범해 보이는 마법사를 원하겠는가?

나는 인간의 땀 분비를 줄일 방법을 찾아보려 했다. 내 후각이 특히 예민하다는 점과 16세기 사람들은 오늘날처럼 자주 목욕하지 않았다는 사실을 기억해 주기 바란다. 나는 사람 몸에서 나는 자연스러운 냄새보다 체취를 가리기 위해 사용하는 역겨도록 향긋한 파우더와 오일 냄새에 더 불쾌감을 느꼈다.
 어떤 면에서는 내 실험이 성공적이었다고 볼 수도 있었다. 머리칼과 털뿐만 아니라 땀을 흘리는 기능 또한 잃었으니.

 모래 실험을 처음 권유한 이는 디티에리였다. 처음에 사용한 건 일반적인 흰 모래였다. 모래를 금으로 바꾸는 데 필요한 첨가제와 촉매제를 찾느라 몇 달이나 씨름했다. 분자와 원자에 대해 잘 몰랐던 나는 나름대로 합리적인 추론 끝에 작은 모래 알갱이가 만물의 기본 구성 요소라고 생각했다.
 사프란은 내가 원하는 색을 가장 잘 구현했지만, 온스당 가격이 금보다 더 비싸서 쓸 이유가 없었다.
 아이슬란드의 검은 해변에 대해 알게 되었을 때 문득 영감이 떠올랐다. 흰 모래에 색을 더하는 대신 검은 모래에서 색을 빼자!
 디티에리 역시 내 아이디어를 지지했고, 검은 모래 선적을 승인했다. 그는 잃을 게 없었다. 내가 성공하면, 그는 이익을 챙길 것이었다. 실패하면, 궁정에서 이미 떨어질 대로 떨어진 내 위상은 지금보다 더 추락할 것이었다.
 십팔 년 전 산드로 왕이 '목졸림병'으로 고통받아 내가 처음 성으로 소환되었을 때부터 섭정은 나를 적대시했다. 내가 처음 보았을 때 왕은 침대에 누워 있었다. 땀에 젖은 시트 위에서 왕은 필사적으로 숨을 헐떡였다. 디티에리는 제 말에 귀를 기울이는 사람들에게 내가 돌팔이라고 했고, 왕이 회복된 뒤에는 내가 아니었어도 왕은 어차피 살았을 것이라고 주장했다.

섭정의 비방은 대체로 무시되었다. 적어도 내가 성에서 보낸 첫 십 년 동안은 그랬다. 그 시기에는 내가 궁정 신하들의 여러 질병을 성공적으로 치료한 덕분이다. 대부분은 경미한 병이었지만, 일부는 꽤 심각했다. 하지만 최근에 나는 다른 사람들이 실패라고 부를 만한 사건들을 잇따라 겪었다. 나는 실패보다는 일시적인 **차질**이라는 표현을 선호하지만 말이다. 아무튼 호랑이가 성에 왔을 당시 궁정에서의 나의 위상은 상당히 낮아진 상태였다.

평판을 회복하려면 검은 모래가 필요했다.

일주일쯤 지나, 디티에리가 특별히 나를 찾아와 완벽한 답례 선물을 찾았다고 흥분하며 말했다. 나는 연못 옆 벤치에 앉아 검은 모래 문제를 곰곰이 생각하던 중이었다.

"실물 크기의 코끼리요, 아나톨. 전체를 유리로 만든."

대연회에서 왕자에게 선물하겠다며 그는 내 반응을 초조하게 기다렸다.

디티에리가 내 의견을 구한 것은 이때가 처음이었다. 어쩌면 위상이 극히 낮아진 나를 더는 위협적인 존재로 여기지 않아서였을 수도 있다. 아니면 자신의 천재성을 알아줄 만큼 사악한 사람은 나뿐이라고 생각했거나.

디티에리는 얼굴이 길고 턱이 뾰족했으며, 수염은 윤곽선만 있다고 할 정도로 가늘었다. 마치 화가가 얼굴에 수염이랍시고

선만 그어 놓은 채 덧칠은 하지 않은 것 같았다.
나는 유리 코끼리가 꽤 인상적이라며 그의 의견에 찬성했다.
"그런데 그걸 옥사타니아로 어떻게 가져가죠?"
디티에리는 웃었다.
"그건 신랑의 문제지요. 그의 코끼리가 될 테니!"
호랑이가 우리의 문제였던 것처럼.

넉 달 반이 지났지만 모래는 여전히 검었다. 나는 삽과 곡괭이로 흙을 두드리는 요란한 소리에 귀를 기울였다. 몇 달째 이어지는 소리였다. 해자를 파는 병사들의 투덜거리는 소리와 욕설에 간간이 터지는 웃음소리가 들려왔다. 이렇게 소란한데 무슨 수로 일에 집중할 수 있겠어?
성의 방호벽 바닥에 폭발물을 대량으로 설치하는 것이 최신 전술로 등장한 터라, 성곽을 완전히 에워싸는 해자를 파는 중이었다. 산드로 왕은 화약을 설치하다 호기심 가득한 눈으로 지켜보는 호랑이를 보고는 혼비백산 줄행랑치는 적군의 모습을 묘사하며 웃었다.
나도 같이 웃었지만, 의심과 두려움을 떨치지 못한 사람이 나만은 아니었을 것이다. 건설 책임자인 기술자 그레고르는 해자가 충분히 깊고 측면도 가파르다고 호언장담했다. 하지만 호랑이의 뛰어오르기와 기어오르기 능력에 대해 그가 뭘 알았겠는가?
한편 그레고르는 호랑이를 자유롭게 옮길 수 있도록 상자 모양의 구조물을 여러 개 만들었다. 호랑이를 그중 하나에 가두어 두면 다른 구조물들을 청소할 수 있었다.

나는 무력감을 느끼며 모래 더미를 멍하니 바라보았다. 애초에 내가 동의한 것은 모래를 가지고 금으로 바꾸는 시도를 해 보자는 것뿐이었다. 하지만 이즈음 디티에리는 내가 마지못해 시도하겠다는 의향을 보인 것을 성공의 보장으로 왜곡했다. 곧 영감이 떠오르지 않으면, 해자가 완성될 때쯤 내가 왕실의 일원으로 남아 있을지조차 불확실했다.

내 걱정거리에 정신이 팔려 있느라, 새 견습 필경사인 피토에 대해서는 어렴풋이만 알았다. 왕실 필경사 볼타로가 어려움을 겪고 있다는 것은 익히 알았다. 사실 모래 일에 몰두하기 전에 볼타로의 몸 경련과 손 떨림을 치료할 방법을 실험하고 있었다.

그런데 세기의 결혼식이 육 주도 채 남지 않은 시점에 다른 문제가 발생했다. 다른 모든 근심거리를 사소하게 만들 정도로 큰 문제였다. 툴리아 공주가 달림플 왕자와의 결혼을 거부한다고 선언한 것이다. 공주는 새 견습 필경사를 사랑하게 되었다.

피토는 곧바로 지하 감옥에 갇혔다. 그리고 다행스럽게도 왕은 나에게 모래 실험을 일시 중단하라고 했다.

그 대신 새로운 임무가 내려왔다. 결혼과 왕국, 그리고 나의 입지까지 지켜 낼 수 있는 시간이 한 달 남짓 주어졌다.

4
툴리아 공주

 툴리아 공주는 결점을 가지고 태어났다.
 가장 큰 결점은 공주로 태어난 것이었다. 산드로 왕에게는 후계자, 즉 왕자가 필요했다.
 디티에리는 이것도 내 탓으로 돌리려 했다. 나는 그저 코리나 왕비에게 입덧을 가라앉히는 물약을 주었을 뿐인데. 그래도 나는 변명하지도 반박하지도 않았다. 내가 성에 온 지 이 년쯤밖에 안 된 때라 진실을 왜곡하는 디티에리의 성향을 제대로 파악하지 못한 탓이었다.
 툴리아 공주의 또 다른 결점은 눈이었다. 왼쪽 눈은 갈색이고 오른쪽 눈은 파란색이었다.
 공주는 어렸을 때 내 작업실에 와 실험용 생쥐와 놀기를 좋아했다. 공주의 갈색 눈은 항상 뭔가를 깊이 생각하는 듯했고, 파란 눈은 기쁨으로 반짝였다. 나는 어린 공주에게 매료되었다.
 하지만 이때는 르네상스 시대였고, 예술과 미에 대해 공인된 확실한 기준이 있었다. 원근법과 대칭이 필수적이었다.

툴리아는 비대칭적이었다.

당연히 공주는 자라면서 약혼의 의미를 이해하게 되었고, 달림플 왕자가 스무 살 넘게 연상이었음에도 약혼을 자신의 의무로 받아들였다.
"사랑은 시인들을 위한 거예요, 아나톨."
공주는 세상이 어떻게 돌아가는지 완전히 이해한다고 자만하는 열세 살 소녀의 권위로 내게 말했다.
"사랑해서 결혼하는 건 농부나 하는 거예요. 상인과 무역상에게는 그저 또 다른 사업 계약일 뿐이고요. 그리고 왕족에게 결혼은 동맹이에요."
이때는 피토가 성에 오기 이 년 전이었다.

나는 작업실에서 아프리카달나방 날개 가루로 차를 우려냈다. 피토가 지하 감옥에 갇힌 후로 툴리아가 계속 히스테리를 부린다는 말이 들렸기 때문이다. 달나방차에 방동사니와 강황을 넣었다. 공주가 어렸을 때, 우리는 내 작업실에서 함께 차를 마시곤 했다. 내가 희귀하고 질 좋은 차를 즐기는 동안, 툴리아는 방동사니와 강황이 들어간 차라면 뭐든 아주 맛있게 마셨다.
나는 수납장에서 소변 잔을 꺼냈다. 16세기의 유능한 의사라면 누구나 소변 잔을 충분히 구비해 두었다. 소변 잔은 오늘날의 청진기처럼 의사라는 직업의 상징이었다. 나는 물건을 자주 떨어뜨리는 성격이라 소변 잔을 열두 개도 넘게 가지고 있었다.

나는 환자의 소변 색깔과 냄새만으로도 대부분의 질병을 진단할 수 있었다. 치료법은 소변에 다양한 재료와 성분을 섞은 후 변화를 관찰해 찾아내곤 했다. 나는 소변의 노란색을 스물네 가지 색조로 구별해 감지하는 능력이 있었다.

하지만 나에게 필요한 것은 툴리아 공주의 소변이 아니었다. 눈물이었다.

한 손에는 달나방차가 든 고블릿(손잡이가 없고 다리가 달린, 중세 유럽에서 흔히 쓰인 잔―옮긴이)을, 다른 한 손에는 소변 잔을 들고 조심스럽게 검은 모래 더미를 피한 다음 뒷걸음질쳐 구슬과 조개로 만든 쌍둥이 발 사이로 나갔다.

공주의 방은 3층에 있었다. 나는 하인들이 주로 이용하는 뒷계단으로 올라갔다. 최근 들어 자주 비아냥거리는 말, 경멸, 동정의 눈빛으로 나를 대하는 신하들이나 고위층의 애첩들과 마주치고 싶지 않았다.

팔꿈치로 공주 방의 문을 두드렸다. 툴리아의 시녀 마르타가 문을 열었을 때, 그녀에게 줄 달나방차도 준비할걸 싶었다. 마르타는 나를 보자마자 봇물 터지듯 불평을 두서없이 쏟아냈다. 이러쿵저러쿵 횡설수설하는 이야기는 거의 알아들을 수 없었다.

나는 옆걸음으로 시녀를 피해 툴리아의 응접실로 들어갔다. 쓰러진 의자 두 개가 보였고, 커다란 퇴창에 걸려 있던 커튼이 뜯겨 바닥에 불룩 쌓여 있었다. 도자기 파편과 깨진 유리 조각도 바닥에 흩어져 있었다. 공주의 흔적은 보이지 않았다.

나는 마르타의 눈길을 따라 닫혀 있는 문을 바라보았다.

"이제야 겨우 침대에 눕혔어요."

마르타가 안도하는 기색을 보이며 말했다.

내가 문손잡이에 손을 대는 순간 마르타가 소리쳤다.

"공주님을 방해하지 마세요!"

소변 잔을 팔꿈치 안쪽에 낀 채 나는 내실로 들어갔다.

공주는 침대에 묶여 있었다. 입에는 빨간색 공단 재갈이 씌워진 채였다. 두 눈은 부릅뜨고 있었다. 갈색 눈에서는 절망이 느껴졌지만, 파란 눈은 결연한 의지로 반짝였다.

나는 침대 옆 탁자에 고블릿과 소변 잔을 내려놓고, 불같은 분노의 폭풍을 각오하며 재갈을 벗겼다. 하지만 내 귀에 들린 것은 매우 차분하고 절제된 말이었다.

"아나톨, 와 줘서 기뻐요. 당신이 오기를 기다렸어요."

내가 밧줄을 풀기 시작하자, 마르타가 소리치며 내 한쪽 팔을 잡아당겼다.

"안 돼요!"

시녀는 나보다 힘이 훨씬 더 셌다.

"넌 그만 나가 봐도 돼. 아나톨과 단둘이 할 얘기가 있으니까."

"하지만 공주님은 통 주무시지 않아서—."

"나가!"

툴리아가 벌컥 소리쳤다.

마르타는 내 팔을 놓고 문 쪽으로 물러섰다.

"그동안 제가 얼마나 고생했는지 아신다면……."

마르타가 내게 말했다.

"응접실 밖으로 나가라고!"

공주가 시녀에게 명령했다.

"이러시면 안 되는……."

마르타가 말을 끝맺지 못하고 내실에서 뛰쳐나갔다. 잠시 후, 응접실 문이 열리고 쾅 닫히는 소리가 들렸다.

나는 밧줄을 모두 풀고 툴리아에게 고블릿을 건넸다.

그녀는 한 모금 마시고는 미소를 지었다.

"방동사니와 강황이네, 옛날처럼."

"아프리카달나방 날개도 들었습니다. 신경 안정용으로요."

내가 솔직하게 말했다.

"좋아요. 맑은 머리로 생각해야겠죠. 우리는 시간이 별로 없어요. 피토가 지하 감옥에 갇혔어요."

그녀가 말했다.

"알고 있습니다."

"당신이 피토를 반드시 꺼내 줘야 해요!"

공주는 나에게 뭘 기대하는 것일까? 나는 난감했다. 무엇보다도, 지하 감옥의 옥지기 하웰은 진짜 거인은 아니더라도 내가 본 사람 중 덩치가 제일 컸다. 나는 마르타조차 감당하지 못하는 약골이 아닌가.

"하웰 몰래 들어가면 되잖아요. 쉬워요. 그는 듣지를 못하니까."

이것은 사실이었다. 옥지기는 귀가 들리지 않았다.

"지하 감옥 문이 잠겨 있을 겁니다."

"하웰한테서 열쇠를 훔치면 돼요. 눈치 못 챌 거예요. 필요하면 그에게 마법의 주문을 거세요! 그런 다음 피토에게 몸이 투명해지는 묘약을 주면 되잖아요."

디티에리와 달리 툴리아는 나의 마법에 한계가 없다고 믿었다.

나는 사람을 안 보이게 하는 물약에 대해 알지도 못하고 마법의 주문도 걸지 않는다고 말했다.

공주는 얼굴을 찌푸렸지만 포기할 생각이 없었다.

"하웰에게 뭔가를 줘서 기절시키면 돼요. 그다음 피토가 탈출할 수 있도록 도와주세요."

나는 하웰에게 물약을 마시도록 할 적당한 구실을 생각해 낸다 해도 그에게 말할 방법이 없다고 차분히 설명했다. 게다가 피토가 탈출하고 하웰이 지하 감옥에서 의식을 잃은 채 발견된다면, 그 책임이 누구한테 돌아갈지는 불을 보듯 뻔했다.

툴리아가 내 팔을 움켜잡았다.

"피토는 아무 잘못도 없어요!"

그녀는 내 팔을 흔들면서 내처 말했다.

"피토가 저 아래 갇혀 있는 건 다 내 탓이에요!"

툴리아의 파란 눈에는 공포가, 갈색 눈에는 슬픔이 가득했다.

나는 그녀에게 자책하지 말라고 했다.

"두 사람이 있어야······."

나는 최대한 섬세하게 표현하려고 애쓰며 말을 이었다.

"로맨틱한 만남이 이루어지지요."

이 말을 하면서 나는 얼굴이 붉어지는 것을 느꼈다. 툴리아는 어찌 보면 나에게 딸 같은 존재라 이런 이야기를 꺼내기가 쉽지 않았다.

"피토가 공주님께 한 행동은······ 부적절했습니다. 설사 그 상대가 공주님이 아니더라도요. 공주님께서는 다른 사람과 이미 언약을 하셨습니다."

나는 약혼이라는 말을 피했다. 그 단어는 우리 둘만 아는 농담 같은 것이 되었기 때문이다.

"피토는 나한테 아무 짓도 안 했어요! 당신이 말하는 **로맨틱한 만남** 같은 건 없었어요. 저는 피토가 조금 더······ **부적절한 행동**을 하길 바랐지만요."

공주의 파란 눈이 반짝였다.

"우리는 그저 함께 책을 읽었을 뿐이에요. 그것도 나에게 영어를 가르치는 것이 견습 필경사의 업무라고 내가 말해서 그렇게 된 거예요."

공주는 두 사람이 매일 도서관에서 만나 토머스 모어라는 영국인이 쓴 『유토피아』를 서로에게 읽어 주곤 했다고 설명했다. 유토피아는 남아메리카의 해안 어딘가에 있는 신화 속 섬이었다. 그곳에서는 모두가 평등했다.

"왕도 없고, 왕비도 없어요. **공주도 없고!**"

그녀는 마지막 말을 특히 힘주어 말했다. 그리고 유토피아 섬에서는 아무도 아무것도 소유하지 않았다. 모든 것이 공유되었고, 따라서 담장이나 문을 잠그는 자물쇠도 필요 없었다.

이 책이 급진적인 사상을 담고 있긴 해도 그것이 피토가 지하 감옥에 갇힐 타당한 이유가 될 수는 없었다.

"피토에게 다른 책도 읽어 달라고 했어요."

툴리아가 새로운 사실을 털어놓았다.

이탈리아의 사랑 시를 모아 놓은 책이라고 했다.

"나는 눈을 감고 그 시들이 피토가 하는 말이라고, 나만을 위해 하는 말이라고 상상했어요. 그중에는 아주 **부적절한** 시들도 있었어요."

공주의 파란 눈이 다시 반짝였다. 갈색 눈은 눈물을 흘리고 있었다.

"나는 그를 사랑해요, 나토! 당신이 꼭 그를 구해 줘야 해요."

나는 소변 잔을 그녀의 얼굴에 밀착해 눈물을 모았다. 처음에는 갈색 눈에서, 그다음 파란 눈에서도.

"저한테 계획이 있습니다."

내가 자신 있게 말했다.

5
루이지

작업실로 돌아온 후, 나는 툴리아의 눈물을 물약 담는 약병으로 옮기고 코르크 마개로 봉했다. 공주에게 한 말은 거짓말이 아니었다. 모든 일이 내 의도대로 진행된다면, 피토는 풀려나고, 세기의 결혼식은 예정대로 거행되며, 옥사타니아와의 동맹은 더욱 공고해질 터였다.

나는 약병을 선반에 올려놓았다. 하지만 일에 착수하기 전에 왕의 승인이 필요했다.

요즈음 사람들이 내 작업실을 본다면 어수선하고 무질서하다고 생각할 것이다. 수북이 쌓인 흰 모래와 검은 모래가 없더라도 말이다. 선반과 수납장에는 공구, 양철통, 백여 개의 토기 항아리 등이 빼곡하게 놓여 있었는데, 어느 것에도 이름표가 붙어 있지 않았다. 굳이 이름표를 붙일 필요가 없었다. 무엇이 어디에 있는지 내가 훤히 꿰고 있었으니.

토기 항아리 입구에는 살짝 돌출된 테두리가 있었다. 덕분에 입구를 천이나 양피지 조각으로 덮은 다음 편하게 묶을 수 있었다. 안에 들어가는 내용물에 따라 천이나 양피지에 밀랍을 칠하기도 했다. 항아리는 가운데가 오목해 움켜잡기 편해서 내가 떨어뜨리는 일은 거의 없었다.

소기름 양초는 동물 기름이 타는 역한 냄새가 났지만, 내게는 익숙해져 실험에 아무 지장을 주지 않았다. 나는 동물 기름이 타는 냄새와 다른 독특한 냄새들을 구별할 수 있는 능력이 있었다.

이 성에서는 보통 향이 나는 올리브유 양초를 썼지만, 내 실험실에서는 여러 실험 때문에 많은 양의 양초를 태워야 했다. 나에게 소기름 양초만 할당된 것은 왕국의 재정이 곤두박질치고 있다는 증거이자 나의 위상이 추락하고 있다는 증거였다.

나는 살균되고 조명이 환한 현대식 실험실에서는 일을 잘할 수 있을 것 같지가 않다. 현대식 실험실에서는 초정밀 기기로 백만 분의 일 나노그램까지 측정할 수 있지만, 나는 정확한 측정보다는 느낌과 직감에 더 의존했다.

내가 쓰는 측정기들의 정확도는 그것들을 만든 장인들의 기술에 달려 있었다. 기계조차 다른 기계로 만드는 21세기와는 달리 16세기에는 모든 것을 수작업으로 만들었다. 냄비, 고블릿, 체스 말, 포크, 구두 등 어떤 물건이든 하나하나가 독특했다. 뱃사람들은 교회 탑에서 울리는 고유한 종소리를 듣고 고향 항구에 왔다는 것을 알 수 있을 정도였다.

생쥐 열일곱 마리 또한 내 작업실 악취의 원인 중 하나였을 것이다. 생쥐들은 나무로 만든 우리 두 개에 나뉘어 있었다. 열여섯 마리가 한 우리에 살았다.

다른 우리는 루이지가 독차지했다.

원칙적으로 나는 생쥐에게 이름을 지어 주지 않았다. 실험을 할 때는 냉정하고 객관적인 태도를 유지하는 것이 중요하다. 루이지라는 이름을 지어 준 사람은 툴리아였다.

그때 루이지가 일곱 살이었으니, 툴리아는 여덟 살쯤 되었을 것이다. 생쥐의 수명은 대개 이삼 년이다.

루이지의 우리에는 튜브, 굴, 쳇바퀴, 흔들다리, 미로 등을 갖춘 정교한 장애물 코스가 붙어 있었다. 힘, 민첩성, 체력, 기억력 등에서 루이지가 약화된 모습은 아직 관찰되지 않았다.

돌이켜 보면, 미각과 후각도 같이 시험했으면 좋았을 뻔했다.

발이 달랑거렸다. 고개를 돌려 보니, 아치형 문간으로 들어오는 이안이 보였다. 이안은 디티에리의 조카였다. 고작 열 살일 뿐인데 벌써 삼촌의 거만한 비웃음을 완벽하게 소화해 냈다.

"섭정실로 오시라는 요청입니다."

말투는 정중했지만, 요청은 아니었다.

이안은 루이지의 거대한 장애물 코스에 눈길 한 번 주지 않고 획 뒤돌아 작업실 밖으로 나갔다. 루이지의 장애물 코스 같은 걸 보고 흥미를 느끼지 않을 평범한 열 살짜리 남자아이가 있을까?

툴리아가 그 나이였을 때는 더 큰 장애물 코스를 만들어 달라고 보챘었다.

6
양귀비 눈물

불길하게도 섭정실에서 나를 기다리고 있는 사람은 산드로 왕이 아니라 코리나 왕비였다. 디티에리는 아주 큰 책상에, 필경사 볼타로는 그보다 작은 책상에 앉아 있었다.

나는 왕비 앞에 무릎을 꿇었다. 왕비의 오른쪽 뺨에는 초승달 모양 흉터가 있었다. 사람들은 그 흉터가 왕비의 아름다움을 해치기는커녕 돋보이게 한다고 말했지만, 과연 진심으로 하는 말이었을까?

십육 년 전, 왕비는 애완용으로 키우던 검은담비의 발톱에 얼굴을 긁혔다. 얼마 지나지 않아 그녀는 검은담비 털로 만든 목도리를 둘렀다.

나는 직접 만든 연고로 왕비의 상처를 치료했는데, 연고를 바르려면 그녀 가까이 몸을 숙여야 했다. 딸과 달리 왕비의 눈은 갈색도 파란색도 아닌, 아주 특이한 초록색이었다. 나는 상처에 연고를 바르면서 다른 동물을 키워 보는 것은 어떻겠느냐고 권유했다.

"개는 어떻습니까?"

그녀는 조용히 웃으며 "평범한 것은 뭐든 혐오한다."고 했다.

그녀는 내 머리에 손가락 하나를 얹더니 이마를 따라 천천히 내려와 코와 입을 지나 턱에서 멈추었다.

"당신은 평범한 사람이 아니겠죠? 그렇죠, 아나톨?"

나는 아무 말도 할 수 없었다.

손가락이 목을 타고 내려갔다.

"정말로 체모가 하나도 없어요? 어디에도?"

나는 뒷걸음질 쳤다. 그리고 목소리가 떨리지 않도록 힘을 주면서 왕비에게 몇 시간 동안은 얼굴을 만지지 말라고 의학적인 조언을 했다. 그러고는 문을 향해 걸어가다가 러그에 걸려 넘어져 낮은 탁자에 무릎을 부딪혔고, 쓰러지지 않으려고 벽에 있는 촛대를 붙잡아야 했다.

안젤리카라는 궁녀가 있었다. 그녀는 매력적이고 재치 있어서 사람들에게 평가가 좋았다. 왕비를 만나고 나서 얼마 후, 나는 안젤리카가 몇몇 신하와 최고위층 애첩 들에게 하는 이야기를 들었다. "여자는 원치 않게 접근해 오는 남자는 용서해도 기회를 날려 버리는 남자는 용서하지 않는다."라는 말이었다.

그녀가 나와 왕비의 만남에 대해 알았는지는 모르겠지만, 여자의 이런 마음은 그 후 몇 년 동안 나를 경멸스럽게 대했던 왕비의 태도에 딱 들어맞는 것이었다.

나는 여전히 왕비 앞에 무릎을 꿇고 있었다. 왕비는 일어나도 된다는 허락을 아직 내리지 않았다. 그저 경멸하는 눈빛으로 나를 빤히 보고만 있었다.

"벌레와 식물 들로 난장판인 그대의 실험실 어딘가에 양귀비 눈물이 충분히 있을 것 같은데?"

나는 양귀비 꼬투리가 한 자루 있다고 말하고는 더 효과적이고 덜 해로운 새 물약을 구상 중이라는 말을 재빨리 덧붙였다.

"새로운 물약? 결혼식이 고작 한 달밖에 안 남았는데!"

나는 그 정도 시간이면 얼마든지 새 물약을 개발할 수 있다고 말했다.

"의도치 않은 결과가 나오면 어떻게 하시려고?"

디티에리가 냉소적으로 물었다.

왕비는 웃고는 말했다.

"공주가 머리카락과 체모를 다 잃어버리면 왕자가 엄청 실망할 텐데."

볼타로도 웃었다. 직분에 어울리지 않는 행동이었다. 필경사는 가구처럼 눈에 띄지 않아야 하는 법이다.

나는 물약을 공주에게 주기 전에 철저히 시험하겠다고 약속했다.

"우리는 위험을 감수할 수 없소."

코리나 왕비가 단호하게 말했다.

"양귀비 눈물 요법을 당장 개시하시오. 그리고 대연회가 열릴 때까지 매일 복용량을 점차 늘리시오. 그리하면 공주는 무사할 테고, 순종하는 태도를 보일 것이니."

이 말은 맞는 말이었다. 양귀비를 단 한 번이라도 더 맛보기 위해 물불 안 가리고 무엇이든 할 의지가 충만한 상태를 무사함과 순응으로 정의한다면.

뭔가 긁히는 소리가 들렸다. 볼타로가 왕비의 지시를 깃펜으로 양피지에 기록하는 소리였다. 힐끗 보니, 늙은 필경사의 손이 불안하게 떨리고 있었다.

"첩자가 있다!"

산드로 국왕이 소리치며 섭정실로 들이닥쳤다.

왕은 나를 지나쳐 가면서 방금 옥사타니아 대사를 만나고 오는 길이라고 했다.

"달림플 왕자가 공주와 피토에 대해 다 알고 있어. 일어나시오, 아나톨! 하마터면 밟을 뻔했잖소."

나는 왕비에게 고개 숙여 인사하며 일어섰다.

왕은 왕자가 여전히 결혼할 의향이 있지만, 두 가지 조건을 내걸었다고 말했다. 첫째, 피토는 대연회장에서 처형되어야 한다. 둘째, 공주가 반드시 처형을 지켜보아야 한다. 왕자는 처형 시점도 정했다. 정찬 후, "디저트 전."

왕이 내게 물었다.

"그나저나 무슨 일로 왔소, 아나톨?"

왕비는 나를 쏘아보고 있었다.

나는 왕에게 양귀비 눈물 요법을 계획하고 있으며, 오늘은 소량으로 시작해 대연회 때까지 매일 복용량을 늘릴 예정이라고 말했다.

"양귀비 덕분에 공주님은 자신의 의무를 이해하고 받아들일 수 있는 평온함을 얻으실 것입니다."

왕은 양귀비가 무슨 짓을 할지 잘 알기에 얼굴을 찡그렸다.

성에서 지내는 동안 나는 왕이나 왕비가 딸을 툴리아라고 부르는 것을 들어 본 적이 없었다. 늘 공주라고 했다. 마찬가지로 툴리아는 그들을 어머니나 아버지라고 부른 적이 없었다. 늘 왕비와 왕이었다.

왕이 말했다.

"아마도 그 방법 말고는 없겠지. 하지만 그대에게 실망했소, 아나톨. 양귀비 눈물을 주는 것 정도야 굳이 마법사가 아니라도 할 수 있는 일 아니오? 그대가 좀 더 창의적인 해결책을 생각해 냈으면 하는 게 내 바람이오."

나는 물약 아이디어가 하나 있지만 현명한 왕비님이 양귀비 요법을 시급히 시작하기를 원한다고 말했다.

"나는 그 다른 아이디어도 한번 들어 보고 싶은데."

왕의 말에 나는 미소를 억누르며 말했다.

"기억의 물약입니다. 피토에 대한 모든 기억이 공주님의 머릿속에서 지워질 것입니다."

디티에리가 비웃었지만, 왕이 째려보자 그는 속히 웃음을 거

두었다.

"그럼 공주가 그 녀석을 아예 모르게 되는 거요?"

나는 두 사람이 아예 만난 적 없는 것처럼 될 거라고 대답했다.

왕은 턱을 문지르며 천천히 고개를 끄덕였다.

"그렇다 해도 공주가 참수를 목격하면 충격을 받겠지. 하지만 공주가 그 불쌍한 청년이 누군지 아예 모른다면……. 그 물약을 준비하는 데 시간이 얼마나 걸릴 것 같소?"

"이 주입니다."

내가 자신 있게 대답했다.

"길어야 삼 주입니다. 삼 주 반이 될 수도 있지만요."

결혼식까지는 한 달 남짓 남았으나, 대연회는 일주일 전에 열릴 예정이라 그 전에 툴리아 공주에게 물약을 주어야 했다.

나는 산드로 왕에게 죄수 피토에게 먼저 그 약을 실험해 보고 싶다고 했다. 그의 머릿속에서 공주에 대한 모든 기억이 안전하고 효과적으로 지워지는 것을 확인한 후 공주에게 투약할 계획이었다.

왕이 고개를 끄덕였다.

"하웰에게 준비하도록 지시하겠소."

깃펜으로 양피지를 긁는 볼타로의 손이 떨리고 있었다.

7
피토

사랑의 묘약에는 개인 표식이 필수 요소다. 이것이 없다면 약을 마신 사람이 아무하고나 사랑에 빠질 수 있으니.

저급한 마법사들은 개인 표식으로 흔히 손톱이나 머리카락을 사용한다지만 그런 물약에는 영성이라고나 할까, 뭐 그런 것이 부족하다는 게 내 견해였다. 그렇게 만든 것은 **욕망의 물약** 정도로 부르는 편이 더 정확할 것이다.

나는 눈물을 사용했다.

툴리아로부터 피토에게 한 달 치 실험을 할 수 있는 분량의 눈물을 모았다. 물약 개발이 완료되면, 피토의 눈물은 딱 한 방울만 필요할 것이다.

아무 눈물이나 되는 건 아니었다. 예를 들어, 하웰을 시켜 피토가 울 때까지 고문하는 것은 방법이 아니었다. 가슴에서 우러나오는 눈물이어야 했다.

그렇다. 나의 목표는 사랑의 묘약이 아니라 정반대라 할 약을 만드는 것이었다. 하지만 정반대끼리는 생각보다 공통점이 많은 법이다.
 내 기억의 물약이 완전히 새로운 것은 아니었다. 나는 기억 상실을 유발하는 약을 두 개 알고 있었지만, 그 약들은 어떤 기억을 특정해서 없애지는 못했다. 차라리 툴리아의 머리를 망치로 후려치는 편이 더 빠를지 모른다. 나의 구상은 기억 상실을 유발하는 두 약으로부터 뽑은 일부 성분과 사랑의 묘약에서 추출한 성분을 합치는 것이었다.
 아무리 급해도 신중하게 진행해야 했다. 피토에게 처음 주는 물약이 기억을 너무 많이 지워 버리면 이후 실험에서 그는 쓸모없게 될 수도 있었다.

 나는 소변 잔을 들고 지하 감옥으로 가 계단 입구에서 하웰을 만났다. 피토가 툴리아를 기억에서 지우기 전에 가슴에서 우러나오는 그의 눈물을 모으는 일이 가장 중요했다.
 하웰이 허리띠에서 열쇠를 풀어 돌문을 여는 모습을 지켜보노라니, 굳이 자물쇠가 필요한가 싶었다. 저리도 육중한 돌문을 열 힘이 있는 사람은 이 성에서 하웰밖에 없을 것 같았다.
 이 야수 같은 자는 지하 감옥의 옥지기일 뿐만 아니라 사형 집행인이기도 했다. 고통스러운 비명이나 자비를 구하는 울부짖음을 들을 수 없으니 그 일에 제격이었다.
 하웰은 별로 힘들이지 않고 문을 활짝 열었다. 나는 벽에 걸린 촛대에서 양초를 집어 들고 그를 따라 좁고 가파른 돌계단을 내려갔다. 하웰도 양초를 하나 들었다. 그는 나보다 두 단 아래에서 걸었지만, 우리 둘의 머리 높이는 같았다.

내가 왜 이곳에 왔는지 알까? 하웰의 생각이 궁금했다. 아래로 내려갈수록 온도가 떨어지는 것이 느껴졌다. 공기에서 곰팡내가 났다. 우리는 계속 아래로 아래로 내려갔고, 나는 다시 올라갈 일이 벌써부터 걱정되었다.

나는 몸 쓰는 일에 익숙하지 않았다. 게으름 때문만은 아니었다. 땀을 흘리지 못하기 때문에 몸을 많이 쓰는 것은 위험했다. 잘못하면 체온이 확 올라 현기증이 날 수 있고, 심하면 실신할 수도 있었다.

계단을 끝까지 내려가자 철문이 하나 나왔다. 하웰이 잠금을 풀고 문을 열어 주었다. 나는 긴장을 풀기 위해 심호흡을 한 번 한 다음 지하 감옥 안으로 들어갔다.

하웰에게는 밖에 있으라고 손짓했다. 사형 집행인이 근처에 있는 것이 죄수의 신뢰를 얻는 데 도움이 될 리 없었다.

죄수는 안쪽 벽에 기대어 앉아 있었다. 내가 다가가자, 그는 촛불을 보지 않으려고 눈을 가렸다. 뒤에서 하웰의 발걸음 소리가 들렸다. 나는 다시 한번 물러서라고 손짓했다.

쇠사슬 한쪽 끝은 벽에 박힌 고리에, 다른 쪽 끝은 죄수의 왼쪽 발목에 채워진 족쇄에 연결되어 있었다. 2미터쯤 떨어진 곳에 양동이가 하나 놓여 있었다. 쇠사슬에 묶인 채로 최대한 갈 수 있는 거리로 보였다. 냄새로 보아 양동이를 비울 때가 된 듯했다.

나는 죄수 앞으로 가서 딱딱한 흙바닥에 편하게 앉았다.

"안녕, 피토."

"안녕하십니까, 친구."

시작이 좋았다. 나는 냉정하고 객관적인 태도를 유지하면서 그의 협조도 얻어야 했다.

내 이름을 말하려 했지만, 그가 미소를 지으며 말했다.

"이 왕국에서 당신이 누구인지 모르는 사람은 없습니다."

아첨하려는 말은 아니었겠지만, 듣기에 기분이 나쁘지 않았다.

느닷없이 하웰이 내 옆에 털썩 앉았다. 내가 째려보았지만 그는 무표정이었다.

피토는 하웰이 있든 말든 신경 쓰지 않는 듯했다. 아마도 자신이 처형될 운명이라는 것을 모르기 때문이었으리라.

"자네를 도우러 왔네."

"필요 없습니다."

"내 도움을 바라지 않는 건가?"

"저한테 헛된 희망을 품게 하지 마십시오. 저는 압니다······."

그는 하웰을 힐긋 보고는 내처 말했다.

"제가 운명을 통제할 수는 없을 테지만, 제 운명을 어떻게 맞이할지는 오직 저만 정할 수 있습니다."

피토가 열일곱 살이라고 들었건만, 지하 감옥에서 보낸 사흘 동안 젊음의 기운이 모두 빠져나가 버린 듯했다. 나불거리는 촛불에 그의 퀭한 눈과 움푹 들어간 뺨이 보였다. 툴리아가 그에게 끌린 이유도 알 것 같았다. 그의 표정에는 고뇌하는 시인의 영혼이 담겨 있었다. 반면에 바보스러운 미소에서는 천진함이 느껴졌다.

"공주님을 뵈었네. 자네가 곤경에 처한 것이 본인 탓이라고 하시더군."

"제가 한 행동은 모두 제 책임입니다."

"그럼 부적절한 행동을 했다고 인정하는 건가?"

그는 시선을 아래로 떨구었다.

"공주님이 제가 그랬다고 하시면, 제가 그런 것이겠지요."

"공주님은 그렇게 말씀하지 않으셨네. 그렇게 말하는 건 다른 사람들이지."

"다른 사람들의 생각이나 말을 제가 통제할 수는 없겠지요."

나는 눈앞에 있는 청년을 찬찬히 살펴보았다. 툴리아와 이야기를 나눈 이후로 마음에 걸리던 뭔가를 새 물약에 대한 열의에 사로잡혀 애써 무시했었다. 공주는 당당하게 피토를 사랑한다고 말했지만, 피토가 그 사랑을 받아 주지 않았다는 사실도 털어놓았다.

만약 그가 공주를 사랑하지 않는다면, 내가 아무리 실험을 잘해 봤자 어떤 의미 있는 결과도 도출하지 못할 것이다. 설령 내가 그의 머릿속에서 툴리아에 대한 기억을 모두 지운다고 해도 아무것도 증명할 수 없을 테니! 그저 아는 사람의 기억을 지우는 것과 사랑하는 사람의 기억을 지우는 것은 차원이 다른 문제다.
그러니 알아내야 했다.
"사실, 공주님은 자네가 조금 덜 적절하게 행동하길 바라셨어."
그는 내 말이 무슨 뜻인지 제대로 이해하지 못하는 듯했다.
"공주님은 자네를 사랑해."
그는 눈을 크게 뜨고 나를 응시했다. 진심으로 놀란 듯했다.
"그럴 리 없습니다."
"자네도 공주님을 사랑하나?"
그는 혼란스러워 보였다. 그의 눈길이 나에게서 하웰로 갔다가 이어 양동이로 향하더니 다시 내게로 돌아왔다.
"제가 감히 어떻게 그럴 수 있겠습니까?"
이 말로 나의 실험은 시작도 하기 전에 끝났다. 나는 한숨이 나왔다. 물론 그는 공주를 사랑할 수 없었다. 이곳은 유토피아 섬이 아니라 에스콰베타였다.
나는 일어서려고 했지만, 한 손에는 촛불을 들고 다른 손에는 소변 잔을 들고 있어서 쉽지 않았다.
"공주님께서는 잘 지내십니까?"
"달나방차를 좀 드려서 히스테리를 진정시켜 드렸네."
나와 만났을 때 공주는 히스테리를 부리지 않았다. 하지만 내가 얼마나 중요한 사람인지 좀 과장해서 말할 필요가 있을 듯싶었다.
"달나방차."

그가 조용히 되뇌었다.

"공주님은 옥사타니아 왕자와의 결혼을 거부하고 계셔. 공주님의 마음을 돌리기 위해 양귀비 눈물 요법을 시작할 참이야."

"공주님의 눈."

그가 속삭였다.

나는 그를 물끄러미 보았다.

"공주님이 당신을 바라볼 때 반짝이는 파란 눈. 양귀비는 그 빛을 흐리게 할 것입니다. 공주님의 갈색 눈을 가만히 들여다보고 있으면……."

그가 계속 말을 이어갔다.

"마치 어둡고 신비한 동굴 속으로 걸어 들어가는 것 같았습니다."

그의 눈에 살짝 어린 물기가 촛불에 반짝였다.

"공주님을 사랑하나?"

"제가 감히 어떻게 그러지 않을 수 있겠습니까?"

나는 소변 잔을 그의 얼굴에 바짝 대고 가슴에서 우러나오는 눈물 한 방울을 담았다.

8
데이지

양의 방광에 유리관을 연결한 스포이트를 사용해 피토의 눈물을 약병에 옮겨 담았다. 그리고 약병을 코르크 마개로 막고, 만일에 대비한 예방 조치로 입구를 밀랍으로 봉했다.

밖으로 나가 주로 채소를 보관하는 지하 창고로 약병을 가져갔다. 내 작업실 바깥 공간은 누구에게나 개방되어 있었지만, 지하 창고는 작업실과 작은 탑 사이의 후미진 공간에 있어서 사람들 눈에 잘 띄지 않았다. 작업실 밖에는 내가 주로 찻물을 끓일 때 쓰는 철제 난로가 있었다.

지하 창고는 철제 난로와 작은 탑 사이에 있었다. 내가 성에 온 직후에 이 지하실을 팠는데, 여태껏 나 말고는 아무도 사용하지 않았다. 아마 다른 사람들은 이곳의 존재를 오래전에 잊어버렸을 것이다.

지하 창고는 위로 젖혀 여는 해치를 통해 드나들었는데, 평소에는 해치 위에 모래를 한 겹 덮은 다음 모래가 가득 든 자루 두 개를 올려놓고 지냈다. 다행히 모래도 쓸모가 있었다!

나는 모래 자루들을 끌어 옆으로 치우고 손잡이가 드러날 때까지 모래를 걷어찼다. 그다음 해치를 올리고 사다리를 타고 내려갔다. 지하 창고는 더운 여름에도 시원한 온도를 유지했다.

지하 창고에 스웨덴 순무 같은 채소만 있는 것은 아니었다. 뭐든 상하거나 손상될 위험이 있는 것들이 보관되어 있었다. 그중에는 한쪽 겉면을 긁어서 L자를 새긴 깡통도 있었다. L은 루이지(Luigi)의 머리 글자였다.

나는 피토의 눈물이 든 약병을 선반 위, 야크의 피가 담긴 병 뒤에 놓았다. 상할 염려는 별로 없었다. 눈물에 함유된 염분이 부패를 막아 줄 것이고, 10월이라 기온이 숨 막힐 정도로 높지도 않았다. 그런데 예전에 물약에 대한 기대감에 도취되어 부주의하게 설레발쳤던 적이 몇 번 있었다. 사용할 준비가 될 때까지 피토의 눈물을 안전하게 치워 두는 것이 최선이었다.

필요한 게 또 뭐가 있나 보려고 주위를 둘러보다 장어 껍질 한 가닥과 늑대거미의 알주머니를 챙겼다. 그러고는 사다리를 타고 올라가 해치를 모래로 덮고 그 위에 모래 자루들을 다시 끌어다 놓았다.

성 투어를 갔을 때 정원에는 토종 풀과 나무뿐이었다. 물론 이것도 진짜 중세 마을처럼 보이려는 노력의 일환이었을 것이다. 하지만 1523년 당시 내 정원의 모습과는 확실히 거리가 멀었다. 위대한 에스콰베타의 탐험가 마리오 쿠비오는 식물과 벌레에 대한 나의 관심에 공감해 세계 곳곳에서 온갖 식물 표본과 씨앗을 가져다주었다. 내가 특히 신대륙에서 발견된 곤충과 식물에 관심이 많다는 것을 그는 잘 알고 있었다.

한번은 그가 말했다.

"생각해 보게, 아나톨. 태초부터 우리와 떨어져서 발전한 문명들을. 그 문명들로부터 우리가 얼마나 많은 것을 배울 수 있을지 상상해 보라고!"

여러분은 에스파냐 탐험가 폰세 데 레온의 이름을 들어 보았을 것이다. 그가 젊음의 샘을 찾아 나섰다는 이야기도. 그는 아마도 수정처럼 맑고 푸른 물과 즐겁게 뛰노는 처녀들을 상상했을 것이다.

폰세 데 레온이 차라리 탁하고 뱀이 들끓는 플로리다의 늪지대를 헤치며 다녔으면 더 좋았을 뻔했다. 바로 그곳에서 마리오 쿠비오는 견과류, 갈대, 말린 잠자리, 악어 내장, 뱀독 등 루이지 물약에 들어간 모든 재료를 채집했다. 쿠비오는 늪 물로 노화와 관련된 여러 질병을 치료하는 원주민 의사들 덕분에 그 늪지대를 알게 되었다.

하지만 나에게 지금 당장 필요한 것은 그렇게 이국적인 재료들이 아니었다. 작업실에 말린 데이지 꽃잎이 한 단지 가득 있었지만, 나는 철 늦은 신선한 데이지를 구할 수 있을까 싶어 정원을 뒤졌다.

오늘날처럼 당시에도 많은 사람이 장미를 사랑의 꽃으로 여겼으나 장미 꽃잎에는 마법이 없다. 이 문제는 내 조언을 따르는 편이 좋을 것이다. 누군가에게 구애 — 요즘 사람들이 뭐라고 부르든 간에 — 하고 싶다면 데이지를 선물하라.

사랑의 묘약에 나는 데이지 꽃잎을 홀수로 넣는다. 그녀는 나를 사랑해. 그녀는 나를 사랑하지 않아. 그녀는 나를 사랑해. 여러분은 비웃겠지만, 폰세 데 레온의 젊음의 샘처럼 대부분의 속설은 어느 정도 현실에 근거를 두고 있다.

작업실로 돌아온 후, 기다란 장어 껍질에서 조심스럽게 비늘을 떼어 냈다. 물고기 비늘과 달리 장어 비늘은 껍질 겉이 아니라 속에 박혀 있다.

질그릇 냄비에 장어 비늘과 갓 딴 데이지 꽃잎 열네 장을 넣었다. 이 물약에는 짝수가 필요했다. 그는 나를 사랑하지 않아.

나는 평소에 모든 것을 일지에 기록했고, 이를 위해 나만의 비밀 기호를 고안했다. 보안 때문은 아니었다. 단어만으로는 나의 방법론이나 재료의 품질을 온전히 기술할 수 없기 때문이었다. 오직 기호만이 냄새와 색의 강도, 느낌과 본질을 표현할 수 있었다.

툴리아의 눈물이 든 약병에서 코르크를 제거하고 스포이트를 사용해 질그릇 냄비에 그 마지막 재료를 넣었다. 그다음 질그릇 냄비를 단단한 철사에 연결해 줄지어 있는 양초 위에 매달았다. 양초 하나하나의 크기와 모양과 함께 배치 역시 일지에 적었다.

양초를 새 양초로 바꾸려면 밤에 여러 번 일어나야 한다. 양초마다 교체하는 시간이 달랐다. 그것 또한 일지에 꼼꼼하게 기록해야 했다.

양초가 타서 작아지면 질그릇 냄비 내부의 온도가 서서히 낮아지고, 양초를 교체하면 약간 올라간다.

물약은 살아 있는 생명체와도 같다. 온도가 부드럽게 오르내려야 물약이 제대로 숨 쉴 수 있다. 너무 뜨거워 끓었다간 물약은 죽는다.

9

바베트

이튿날 아침 지하 감옥의 계단 꼭대기에서 하웰을 만났을 때, 육중한 돌문은 이미 열려 있었다. 나는 고블릿 두 개를 들고 있었다. 죄수에게 줄 잔 하나, 내가 마실 용주차가 담긴 잔 하나.

양초를 교체하느라, 아니, 그보다는 그 일을 해야 한다는 기대감 때문에 잠을 설쳤다. 아침 차가 절실했지만 지하 감옥으로 가서 피토를 볼 때까지 미루기로 했다. 내가 차를 마시면 그도 마실 가능성이 클 테니.

내가 하웰에게 다가갔을 때, 그의 얼굴에는 나를 알아본다거나 심지어 내가 온 것을 인식한 기색조차 보이지 않았다. 하지만 내가 두 손에 고블릿을 든 것은 보았는지, 지하로 내려가기 전에 벽에 걸린 촛대에서 양초 두 개를 집었다. 그러고는 큰 손가락 하나를 가운데 낀 채로 두 양초를 한 손으로 잡았다.

"안녕하세요, 친구."
피토가 다시 한번 자기 앞에 선 나에게 인사를 건넸다.

나는 계속 서 있었다. 고블릿을 쏟지 않으려면 어떤 자세로 앉아야 할지 고민하고 있었기 때문이다. 조심스럽게 한쪽 무릎을 꿇으며 피토의 찻잔을 딱딱한 흙바닥에 내려놓았다. 그리고 다른 쪽 무릎을 마저 꿇고 내 찻잔을 반대편에 내려놓았다. 그러고는 두 무릎을 폈다가 털썩 앉았다. 하마터면 나자빠질 뻔했다. 다행히 균형을 잡았고, 덕분에 품위도 지켰다.

피토의 얼굴에 미소가 어리는 것이 설핏 보였다. 나는 고블릿 두 개를 다시 한번 확인한 다음 그에게 줄 잔을 내밀었다.

그는 고블릿을 받지 않았다.

"당신이 이걸 마시고, 내가 당신 것을 마시는 건 어떻습니까?"

그는 나에 대한 평판을 알고 있는 것이 분명했다.

"새로운 물약을 실험하고 있네."

나는 솔직하게 말했다.

"양귀비로부터 공주를 구하기 위해서."

나는 이 물약이 그를 구할 수도 있다는 말은 하지 않았다. 그는 헛된 희망을 원하지 않았으니.

짜증스럽게도 하웰이 내 옆에 앉았다. 나는 그를 째려보았지만, 덩치 큰 야수는 의식하지 못했다.

피토가 고블릿을 받아 들었다.

"그러니까 저를 가지고 실험을 하시는 거군요? 어차피 저는 죽을 테니까."

그는 하웰을 할끗 보았다.

나는 부인하지 않았다.
"이걸 마시면 저한테 어떤 일이 벌어지지요?"
"그건 말할 수 없네."
말할 수 없었다. 약의 목적을 밝히면, 설령 그가 약효에 저항하지 않더라도 목적을 아는 것만으로도 공주에 대한 기억에 보호막을 칠 수 있기 때문이었다. 누군가에게 보라색 염소에 대해 생각하지 말라고 하는 것과 비슷하다.
그는 고블릿을 천천히 입술에 가져다 대더니 길게 한 모금 들이켰다.
나는 그토록 간절히 원했던 차를 한 모금 입에 넣고는 따뜻한 차의 기운을 오래 느끼고 싶어 입안에 오래 머금었다가 삼켰다.
용주차는 찻잎이 구슬처럼 둥글게 말린 형태가 용의 구슬 같다고 하여 그런 이름이 붙었다. 찻잎을 물에 담가 우려내면 뭉쳐 있던 찻잎이 서서히 풀리면서 풍부한 향미를 발산한다.
나는 차를 한 모금 더 마시고는 피토가 똑같이 한 모금 더 마시는 모습을 흡족하게 지켜보았다.
"살구 맛이 납니다."
살구는 들어가지 않았다. 그는 아마도 회향 씨, 오이, 육두구의 조합을 살구 맛으로 느꼈던 것 같다.
"누구를 사랑해 본 적 있으십니까?"
그가 불쑥 물었다.
나는 깜짝 놀랐고, 무례한 질문이라고 꾸짖을 뻔했다. 하지만 질문한 것이 그가 아님을 깨달았다. 데이지의 효과였다.

"한 번."

나는 솔직하게 대답했다. 가슴이 아려 왔다.

"자네 나이쯤이었네."

이십여 년 전 일이었지만, 그 고통은 결코 사라지지 않았다. 피토는 미소를 지으며 말했다.

"그분이 공주가 아니었기를 바랍니다."

"아니야. 섬세한 레이스를 짜는 여자였네."

"이름이 뭐였지요?"

나는 숨을 깊이 들이마셨다가 내뱉었다. 오랫동안 부르지 못한 이름이었다.

"바베트."

피토는 하웰을 쳐다보며 물었다.

"사랑해 본 적 있어요?"

하웰은 여전히 무표정이었다.

피토는 킥킥 웃었다.

피토가 나에게서 관심을 돌려 다행이었다. 하웰은 여전히 손가락 사이에 양초 두 개를 끼운 채 한 손으로 들고 있었다. 나는 손을 뻗어 그중 하나를 집어 들었다.

"그분, 예뻤어요?"

이 질문이 나를 뒤흔들었고, 평정심을 되찾는 데는 몇 초가 걸렸다.

"손가락이 예뻤어. 섬세하면서도 강인했지. 자기가 짠 레이스처럼."

"멋지네요."

나는 레이스를 짜는 그녀의 모습이 마치 거미가 정교하게 거미줄을 치는 것 같았다고 말했다.

"설마 그분한테 거미 같다고 말씀하신 건 아니겠죠?"

그가 웃으며 물었다.

"내 말이 칭찬이라는 걸 알았어."

바베트는 내가 식물과 벌레에 푹 빠져 있다는 걸 잘 알았다. 우리는 자주 숲을 산책했고, 나는 다양한 식물과 곤충을 가리키며 거기에 어떤 약효가 있는지 설명하곤 했다. 이 씨앗 꼬투리에서 나오는 기름은 발가락 가려움증에 좋아요. 이 뿌리를 으깨서 먹으면 변비가 완화돼요.

피토는 여자의 환심을 사는 나의 방식이 재미있다는 듯이 다시 킥킥 웃었다.

바베트에 대해 이야기하면 할수록 마음이 편해졌다. 마치 단단히 묶여 있던 모든 기억과 감정이 용주차의 찻잎처럼 부드럽게 펼쳐지는 듯했다.

어쩌면 지하 감옥의 어둠도 영향을 끼쳤을지 모르겠다. 임박한 피토의 처형 역시 한몫했을 수도 있다. 내가 무슨 말을 하든 그의 죽음과 함께 사라질 테니.

"그때는 나도 머리카락이 많았어."

피토는 이 말도 왠지 재미있어했다.

그때는 배도 나오지 않았고, 바베트의 표현을 빌리자면, 내 눈은 "짓궂게 반짝였다".

"키스하셨어요?"

나는 수줍음이 많은 편이고, 바베트는 겨우 열다섯 살이었다고 대답했다.

"툴리아처럼."

피토의 이 말에 나는 화들짝 몽상에서 깨어났다. 그의 입에서 공주의 이름이 튀어나오는 순간 칼에 찔리는 기분이 들었다. 그가 벌써 공주를 잊어버렸기를 기대하는 것은 어리석은 일이라고 나 자신을 다잡아야 했다.

나는 다시 바베트를 떠올렸다.

한 달에 한 번, 대성당 주변에서 노천 시장이 열렸다. 바베트는 자기가 짠 레이스를 모두 챙겨서 나와 함께 노천 시장까지 걸어갔다. 사십오 분쯤 걸리는 거리라 우리는 아침 일찍 출발해야 했다.

나에게는 한 달 중 가장 행복한 사십오 분이었다.

"옆에서 나란히 걷는 것."

나는 어둠에게 말하고 있었다.

"그걸로 충분했어."

"무슨 말인지 알아요."

피토가 말했다.

나는 그녀에게 다양한 종류의 나무와 관목에 대해 이야기해 주곤 했다. 내가 아는 것의 대부분은 할머니에게서 배웠지만, 열일곱 살 때 이미 혼자서 실험을 시작하기도 했다.

바베트가 오리나무 나뭇가지를 꺾어 들고 내게 물었다.

"이건 어떤 효과가 있어요?"

나뭇가지에는 잎이 두 개 달려 있었다. 내가 아는 한 거기에 마법적인 효과는 없었다.

하지만 바베트에게는 그렇게 말하지 않았다.

"아, 그거 아주 조심해야 해요."

나는 바베트에게 경고했다. 십중팔구 내 눈이 짓궂게 반짝였을 것이다.

"잎을 깨물면 맨 처음 보는 사람한테 키스하고 싶은 충동을 자제할 수 없게 되거든요."

바베트는 나뭇잎 하나를 떼어 내게 건넸다.

나는 들고 있던 레이스 바구니를 숲 바닥에 내려놓았다.

우리는 나뭇잎을 하나씩 손에 꼭 쥔 채 가까이 서서 서로의 눈을 바라보았다. 바베트가 머리카락을 쓸어 넘겼다. 우리는 동시에 나뭇잎을 깨물었다.

"그래서 어떻게 됐어요?"

피토가 조바심을 내며 물었다.

"우리의 첫 키스였어."

내가 말했다.

"그리고 마지막 키스였지."

나는 벌떡 일어나 고블릿 두 개를 집어 들고는 지하 감옥 문으로 향했다. 두 눈에 가슴에서 우러나오는 눈물이 그득했다.

자기만의 생각에 푹 빠져 있던 것 같은 하웰이 순간 허둥지둥 일어나 나를 쫓아왔다.

10

성대

작업실로 돌아온 나는 바베트에 대한 생각을 모두 떨쳐 버리고 일을 재개했다. 냉정하고 객관적인 태도로 실험 결과를 기록했다.

죄수가 여전히 툴리아를 기억하고 있다는 사실은 차질이 아니었다. 피토의 마음속에서 사랑을 관장하는 영역에 다다르는 성과를 거뒀고, 평소 진지한 사람을 어린아이처럼 킥킥거리게 했다. 내가 주목한 또 한 가지는 그가 공주가 아니라 **툴리아**라고 불렀다는 사실이었다.

첫걸음치고는 좋았다. 그래도 물약은 수정이 필요했다. 장어 비늘과 데이지 꽃잎의 배합에서 데이지 꽃잎의 비중을 줄이고 양초 배열도 바꾸었다. 보통 나는 새 물약을 만들 때 한 번에 과하게 수정하지 않았다. 너무 많은 것을 바꾸면 어떤 수정이 어떤 결과를 낳았는지 판별할 방법이 없기 때문이었다. 한 가지 수정이 다른 수정을 무효화하는 더 심각한 문제가 발생할 가능성도 있었다. 하지만 대연회가 이제 사 주도 안 남았으니 어쩔 수 없이 지름길을 택해야 했다.
나는 피토의 말에서 아이디어를 하나 얻었다.
신선한 살구를 구하기에는 너무 늦은 철이었지만, 지하 창고에 식초에 절인 살구가 세 단지 있었다. 단지 하나를 꺼내 끈을 풀고 왁스 먹인 양피지 뚜껑을 연 다음, 구리 집게로 살구 하나를 꺼냈다.
살구를 얇게 세 조각 썰어 질그릇 냄비에 넣었다. 남은 살구는 다시 식초 단지에 넣고 양피지 뚜껑을 덮어 끈으로 묶었다. 단지는 다시 지하 창고로 가져가지 않고 다음에 쓰기 편하게 선반에 올려놓았다.
피토가 맛에 대해 언급하지 않았다면 살구를 쓸 생각이 났을까? 어쩌면 그랬을 수도 있다. 결국에는. 아이디어들이 어떻게 떠오르는지는 알기 어렵다. 다만 피토가 물약에서 살구 맛이 난다고 말했고, 그게 내 마음에 와닿았다고 할 수 있을 뿐이다.
나는 질그릇 냄비에 다시 한번 툴리아의 눈물을 넣고 양초들 위에 올린 다음 촛불을 켰다.

"안녕하세요, 친구."
이튿날 아침, 피토가 나를 맞았다. 간밤에 나는 또 잠을 설쳤다.
이제 우리의 루틴이 생겼기 때문에 나는 앉기 전에 고블릿을 건네줄 수 있었고, 덕분에 구경거리가 되는 일은 피할 수 있었다. 하웰이 내 옆에 앉았지만 피토가 신경 쓰지 않는 듯해 나도 그냥 내버려두었다. 사실 하웰이 가끔 코를 훌쩍이지 않았다면 그가 거기 있다는 것도 잊어버렸을 것이다.

내가 인도의 브라마푸트라강 계곡에서 난 차를 즐기는 동안 피토는 수정한 물약을 마셨다. 내 차에서는 버섯을 연상시키는 흙 내음 같은 맛이 났고, 뒷맛에서는 은은한 꽃향기가 느껴졌다.

이번에는 주로 피토가 얘기하게 해야겠다고 마음먹었다. 그가 어떤 말을 하든 실험에 도움이 될 수 있겠지만, 주된 관심사는 기억력을 시험하는 것이었다. 그의 어린 시절에 대해 묻는 것으로 시작했다.

약이 그의 기억력을 오히려 향상시킨 것 같았다. 너무나도 구체적인 이야기들이 감당하기 어려울 정도로 쏟아져 나와, 의미 있는 발언과 그렇지 않은 발언을 구분하기조차 힘들 지경이었다.

전날처럼 들뜬 기색은 전혀 없었다. 그는 아무 감정 없이 말했다. 남동생의 죽음을 호두 껍질로 잉크 만드는 과정을 설명할 때와 똑같은 어조로 말했다.

일곱 살 때 부모님이 도시의 필경사 견습생으로 보낸 이야기를 할 때도 일말의 슬픔이나 원망조차 보이지 않았다. 그는 해가 뜨기 전에 일을 시작했고, 해가 저물고도 한참 동안 일을 끝마치지 못했다. 처음에는 필경사 견습생의 책무보다는 하인 업무가 우선이었다. 청소, 요강 비우기, 빨래 같은 일들이었다.

피토는 장인 필경사가 자신에게 시켰던 모든 일에 대해 주저리주저리 말했다. 양피지는 염소나 양의 가죽으로 만들었다. 피지는 소나 오록스의 가죽으로 만들었다. 이 동물들을 도살하고 가죽을 벗기는 것이 피토가 맡은 일이었다. 살갗을 태울 만큼 독한 화학 물질로 가죽을 처리한 다음 털을 남김없이 긁어내는 일도 해야 했다. 양피지나 피지는 원래 모습대로 자연스럽게 말리기 마련이라, 그것을 필기대에 고정하는 일도 했다.

손님들은 필경사의 가게로 법률 문서를 가져와 필사를 맡겼다. 가끔 교과서를 통째 들고 오는 학생들도 있었다. 피토는 글 읽는 법을 배우기도 전에 글자 하나하나를 베끼는 일에 능숙해졌다.

그가 열한 살이 되었을 때, 장인 필경사는 제자에게 읽는 법을 가르치는 것이 좋겠다고 생각했다. 하지만 놀랍게도 피토는 이미 글을 읽을 줄 알았다. 독학으로 터득한 것이었다.

나는 이 모든 이야기를 여러분에게 일관되고 재미있게 전달하려고 노력했지만, 앞서 언급했듯이 피토의 이야기는 세세한 일화가 끝없이 이어졌다. 처음으로 필사한 법률 문서를 한 단어도 빼지 않고 달달 암송할 정도였다.

이틀 연속 잠을 설친 나는 멀쩡한 정신으로 깨어 있기가 힘들었다. 내가 꾸벅꾸벅 졸기 시작했을 때, 갑자기 피토의 목소리가 갈라지는가 싶더니 희한할 정도로 삑삑거렸다.

우리 둘 다 웃음을 터뜨렸다.

그가 내처 말하려고 하자 어린아이 목소리가 나왔다. 우리 둘은 또다시 웃었다. 그는 웃음소리마저 어린아이 같았다.

나는 하웰을 힐끗 봤지만, 그 야수는 우리가 왜 웃는지 전혀 눈치채지 못했다. 아예 궁금해하지도 않는 것 같았다.

"아까 그 물약에 뭐가 들어 있었습니까?"

그가 어린아이 목소리로 내게 물었다.

나는 그저 어깨를 으쓱할 수밖에 없었다.

21세기 심리학자라면 어린 시절의 기억이 너무 강렬해 피토에게 신체적 증상을 유발했다고 말할 것이다. 그렇게 어린 나이에 가족과 헤어지면서 받은 스트레스와 노예처럼 일해야 했던 사실이 트라우마를 일으켰다고 강조하면서, 당시의 억눌린 감정들이 어린아이의 목소리로 표출되었다고 주장할 것이다.

하지만 이때는 프로이트보다 삼백여 년 앞선 시대였으니 나는 그런 개념 같은 것을 몰랐다. 그의 성대에 변화가 생긴 것이 물약의 의도치 않은 결과인 줄로만 알았다.

나는 피토에게 잠시 목을 쉬게 하자고 제안했고, 그 틈을 지하 감옥에서 나와 작업을 재개할 기회로 삼았다.

11
보석 장식이 있는 칼

"나는 눈을 돌리지 않을 거예요!"

툴리아 공주가 힘주어 말했다.

나는 깜짝 놀라 살구 단지를 쳐서 쓰러뜨릴 뻔했다.

이번에도 공주는 발 사이로 슬며시 들어왔고, 나는 공주가 바로 뒤에 올 때까지 전혀 낌새채지 못했다.

"혼전 대연회에서 그가 처형될 예정이라는 것 알고 있었죠?"

나는 아무 대답도 하지 않았다.

"달림플 왕자가 그걸 요구한다면서요! 난 그 사람이 진짜 싫어요! 거기에 동조한 왕과 왕비도 싫고."

내가 처형에 대해 알고 있었다고 인정하면 공주는 동조자 명단에 나도 넣을 태세였다.

"어쨌든 공주님도 대연회에 참석하실 생각인 거죠?"

"피토를 위해서예요. 때가 되면 나는 그를 똑바로 바라볼 거예요. 그가 마지막으로 보는 것은 나의 영원한 사랑이 될 거예요."

그녀는 나에게 등을 돌리고는 몇 걸음 앞으로 걸어갔다.

"내 열두 번째 생일에 왕자가 보석으로 장식한 칼을 보냈다는 걸 알지요? 루비, 에메랄드, 오닉스예요. 옥사타니아 깃발의 삼색을 표현한 보석들이죠."

공주는 나를 다시 마주 보았다. 갈색 눈동자는 깊은 슬픔에 잠겨 있었고, 파란 눈동자는 결연한 의지로 반짝였다.

"피토가 죽으면……."

그녀가 내처 말했다.

"나는 일어서서 가운에 손을 넣어 그 칼을 꺼낼 거예요……. 그리고 내 가슴을 찌를 거예요."

나는 두 손으로 칼을 잡고 심장에 꽂는 시늉을 하는 그녀를 보며 기겁했다.

"피토는 처형당하지 않을 겁니다."

내 목소리가 떨렸다. 나는 질그릇 냄비 쪽으로 눈길을 돌렸다.

"물약?"

공주가 물었다.

"피토를 살릴 물약입니다."

공주의 두 눈이 모두 반짝였다.

"어떻게? 저 물약이 어떤 효과가 있는데요? 사람을 안 보이게 해요?"

"말씀드릴 수 없습니다. 말하면 약효가 발휘되지 못합니다. 그냥 저를 믿으셔야 합니다."

그녀의 갈색 눈은 피토가 표현한 대로 신비한 동굴처럼 보였다. 파란 눈은 바닥 없는 호수 같았다.

"나는 당신을 믿어요, 나토."

공주는 생쥐 우리로 걸어가 루이지한테 다정하게 인사를 건넸다. 늙은 생쥐가 우리의 나무살 사이로 주둥이를 내밀자, 툴리아는 허리를 숙여 입을 맞추었다.

루이지가 나와 얼마나 오래 지냈는지 공주는 알까? 나는 궁금했다. 하지만 쥐의 기대 수명을 아는 사람은 거의 없다.

여러분이 무슨 생각을 하는지 안다. 그냥 루이지 물약을 피토에게 주면 안 될까? 그러면 피토를 살릴 수 있지 않을까?

루이지 물약은 노화 과정에만 영향을 미쳤다. 설사 인간에게도 효과가 있다고 가정해도 — 이것은 엄청난 가정이다 — 고양이의 날카로운 발톱으로부터 루이지의 목을 보호할 수 없듯이 하웰의 도끼로부터 피토의 목을 보호할 수는 없다.

12
호랑이 방생

나는 차 한 잔이 아니라 찻주전자를 통째로 들고 지하 감옥으로 갔다. 죄수의 목소리는 정상으로 돌아왔지만, 혹시 같은 일이 재발할 시에 손쉽게 성대를 달래 줄 뭔가가 있으면 좋을 성싶었다.

처음 두 번의 실험 결과는 상당히 고무적이었다. 첫 번째 물약은 어린 나이에 감정을 억누르는 법을 배운 소년에게 사랑에 대한 들뜬 생각들을 표출하게 했다. 두 번째 물약은 기억력을 감소시키기는커녕 오히려 향상시키고 날카롭게 만든 것처럼 보였으나, 어느 기억에도 툴리아 공주는 등장하지 않았다.

뇌는 기억의 양동이다. 어떤 기억들이 확장되면 다른 기억들은 필연적으로 넘쳐 나갈 수밖에 없다. 이것은 자연의 물리적 법칙이다.

물약이 아직 표적 한가운데를 맞추지는 못했지만, 근처까지는 갔다.

세 번째 투약은 죄수에게 끊임없이 콧노래를 부르게 했다. 만약 그 콧노래가 그리 짜증스럽지 않았다면, 아마 나는 거기서도 뭔가 유용한 아이디어를 얻었을 것이다. 나는 그에게 계속 차를 마시라고 권했다. 그러면 혹시나 콧노래가 그칠까 봐. 하지만 그는 고블릿을 내려놓자마자 다시 콧노래를 흥얼거렸다. 단순한 멜로디가 똑같이 계속 반복되었다.

그는 차에 거의 관심이 없었다. 그냥 물 마시듯이 마셨다. 나 같은 차 애호가처럼 반응하리라 기대한 것은 아니지만, 감금된 뒤로 묽은 콩 수프와 오래된 빵만 먹은 점을 고려하면 감사의 표시나 최소한 차에 대한 언급 정도는 내가 아니더라도 누구나 기대할 것이다.

그날 오후 작업실로 돌아온 후, 나도 모르는 사이에 그 짜증나는 멜로디를 계속 흥얼거렸다.

오백 년이 지난 지금도 내 머릿속에서 그 곡조가 들린다. 이제는 짜증스럽지 않고 오히려 향수를 불러일으킨다.

이틀 뒤, 더 희망적인 결과가 나왔다. 죄수는 그리스어 알파벳을 기억하지 못했다. 스스로도 당황스러웠을 것이다. 이것은 행성 이름을 까먹는 것처럼 사소한 문제가 아니었다. 행성 이름을 기억하지 못하는 사람의 이름이 갈릴레오나 코페르니쿠스가 아니라면.

르네상스는 고대 그리스와 로마의 예술과 철학에 대한 관심이 다시 고조된 시기였다. 피토는 십 대 초반에 수많은 고대 문헌을 필사했다. 그에게서 들은 바에 따르면, 장인 필경사의 고객 중 많은 이가 장인이 아니라 견습생에게 일을 맡기고 싶어 했다. 피토는 독학으로 읽는 법을 깨쳤을 뿐 아니라 라틴어와 고대 그리스어를 읽는 법도 터득했다.

나는 대단하다고 생각했지만 놀라지는 않았다. 시작이 그토록 비루했던 사람이 국왕의 성까지 오게 된 데는 다 이유가 있기 마련이다.

사실 나는 피토와 툴리아 공주에 대한 추악한 소문의 근원지가 늙은 필경사 볼타로일지 모른다고 의심하기 시작했다. 왕실 도서관 관리도 볼타로의 업무 중 하나였다. 그는 두 사람이 함께 책 읽는 모습을 보았을 것이다. 볼타로는 피토의 재능을 확실히 알아보았고, 그 재능이 자신에게 위협이 되리라는 것도 간파했으리라.

나의 이런 추측을 죄수에게 말하는 것은 의미가 없었다. 그의 마음이 도서관에서 일어난 일과 일어나지 않은 일에 지나치게 집착하면 그와 관련된 기억들을 강화할 것이었다.

호랑이를 해자로 풀어 주는 날이 왔다. 이 행사는 세기의 결혼식 못지않게 열기와 기대를 모았다.

나는 일찍 가서 구경하기 좋은 자리를 차지하고 싶었지만, 그 전에 모든 재료를 질그릇 냄비에 넣고 일지에 하나하나 기록해야 했다. 이 작업에는 인내심이 필요했다.

안타깝게도, 질그릇 냄비에 급하게 철사를 연결하다가 그만 아스픽이 든 단지를 넘어뜨렸다. 그 단지는 비둘기 알 단지를 쓰러뜨렸다. 결국 두 단지 모두 바닥으로 떨어졌다.

여러분 눈에는 내가 몹시 어설퍼 보일지도 모르지만, 질그릇 냄비를 구하기 위해서는 기민한 반응과 민첩한 동작이 필요하다는 점을 지적하고 싶다. 내가 일주일 동안 거의 잠을 자지 못했다는 사실도 기억해 주기 바란다.

끈적끈적하고 지저분해진 바닥을 멍하니 내려다보고 있는데, 크룸호른(16~17세기의 목관악기―옮긴이) 소리가 요란하게 울려 퍼졌다. 나는 바닥을 대충 모래로 덮고 허둥지둥 밖으로 나갔다.

내가 다리에 도착했을 때는 산드로 왕이 연설 중이었다. 왕 옆에 기술자 그레고르가 서 있었다. 그레고르 맞은편에는 호랑이 우리가 있었으며, 그 너머에는 밧줄, 도르래, 갈고리, 크랭크 두 개가 달린 커다란 나무 구조물이 있었다.

그레고르는 해자 건설을 감독하는 일 외에도 성문을 도개교처럼 내릴 수 있도록 개조하는 일도 했다. 내가 서 있는 쪽 다리에는 무거운 쇠밧줄을 감은 커다란 감개가 두 개 있었고, 감개 양편에 병사가 두 명씩 서 있었다.

내게는 다리 반대편에 있는 군중 가운데 일부만 보였다. 대부분은 성벽에 가려졌다. 해자 속은 아예 보이지 않았다.

디티에리와 코리나 왕비도 다리 위에 있었다. 툴리아 공주는 이 행사에 관심이 없었다.

왕의 일장 연설이 끝나자 그레고르가 호랑이 우리에 갈고리 두 개를 걸었다. 하나는 위쪽에, 다른 하나는 앞쪽 걸쇠에. 경비병 넷이 앞으로 나와 호랑이 우리의 네 모서리를 하나씩 잡았다. 그레고르가 크랭크를 돌리는 동안 경비병들이 도와 우리를 들어 올렸다.

경비병들이 손을 놓자 우리가 흔들흔들하며 해자를 가로질러 옮겨졌다. 성벽 너머에서 사람들이 헉하고 놀라는 소리가 들려왔다.

그레고르가 크랭크를 반대 방향으로 돌리자 우리가 천천히 내려왔다. 우리가 바닥에 닿는 순간을 나는 볼 수 없었지만, 지켜보는 사람들의 환호성은 들을 수 있었다.

산드로 왕이 내 쪽을 힐끗 보더니 다리 위로 올라오라고 손짓했다. 나는 머뭇머뭇 몇 걸음을 내디뎠고, 목을 쭉 뻗으면 해자에 있는 호랑이 우리가 보이는 지점까지만 걸어갔다. 다리 가장자리에 너무 가까이 가기는 두려웠다.

그레고르가 다른 크랭크를 돌리자, 우렁찬 소리와 함께 우리 문이 벌컥 열렸다. 우렁찬 소리는 호랑이가 아니라 사람들이 낸 소리였다. 호랑이는 아무 소리도 내지 않았다.

솔직히, 나는 그레고르가 받는 관심이 부러웠다. 특히 왕이 그의 어깨에 다정하게 손을 얹었을 때는 시샘이 날 정도였다. 물약이 완성되면 나도 저렇게 될 수 있을 거야. 나는 생각했다.

느닷없이 비명이 들렸다. 고개를 돌려 보니, 한 남자가 해자로 떨어지고 있었다. 해자로 떨어지는 사람이 한 명뿐이라는 사실이 놀라울 정도로 너무 많은 사람이 해자 가장자리에 다닥다닥 붙어 있었다. 떨어진 사람을 위해 내가 할 수 있는 일이라고는 호랑이에게 잡아먹히기 전에 죽기를 바라는 것뿐이었다.

그레고르가 노련하게 크랭크를 조작해 해자에 빠진 남자 머리 위까지 밧줄을 이동시켰다. 남자는 순간적으로 몸을 쭉 뻗어 밧줄을 잡았다. 그레고르가 그를 끌어올려 안전한 곳으로 옮기자 사람들 입에서 환호성이 터졌다.

그동안 호랑이는 우리에서 나오지 않았다.

십 분이 지나도 나오지 않았다.

이십 분 후에도 나오지 않았다. 사람들이 술렁대기 시작했다.

얼마 뒤, 치열한 경쟁 끝에 다리 앞쪽을 차지했던 사람들이 자리를 뜨기 시작했다. 그 빈자리를 다른 사람들이 차지하고 잠시 아래를 내려다보다가는 역시 자리를 떴다.

그들은 몇 킬로미터나 떨어진 곳에서 왔을 것이다. 잠깐이라도 호랑이를 보고 포효하는 소리를 듣기 위해 이틀 치, 어쩌면 사흘 치 품삯을 포기했을 것이다.

포폴로 미누토보다 포폴로 그라소에게서 더 많은 불만과 더 노골적인 경멸의 표현이 터져 나왔다. 놀라운 일은 아니었다. 포폴로 미누토는 실망에 훨씬 익숙한 사람들이었다.

모두가 불만을 품은 것은 아니었다. 초록색 베일을 쓴 여인이 한 신사와 팔짱을 끼고 떠나는 모습이 보였다.

카페에서 나는 카푸치노를 마신다. 크루아상을 한 조각 떼어 후드 티 앞주머니에 넣는다. 현재 해자에는 호랑이 여섯 마리가 살고 있다. 해자를 빙 둘러 유리처럼 투명한 플렉시글라스 난간이 설치되었다. 전체 길이는 아마도 1,500미터가 넘을 것이다. 해자를 내려다볼 수 있는 전망대도 여러 개 생겼다.

첫 호랑이는 죽지 않았다. 나도 나중에야 알았지만, 해가 지고 얼마 지나지 않아 호랑이가 모습을 드러냈다. 우리 문이 열리고 여섯 시간쯤 지난 후였다.

나는 호랑이의 마음을 이해한다. 내가 나의 우리에서 나오기까지는 훨씬 더 오랜 시간이 걸렸으니.

13
지하 감옥에서

 이상하게 들릴지 모르지만, 지하 감옥에서 죄수와 함께 보내는 아침 시간이 나의 하루 중 가장 즐거운 시간이 되었다. 이따금 찻주전자와 함께 오이와 치즈도 가져갔다. 이것들을 나르는 일은 하웰이 도와주었다.
 오이는 현대 슈퍼마켓에서 볼 수 있는 것과는 생김새가 달랐다. 별별 모양으로 휘어 있었는데, 그중 몇몇은 피토도 퍽 재미있어 했다. 색깔도 다양했다. 노란색과 초록색 줄무늬가 있는 오이, 가지처럼 보라색인 오이 등등.
 지하 감옥에서 나는 피토에게 지상에서는 감히 꺼낼 수 없는 말을 할 수 있었다. 그는 언제나 흥미롭고 통찰력 있는 관점을 제시했다. 피토에게 물약에 대해 말할 수 없다는 게 안타까웠다. 그가 유용한 제안을 해 주었다 해도 놀랍지 않았을 것이다.
 피토는 내가 루이지 실험에 관해 이야기한 유일한 사람이기도 했다.
 "생쥐가 일곱 살까지 살면, 사람으로 치면 백오십 살까지 산

셈이야!"

피토는 그렇게 오래 살고 싶지 않다고 했다. 처형을 앞둔 사람의 말치고는 흥미로웠다.

"늙지 않고 오래 사는데도? 모든 객관적인 수치를 봤을 때, 루이지는 늙지 않고 있거든."

그는 우주와 그 안의 모든 것이 끊임없이 변하고 있다고 말했다.

"당신은 지하 감옥에 들어왔을 때와 똑같은 사람이 아닙니다. 이 지하 감옥 역시 똑같은 지하 감옥이 아니고요."

그는 우리가 나이를 먹지 않으면 변하지 않을 것이며, 그렇게 되면 사실상 우주와 보조를 맞추지 못할 것이라고 설명했다. 그에게 죽음은 점진적인 변화의 한 단계일 뿐이었다. 그는 자신의 본질이 영원한 시간 속에서 계속 더 많은 변화를 겪을 것이라고 믿었다.

나는 고개를 끄덕이며 차를 마실 수밖에 없었다. 그때는 우주와 보조를 맞추지 못한다는 말이 무슨 뜻인지 이해하지 못했다.

"바베트하고 무슨 일이 있었는지 말해 주시겠어요? 너무 고통스럽지 않으시다면요."

나는 잠시 생각하다가 후 불어서 촛불을 껐다. 그러고는 양초를 하웰의 얼굴 앞으로 가져가 흔들었다. 그러자 그는 무슨 뜻인지 알아차리고는 자기 촛불을 껐다.

어둠 속에서는 말하기가 더 쉬울 것 같았다.

바베트와 나는 시장으로 가는 내내 마법 같은 키스의 주문에 사로잡혀 있었다. 우리는 한동안 손을 잡고 걸었지만, 레이스가 든 바구니들은 한 손으로만 들고 가기에는 너무 컸다.

시장에 도착했을 때, 다른 상인들은 이미 가판대를 설치하고 있었다. 목이 좋은 자리들은 죄다 선점되어 바베트는 화가 났다. 직물류는 성당 북쪽 끝에 자리를 잡았다. 고기와 채소는 남쪽에서, 포도주와 기타 증류주들은 성당 안에서 팔고 있었다.

아무도 거들떠보지 않을, 삐걱대는 탁자가 보였다. 나는 그 탁자를 들고 유일하게 비어 있는 공간으로 갔다. 화려한 모자를 파는 가판대 뒤였다.

"여기는 사람들 눈에 띄지도 않잖아요!"

바베트는 불평했지만, 곧 나에게 미소를 지으며 말했다.

"우리가…… 그쯤에서 멈춘 게 그나마 다행이네요."

놀랍게도, 내가 바베트 이야기를 할 때 지하 감옥에서 느낀 것은 고통이 아니라 안도감이었다. 마음이 따뜻해지는 느낌마저 들었다. 이 기억들을 오랫동안 억눌러 온 탓에 그녀의 미소와 눈빛에 담겨 있던 사랑을 잊고 있었다.

가판대 위치에 대한 바베트의 염려는 괜한 것이었다. 고객들이 알아서 그녀를 찾아왔다. 재단사와 드레스 제작자들은 포폴로 그라소를 위해 만든 옷에 그녀의 레이스를 달았다. 자기가 직접 만든 옷을 더 돋보이게 하려고 하루치 품삯에 해당하는 동전 한두 닢을 기꺼이 지불하는 평민들도 있었다. 바베트는 일에 방해된다며 계속 나를 쫓아내려 했지만, 그녀의 눈빛과 웃음 섞인 목소리는 내가 주위를 어슬렁거려 행복하다고 말하고 있었다.

한 귀족이 시장통을 헤치고 나타나자, 시장 분위기가 순식간에 바뀌었다. 그는 조끼처럼 생긴 검은담비 외투를 입고 있었다. 셔츠는 보라색이었다. 허리에는 칼을 차고 있었다.

상인들이 모두 부리나케 가판대를 정리하더니 최상품만 진열하기 시작했다.

"저 사람이 이쪽을 보고 있어요."

바베트가 속삭였다.

"저리 가요!"

이번에는 진심으로 하는 말임을 나는 알았다. 그래도 겁에 질린 토끼처럼 허둥지둥 도망칠 생각은 없었다. 미적거리며 태연하게 걸어갔다. 아주 짧은 순간, 나는 그 귀족과 마주 보았다.

귀족이라고 말하긴 했지만, 사실 그는 내 또래였다. 헝클어진 금발에 튀어나온 턱이 인상적이었다. 같이 온 두 친구와 아까부터 웃고 있던 그는 내가 자기 앞을 지나가자 웃음을 멈추고는 차가운 푸른 눈으로 나를 노려보았다.

나는 피토에게 그와의 만남을 위와 같이 묘사했고 지금도 그렇게 기억하고 있지만, 그 후 일어난 일들 때문에 내 기억이 오염되었을지도 모른다. 어쩌면 그는 나를 힐끔 보기만 했을 수도 있다.

지하 감옥에서, 나는 그저 "그는 보라색 옷을 입었다."라고 말했을 뿐이지만 피토는 그 남자가 귀족이었음을 바로 이해했다.

에스콰베타에는 복식과 관련해 엄격한 법이 있었다. 보라색 옷은 귀족만 입을 수 있었다. 이를 위반하면 거액의 벌금을 내거나 심지어 사형을 당할 수도 있었다.

포폴로 미누토에게는 이런 법이 딱히 의미가 없었다. 그들의 옷은 대개 아마나 양모의 자연적인 색이거나 염색하더라도 어두운 주황색이나 갈색이었다. 다른 색 염료는 너무 비쌌고, 그중에서도 보라색이 제일 고가였다.

중세 암흑시대에는 왕족만 보라색 옷을 입을 수 있었지만, 르네상스와 함께 포폴로 그라소가 등장했다. 일부 상인과 무역상은 왕보다 더 부유해져 고급 옷을 입기 시작했다. 왕들은 귀족들이 단순한 사업가들과 구별되도록 복식 법을 제정했다. 예를 들어 검은담비 같은 특정 모피는 귀족에게만 제한적으로 허용되었다.

선량한 기독교인들이 "속아서 결혼하지 않도록" 이슬람교도와 유대인들에게 특별한 표식을 달도록 강제하는 법도 있었다. 같은 이유로, 특정 여성들은 낮에 초록색 베일을 써야 했다. 세상 물정 모르는 신사들이 그 여자들을 존중해 줄 만한 숙녀로 오해하지 않도록 하기 위해서였다.

젊은 귀족 일행이 바베트의 가판대로 향할 때, 나는 바로 앞 가판대로 가서 모자를 고르는 척했다. 나는 귀족이 의심스러웠다. 그는 레이스 조각을 하나하나 꼼꼼히 살펴보고 있었다. 마치 재봉사라도 되는 양! 그동안 바베트는 불안한 표정으로 그를 지켜보았다. 그리고 그가 자기를 힐끔거릴 때마다 미소를 지어 보였다.

바베트가 짠 레이스는 모양도 패턴도 다양했다. 나는 젊은 귀족이 꽃 모양 레이스를 고르는 모습을 지켜보았다.

"예쁘네. 기막히게."

그가 친구들에게 레이스를 보여 주며 말했다.

바베트는 환하게 웃었다. 하지만 내가 보기에, 그들은 레이스를 보는 게 아니었다. 레이스 너머에 있는, 레이스를 짠 기막히게 예쁜 사람을 보고 있었다.

귀족이 바베트의 손을 잡더니 동전 몇 닢을 쥐여 주었다.

"오, 이건 너무 많아요!"

그녀는 동전 일부를 돌려주려 했다. 하지만 그는 레이스가 그만한 가치가 있다고 말했다.

그녀는 정중하게 감사 인사를 했다.

"내 가죽 장화에 진흙이 잔뜩 묻었네."

그는 그렇게 말하고는 손에 쥐고 있던 레이스 조각을 그녀에게 다시 건네려고 했다.

바베트는 어리둥절해했다.

"어젯밤에 비가 왔잖아. 땅이 질퍽질퍽해."

"가죽 장화를 닦아 달라는 말씀이신가요?"

"그렇게 친절하시다면야."

귀족의 친구들이 낄낄거렸다. 바베트가 하지 않겠다고 말하자, 그들은 그녀를 가판대 뒤에서 끌어내 무릎을 꿇렸다.

그때 나는 어떻게 했을까? 그녀의 명예를 지키기 위해 용감하게 나섰을까? 아니면 겁먹고 모자 뒤에 숨어 그녀의 굴욕을 지켜보았을까?

"당신이 할 수 있는 일은 아무것도 없었어요."

피토가 나를 위로했다.

"자네라면 앞으로 나섰겠지."

"그래서 결국 제가 어디 있는지 보십시오."

바베트는 진흙 바닥에 무릎을 꿇은 채 가죽 장화를 닦으려 했지만, 레이스가 그만 찢어져 버렸다. 가죽을 닦기에 레이스는 너무 섬세했다. 귀족의 두 친구가 가판대에서 레이스를 더 들고 와서는 그녀에게 툭 던졌다.

그녀는 한 달을 꼬박 고생해서 만든 레이스를 주워 가슴에 꼭 안았다.

"싫어요!"

바베트가 나지막이 말했다.

귀족은 칼을 뽑아 들고는 하던 일을 마저 끝내라고 명령했다. 그녀가 움직이지 않자, 그의 칼이 내려왔다.

나는 귀족과 그의 친구들이 성당 안으로 들어간 뒤에야—아마도 술을 사러 갔을 것이다—바베트를 도우러 갔다. 칼에 깊게 베인 자국이 그녀의 팔뚝만큼 길었다.

레이스는 가죽 장화를 닦는 용도만큼이나 붕대로 쓰기에도 효과적이지 않았다. 한 상인이 기름진 헝겊을 건네준 덕분에 지혈을 할 수 있었다.

나는 바베트를 일으켜 세웠고, 그녀의 집으로 돌아가기로 결정했다. 집까지는 먼 길이었다. 그녀는 내내 비틀거렸고 심지어 두어 번 의식을 잃기도 했다. 그럼에도 우리는 어찌어찌 계속 걸어 마침내 그녀의 오두막집에 다다랐다. 그곳에서 나는 바베트를 그녀의 할머니에게 맡기고 필요한 것들을 구하러 다시 숲으로 향했다.

얼마 후 나는 당귀 뿌리, 쐐기풀 세 종류, 자작나무의 상처에서 자라는 차가버섯을 가지고 돌아왔다. 바베트는 자고 있었다. 얼굴에 핏기라곤 하나도 없었다. 숨소리는 거칠고 불규칙했다.

할머니가 붕대를 새것으로 교체해 주었다. 붕대를 떼어 낼 때 보니, 상처에 황록색 딱지가 앉아 있었다. 썩는 냄새가 났다. 나는 구해 온 식물들로 습포제를 만들어 상처에 붙였다.

"빵 곰팡이를 연구하고 있었지. 하지만 예비 실험을 겨우 두세 번밖에 하지 않은 상태였어."
내가 피토에게 말했다.
바베트는 내 실험의 첫 피험자가 되었다. 나는 어떻게든 냉정하고 객관적인 태도를 유지해야 했다. 곰팡이가 핀 빵으로 수프를 한 냄비 끓였다.

이틀 동안 바베트는 숟가락도 못 들 정도로 힘이 없어서 다른 사람이 도와주어야 했다. 하지만 셋째 날에는 끔찍한 맛에 대해 투덜댈 만큼 기력을 되찾았다!
다섯째 날, 그녀의 오두막집에 들어갔을 때 나는 그녀가 던진 국자에 맞을 뻔했다.
바베트는 웃고 있었다. 두 뺨이 복숭앗빛이었다.
"우리가 결혼하면 요리는 내가 할 거예요!"
그녀가 딱 잘라 말했다.
아, 내 가슴이 어찌나 뛰던지!

14
21세기 경고

주의: 곰팡이가 핀 빵을 먹지 말 것. 구토, 설사, 위경련, 호흡 곤란, 마비 및 사망 등을 초래할 수 있음.

16세기에는 이런 경고가 필요 없었다. 오늘날에는 필수지만 말이다.

1523년, 우리는 삶의 불안정성을 잘 알았다. 전쟁, 기근, 전염병의 위협만이 아니었다. 우리는 늘 조심해야 했고, 누군가가 기본적인 상식을 깨뜨리는 행동을 하면 그 책임은 오롯이 그 사람 몫이었다. 오늘날에는 누군가가 곰팡이에 관한 지식이 없거나 안전하게 먹는 방법을 몰라서 곰팡이 핀 빵을 먹는 것 같은 바보스러운 짓을 저지르면, 그 사람은 자신의 어리석음에 대해 다른 사람들이 책임져야 한다고 생각한다.

더구나 지금은 항생제를 쉽게 구할 수 있다. 역사적 문헌에 따르면, 최초의 항생제인 페니실린은 스코틀랜드의 저명한 의사이자 과학자인 알렉산더 플레밍이 발견했다.

1928년에 그는 빵에 핀 곰팡이에서 페니실린을 발견했다.

그보다 4세기 전에 내가 했던 일을 언급한 역사 문헌도 있을까? 나는 각주에서조차 언급된 적이 없다!

하지만 따지고 보면 나는 존중받는 의사도 과학자도 아니었다. 그저 마법사, 요술을 부리는 사람이었을 뿐이다.

첫 빵 곰팡이 수프를 만들고 나서 육 년 후, 의사로서의 나의 명성은 에스콰베타 전역에 자자했다. 산드로 왕이 목졸림병에 걸렸을 때 나는 왕실의 부름을 받았다.

당시 나는 머리카락도 잃고, 눈에서 짓궂은 반짝임도 잃은 상태였다.

그때 나는 증상이 사라진 후에도 왕이 이 주 동안 빵 곰팡이 수프를 먹어야 한다는 것을 알고 있었다. 악령은 흔적 하나 없이 완벽하게 제거해야 한다. 그렇지 않으면 악령은 전례 없이 강력한 힘을 가지고 돌아온다.

바베트를 죽인 것은 최초의 감염이 아니라 재발이었다.

15

지연

어두운 지하 감옥에서, 나는 두 눈에 타르라도 뒤집어쓴 듯했다. 피토에게 바베트에 대한 이야기를 마쳤을 때 나는 흐느끼고 있었다.

양초에 다시 불을 붙일 성냥 따위는 없었다. 1523년에는 부싯돌을 쇳조각에 부딪혀서 불을 붙였다.

지하 감옥을 나설 때는 하웰 뒤에서 그의 튜닉 자락을 붙들고 걸어가야 했다. 하웰이 철문을 열려고 멈추었을 때, 나는 그의 넓은 등판에 코를 처박았다.

계단 꼭대기 돌문이 조금 열려 있어 철문을 열자마자 빛이 다시 들어왔다. 이제 계단을 느릿느릿 오르는 내게 익숙해진 하웰이 천천히 움직이며, 내가 잘 따라오는지 확인하려고 몇 번이나 뒤돌아보았다. 그가 보기에 몸놀림이 어설픈 내가 넘어져도 그 소리를 들을 수 없을 테니 말이다.

작업실로 돌아온 나는 물약에 사소한 수정 두 가지와 좀 더 과감한 수정 한 가지를 했다. 툴리아의 눈물방울을 냄비에 넣고 양초들을 초승달 모양으로 재배치한 다음 그 위에 냄비를 올려놓았다.

더 큰 수정은 **격벽검댕이먼지**라는 점균식물을 추가하는 것이었다. 이 점균식물은 개의 토사물처럼 생겼는데, 생김새와 달리 냄새는 혐오스럽지 않다. 죽거나 썩어 가는 나무에서 자라고, 폭우가 내리고 나면 무성해지는 특징이 있다. 나는 지하 창고에서 단지 하나에 이 점균류를 키우고 있었다.

나는 격벽검댕이먼지를 무사마귀 치료 연고를 만들 때 썼다. 주변의 건강한 피부에는 아무 손상도 입히지 않고 사마귀만 깨끗하게 없앨 수 있었다.

마찬가지로 다른 기억에는 전혀 손상을 주지 않고 특정 기억만 제거하는 데 격벽검댕이먼지가 도움이 되리라고 생각했다. 지워야 할 기억들이 표층으로 더 가까이 떠오르도록 데이지 꽃잎 개수도 늘렸다.

한 손에는 찻주전자를, 다른 손에는 새로 수정한 물약을 들고 돌계단을 내려가면서 나는 희망에 부풀었다. 하지만 죄수에게 가기도 전에 하웰이 든 촛불이 나불거리는 것이 보였다. 뭔가 잘못되었다.

양초 하나를 집어 피토의 얼굴 가까이 갖다 댔다. 얼굴 가득 크고 붉은 반점이 보였다. 손과 발도 살펴보니, 역시 반점투성이였다.

"오이 때문인가 봐요."

피토가 특유의 바보스러운 미소를 지으며 말했다.

이런, 어쩔 수 없었다. 나는 요강으로 쓰는 양동이에 물약을 쏟아 버렸다. 그리고 빈 고블릿에 그의 소변을 담았다. 발진이 완전히 사라질 때까지는 실험을 더 진행할 수 없었다.

그럼에도 나는 매일 지하 감옥을 방문했다. 하웰이 나를 기다리고 있었고, 그 일과를 깨고 싶지 않았다. 나 자신에게도 그렇게 말했지만 솔직히 말하면, 나는 피토를 방문하는 것이 즐거웠다.

실험에 차질이 생겼다는 것이 알려져 주목받고 싶지도 않았다. 대연회는 이 주, 결혼식은 삼 주밖에 남지 않았다. 코리나 왕비나 디티에리가 이 사실을 알면 왕을 설득해 실험을 완전히 중단시키고 양귀비 눈물 요법을 개시하라고 할까 봐 걱정되었다.

오이 때문에 발진이 생겼다는 피토의 말은 당연히 농담이었다. 전날 마신 물약 때문임을 우리 둘 다 알았다. 그래도 예방 차원에서 나는 차와 함께 오이 대신 치즈와 신선한 배, 말린 무화과를 가져갔다.

보드게임도 두 개 가져갔다. '열두 남자의 모리스'라는 게임과 '퀸 체스'라는 게임이었다. 지금이야 퀸 체스가 기본 체스로 자리 잡았지만, 퀸의 이동 범위가 넓어진 것은 당시에는 최근에 일어난 큰 변화였다. 그전에는 퀸이 방향에 상관없이 한 칸만 움직일 수 있었다. 이 변화로 퀸은 체스판에서 가장 강력한 기물이 되었다. 의심할 여지 없이, 실제 퀸, 왕비에게서 영감을 받거나 또는 지시를 받아 이루어진 변화일 것이다.

나는 체스를 잘 둔다고 자부했고, 이따금 기재가 번뜩이는 순간도 있었다. 하지만 피토는 매번 나를 이겼다. 물론 그는 나보다 어려서 퀸 체스밖에 몰랐다. 나의 경험과 전략 대부분은 이제는 구식이 된 게임 방식에 기반한 것이었다.

피토가 과일과 치즈는 맛있게 먹었지만, 나와 달리 차에 대해서는 별 관심이 없는 듯해 실망스러웠다. 나는 찻잎 모양에 따라 차의 맛이 어떻게 달라지는지 알아들을 수 있게 설명하려고 애썼지만, 그는 이해하지 못하는 것 같았다. 한번은 차를 마실 때 내가 너무 뚫어지게 쳐다보았는지, 그가 차를 바로 삼키고는 큰 소리로 말했다.

"맛이 정말 좋네요!"

나는 한숨이 절로 나왔다. 미켈란젤로의 그림을 보고 "색이 정말 좋네요!"라고 말하는 격이었다.

'열두 남자의 모리스'는 바둑과 조금 비슷하다. 이 게임에서는 내가 나았지만 그래도 쉽지 않았다. 피토를 이기려면 네댓 수 앞을 봐야 했다. 그러느라 몰두하고 있는데, 하웰이 양철 컵으로 바닥을 두드리는 바람에 집중력이 흐트러졌다. 쩌려보는 내 눈빛에 그는 동작을 멈추었다가, 내가 판으로 눈을 돌리자 다시 바닥을 두드렸다.

"차를 마시고 싶은가 봅니다."

피토가 말했다.

나는 호기심 어린 눈으로 하웰을 쳐다보았다. 하웰은 여전히 무표정한 얼굴로 찌그러진 컵을 내 쪽으로 내밀었다.

내가 피토에게 눈길을 돌리고는 물었다.

"괜찮겠나?"

"당연하죠."

나는 피토의 사형 집행인의 컵을 채웠다.

16
돌파구

나는 철제 난로 옆에 서서 소변이 든 약병 네 개를 햇빛에 비추어 살펴보았다. 피토에게서 매일 소변 시료를 채취했고, 가장 최근에 채취한 소변을 꼼꼼히 살펴본 결과 발진을 유발할 만한 약물의 흔적은 찾을 수 없었다.

일이 지연되어 답답했지만 나쁘기만 한 것은 아니었다. 부족했던 잠을 보충할 수 있었다. 머리가 맑아졌고, 여러 상황을 새로운 시각으로 볼 수 있었다. 다시 한번, 격벽검댕이먼지가 들어간 물약을 준비했다.

다음 날 아침, 계단 꼭대기에서 만난 하웰의 허리띠에 양철 컵이 묶여 있었다. 드디어 내 차를 좋아하는 사람이 적어도 한 명은 생겼다!

"안녕하세요, 친구."

내가 앉자 피토가 인사를 건넸다.

얼굴과 손에 있던 발진은 사라졌다. 나는 그에게 고블릿을 건넨다.

"다시 일할 시간이군요."

그는 그렇게 말하고는 차를 마셨다.

나는 내가 마실 차 한 잔을 따르고 하웰의 컵도 채웠다.

그렇지! 하웰에게 차 대신 다른 것을 준다면? 그 가능성이 문득 떠올랐다. 따지고 보면, 그것이 바로 툴리아가 내게 부탁한 일이었다. 마음속으로 수많은 독극물과 수면제를 생각해 보았다. 하웰은 유난히 덩치가 큰 사람이었다. 무엇을 주든 대용량으로 준비해야 한다.

내가 마시는 차와 다른 '차'를 주면 그가 의심할까? 그의 지능으로 그런 생각을 할 수 있을까? 나만 미리 해독제를 먹고 우리 둘 다 같은 찻주전자에서 따른 차를 마시면 되지 않을까?

하지만 이 모든 것을 고려하면서도 내가 결코 실행에 옮기지 못하리라는 것을 알았다. 나는 바베트도 지키지 못한 그때의 겁쟁이 그대로였다.

피토가 물약을 다 마시고 하웰이 양철 컵으로 요란스레 차를 들이켜는 동안 나는 체스판에 기물을 차렸다. 이번 판도 처음에는 다른 판들과 별반 다르지 않은 것 같았다. 나는 나름대로 잘 버티고 있었지만, 피토는 아주 조금이라도 유리한 고지를 점했다 하면 느리고 집요한 공격으로 전환해 나를 몰아붙일 터였다. 어느새 지는 데 익숙해진 탓에 나는 내가 유리하다는 것조차 조금 뒤늦게 깨달았다.

만약 내가 우쭐한 기분에 취하지 않았다면, 물약이 그의 인지 능력에 미치는 효과에 주의를 기울였을지도 모른다. 하지만 나는 유리한 판세가 나의 뛰어난 체스 실력 때문이라고만 생각했다. 피토가 혼자서 뭐라 뭐라 중얼거렸을 때에도 나의 출중한 실력을 인정하는 말이겠거니 치부했다.

그러나 중얼거리는 소리가 점점 커졌고, 나는 그가 게임에 집중하지 않고 있다는 사실을 깨달았다. 그는 시를 읊고 있었다.

어조는 감정 없이 밋밋했지만, 쏟아져 나오는 말들은 열정이 넘쳤다. 이탈리아 사랑 시였다. 정신적인 면뿐만 아니라 육체적 쾌락까지 포함하는 아모레에 대한 찬미였고, 그 쾌락은 때때로 너무도 생생하게 묘사되었다.

그중에는 아주 부적절한 시들도 있었어요. 툴리아는 그렇게 말했었다.

그 말을 듣고 조금 동요했다. 내 마음 한구석에서 툴리아는 여전히 생쥐와 놀던 여자아이였다. 나는 다시 한번 냉정하고 객관적인 태도를 유지해야겠다고 마음을 다잡았다.

피토는 족히 한 시간 동안 시를 읊어 댔다. 마흔 편이 넘었던 것 같은데, 한 편이 언제 끝나고 다음 편이 언제 시작되는지 정확히 알기는 어려웠다. 시와 시 사이에 휴지는 없었다.

어떻게 그렇게 많은 시를 외우느냐고 묻자 그는 어리둥절한 표정을 지었다.

나는 시험 삼아 소젖 짜는 여자에 관한 시를 다시 듣고 싶다고 했다.

"무슨 말씀인지 모르겠습니다."

"헛간에 있던 소녀 말이네. 맨발로 다니던."

피토는 하웰처럼 아무 생각이 없었다. 말은 입에서 나오자마자 사라져 버렸다.

17
영감을 기다리며

어떤 물약을 한동안 연구하다 보면 내가 찾던 답이 번쩍 떠오르는 경우가 적지 않았다. 그런 일은 주로 밤에 자는 동안 일어났다. 물약이 꿈에 나오는 경우도 가끔 있었는데, 예를 들면 꿈속에서 메뚜기 숨구멍을 질그릇 냄비에 넣는 식이었다. 물약과는 전혀 상관없어 보이는 꿈을 꾸다가 벌떡 깨서는 "캐러웨이 씨앗!"이라고 외친 적도 있었다.

결혼식까지는 단 16일, 대연회까지는 9일을 앞둔 지금, 내겐 번개처럼 떠오르는 영감이 절실히 필요했다. 피토를 위해서도, 툴리아를 위해서도. 나는 점점 더 조급해졌다. 툴리아는 나를 믿는다고 했지만, 나는 그녀가 여전히 보석 장식이 박힌 칼을 대연회에 가져갈 심산일 것이라고 의심했다. 나는 마음을 편하게 먹으려고 애썼다. 절박함과 조급함이 일을 더 어렵게 만들었다.

거의 다 왔다는 것을 알았다. 에로틱한 시를 낭송하고 곧바로 기억을 잃었다는 것은 확실히 큰 진전이었다. 이제 퍼즐의 마지막 조각만 남은 셈이었다.

하지만 이 진전에는 부정적인 효과도 있었다. 과감하게 수정하거나 꺼려졌다. 나는 격벽검댕이먼지를 조금 더 넣었다. 장어 비늘과 데이지 꽃잎의 비율을 조정했다. 양초들을 재배치했다.

9일이 8일이 되었다. 8일이 7일이 되었다.

양초를 바꾸고, 일지에 기호로 기록하고, 초조하게 다음 초를 교체할 때를 기다리느라 잠을 거의 못 잤다.

잠을 안 자는데 무슨 수로 자다가 영감을 얻겠는가?

밀려드는 회의감에 괴로웠다.

처음 겪는 일은 아니었다. 물약을 만들 때면 늘 자기 의심에 빠지곤 했다. 그런 자각이 의심을 떨쳐 내고 참을성 있게 기다리는 데 도움이 되기도 했다.

그러나 이번에는 단순히 물약의 최종적인 성공에 대한 의구심만이 아니었다. 물약의 목적 자체에도 의문이 들었다.

툴리아에게 이 약이 최선이라 믿었지만, 과연 정말로 그럴까?

바베트에 대한 기억은 고통과 후회와 수치심으로 가득했을지언정 내 삶을 풍요롭게 해 주었다. 나는 기억이 지워지길 바라지 않았다. 그녀를 잊는 것은 배신이라고 생각했다.

이 문제에 대해 피토의 통찰력 있는 견해를 듣고 싶었다. 고대 그리스와 로마의 철학자들이 이런 주제에 대해 어떤 글을 썼는지도 궁금했다. 하지만 이것은 절대로 피토와 논의할 수 없는 주제였다.

7일이 6일이 되었다. 또 다른 긍정적 발전으로 볼 수도, 아닐 수도 있는 일이 있었다. 피토가 다음 방문 때 거울을 가져와 달라고 부탁했다. 그는 자신이 어떻게 생겼는지 잊어버렸다고 했다. 이것도 물약의 효과였을까? 확실치 않았다. 어두컴컴한 지하 감옥에 한 달 가까이 갇힌 일의 자연스러운 결과일 수도 있었다.

6일이 5일이 되었다. 5일이 4일이 되었다. 양초의 배열을 조정했다. 살구 한 조각을 추가했다.

매트리스에 누워 눈을 감을 때마다 영감이 떠오르기를 애타게 바랐다. 그러나 영감은 변덕스럽고 까다로운 애인 같은 것이다. 더 많이 원할수록, 더 많이 필요할수록, 더 멀리 도망간다.

18

어리석음

밤에 완전히 새로운 생각이 떠올랐다. 불면의 시간을 보내다가 피토의 탈출을 위한 치밀한 계획을 궁리하는 데 이르렀다.

이것이 환상임을 나는 알았다. 무엇보다도 나의 용기와 대담한 행동이 필요한 일이었기 때문이다. 그저 나의 이런저런 실패를 마음에서 떨쳐 내기 위한 방편일 뿐이었다.

새 아이디어는 데이지 대신 나비완두콩 꽃잎을 사용해 지금까지 피토에게 주었던 것과는 다른 물약을 만드는 것이었다. 나비완두콩 꽃잎은 파란색이다. 거기에 말린 블루베리 껍질도 추가할 생각이었다.

마리오 쿠비오를 통해 신대륙이 원산지인 말린 블루베리를 구했다. 현지 사람들이 카나타라고 부르는 마을에서 가져온 것이었다.

쿠비오는 블루베리가 이 지역에서 재배되는 산딸기류 열매 중에서 맛이 가장 탁월하다고 했다. 하지만 지금의 용도에서는 맛보다는 색이 관건이었다.

나의 환상에는 시체꽃 꽃잎을 사용하는 것도 포함되어 있었지만, 기억의 물약에 쓸 재료는 아니었다.

시체꽃은 흥미로운 식물이다. 보통 꽃들은 달콤한 향기를 발산해 새와 벌과 곤충을 유인한다. 그 동물들이 꽃꿀을 빨아먹으면서 의도치 않게 수분을 도와 식물의 번식이 가능해진다. 새로 자란 식물은 더 많은 꽃을 피우고, 같은 과정이 반복된다.

시체꽃은 죽은 동물이 썩는 냄새를 풍겨 파리와 구더기를 끌어들여 수분한다.

나는 잠 못 이룬 채 환상에 빠져들었고, 내가 용감해질 수 있다고 상상했다.

4일이 3일이 되었다.

나는 피토가 요청한 대로 작은 거울을 가지고 지하 감옥으로 갔다. 그는 촛불에 비친 자기 얼굴을 꼼꼼히 뜯어보았다.

피토는 최근에 만든 물약을 마셨다. 이번에 내가 수정한 것은 양초 한 개의 크기와 모양뿐이었다.

그의 정신은 여느 때처럼 예리해 보였다. 기억 상실의 기미는 전혀 보이지 않았다. 퀸 체스에서 나를 어렵지 않게 이겼다. 변명하자면, 나는 다른 데 정신이 팔려 있었다. 여전히 전날 밤 꿈꾸었던 대담한 탈출 계획을 상상하고 있었다.

내가 지하 감옥에서 돌아왔을 때, 아치형 문간 밖에서 견습 기사 이안이 기다리고 있었다. 그는 나에게 섭정실로 오라는 요청을 전했다.

섭정실로 가는 길에 자비에르와 그레고르를 지나쳤지만, 그들은 나와 눈을 마주치지 않으려고 애쓰는 듯했다. 대연회가 사흘밖에 남지 않았으니, 왕은 내 실험이 어디까지 진행되었는지 보고해 주기를 바랄 것 같았다. 죄수의 시 낭송에 대해서는 말해도 시의 에로틱한 성격에 관해서는 생략하는 게 좋겠다고 생각했다. 성공이 하루이틀밖에 남지 않았다고 자신 있게 말할 필요도 있겠지만 너무 자신만만해서는 안 될 것이다. 약간의 여지는 남겨 두는 것이 상책이었다.

결과적으로, 나는 그런 말을 할 기회조차 없었다.

"당신의 어리석은 연구도 이제 끝이오."

내가 섭정실에 들어서자마자 코리나 왕비가 엄하게 말했다. 왕은 왕비 옆에 가만히 서 있었다. 디티에리는 자기 책상에서 득의양양한 미소를 지었다.

"양귀비 눈물의 첫 번째 투여를 언제까지 준비할 수 있소?"

왕비가 물었다.

나는 망연자실했다.

"하지만 대연회가 아직 사흘이나 남았습니다."

내가 항변하자 산드로 왕이 말했다.

"왕비가 그걸 물어본 게 아닐 텐데."

왕비가 다시 말했다.

"이제 공주가 공주답게 행동할 때가 됐어요."

나는 고개를 숙이고 양귀비 눈물의 첫 회 분을 내일 아침까지 준비할 수 있다고 말했다.

볼타로의 손이 심하게 떨렸다. 그가 쓴 글씨를 제대로 읽을 수나 있을지 의심스러울 정도였다.

"그대가 노력했다는 것은 아오, 아나톨."

산드로 왕이 다소 동정하는 투로 말했다.

"피토가 시를 낭송했다는 이야기를 듣고 나는 그대가 거의 다 왔다고 생각했소. 하지만 헛된 희망이었소. 시간이 좀 더 있다면……."

왕의 목소리가 점점 작아졌다.

나는 패배자가 되어 섭정실을 떠났다. 시간이 사흘 남았다고 생각했는데! 충격이 너무 큰 나머지 헛된 희망이라는 피토의 표현을 왕이 똑같이 썼다는 사실도 인지하지 못했다. 왕이 시 낭송에 대해 어떻게 알았는지도 궁금하지 않았다.

"사흘만 더 있다면!"

뒷계단을 내려오며 한탄했다. 하인 둘이 고개를 돌려 나를 쳐다보았다.

오늘 아침 물약이 마지막이 될 줄 알았다면, 양초 한 개의 크기와 모양만 바꾸는 것보다 더 과감한 방법을 시도해 보았을 텐데! 하지만 마음 깊은 곳에서는 사흘이 더 주어진들 차이가 없으리라는 것도 알았다. 아니, 열흘이어도. 나는 아이디어가 바닥 난 상태였다.

지하 창고로 내려가 블루베리 껍질이 담긴 단지를 한참 바라보았다. 그러고는 아편의 원료인 양귀비 꼬투리가 담긴 단지를 들고 사다리를 올라갔다.

양귀비 눈물은 씨앗이 아니라 꼬투리 안쪽에 말라붙어 있는 우유 같은 물질에서 뽑았다. 날이 무딘 칼로 꼬투리에서 눈물을 긁어내 구리 냄비에 담았다.

물약과 달리 양귀비 눈물은 팔팔 끓여야 했다. 성분이 파괴될 위험은 없었다. 아편은 강력했다. 섬세하지도 미묘하지도 않았다.

양귀비 눈물이 끓는 동안 불면증에 좋은 달나방차를 끓였다. 툴리아의 정신이 무뎌져 피토의 참수를 목격하더라도 아무것도 못 느끼겠지 생각하며 위안을 찾으려고 애썼다.

달나방차는 별 소용이 없었다. 밤새 뜬눈으로 뒤척였다. 누군가와 이야기를 나누고 싶었는데, 이상하게 들릴지 몰라도 피토가 나의 유일한 친구였다.

어리석은 연구가 끝난 마당에 내가 피토를 만나도록 하웰이 여전히 허락할지 의문이었다. 하지만 아무도 하웰에게 아직 이 소식을 전했을 것 같지는 않았다. 사실, 뭐가 됐든 누군가가 그와 소통이라는 것을 하는지조차 의문스러웠다.

차 한 주전자를 끓여 고블릿 두 개를 들고 지하 감옥 계단으로 갔다. 하웰은 어디에도 보이지 않았다.

"사흘이 더 있을 줄 알았는데."

육중한 돌문에 대고 말했다. 그때 문이 살짝 열려 있는 것이 보였다.

찻주전자와 고블릿을 내려놓았다. 한 발로 옆쪽 벽을 딛고 두 손으로 손잡이를 당겼다. 문이 조금 더 열렸고, 그 틈새로 몸을 간신히 들이밀 수 있었다.

위에서 들어오는 빛 말고 다른 빛은 없었다. 양초를 가져왔어야 했는데 깜빡했다.

이렇게 하는 게 또 하나의 어리석은 행동임을 알았다. 철문까지 열려 있기를 기대하는 것은 무리였다. 하웰이 언제든 돌아와 돌문이 열린 것을 볼 테고, 그러면 돌문을 닫을 테니 나는 갇힐 게 뻔했다.

흠, 내가 여기 갇히면 최소한 양귀비 눈물을 투여하는 일은 없겠지.

내려가는 계단에는 모퉁이가 여럿 있었고, 그때마다 빛이 점점 더 약해졌다. 계단을 다 내려왔을 때는 철문이 보이지 않아 손으로 더듬어야 했다. 손잡이를 찾아서 당겨 보았지만, 당연하게도 잠겨 있었다.

"사흘만 더!"

소리치며 주먹을 쥐어 손날로 문을 두드리다가 맨 아래 계단에 주저앉아 두 손으로 얼굴을 감쌌다.

손가락 사이로 빛이 들어왔다. 고개를 들어 보니, 하웰이 촛불을 들고 열린 철문 앞에 서 있었다.

나는 일어섰다. 그가 철문을 잡아 주었고, 나는 지하 감옥으로 들어갔다.

"고블릿은요?"

내가 다가가자 피토가 물었다.

찻주전자와 고블릿을 계단 꼭대기에 놔두고 와 버린 것이다.

"실험은 끝났어."

내가 조용히 말했다.

하웰이 바닥에 앉았다. 하웰과 피토 사이에 열두 남자의 모리스 판이 놓여 있었다. 내가 둘의 게임을 방해한 모양이었다.

"실험 결과는 성공적입니까?"

"아니."

"아쉽네요, 친구."

"사흘이 남은 줄 알았는데."

하웰이 기물을 움직였고, 피토가 곧바로 응수했다.

두 사람은 규칙이 덜 복잡해 주로 아이들이 즐기는 여섯 남자의 모리스 게임을 하고 있었다.

하웰이 다음 수를 고민하는 동안, 피토가 문 두드리는 소리를 들었다고 설명해 주었다. 그리고 주먹으로 바닥을 두드리고 문을 가리켜 하웰에게 알렸노라고 했다.

"내일 아침에 툴리아에게 양귀비 눈물을 주기로 했네."

"당신의 능력을 그렇게 쓰다니요."

피토가 말했다.

"미켈란젤로에게 헛간을 칠하라고 하는 셈이네요."

이상한 반응 같았지만, 나는 말의 취지에 공감하지 않을 수 없었다.

하웰이 다음 수를 두자, 피토는 또 거의 곧바로 응수했다. 피토가 좀 야박하다는 생각도 들었다. 몇 초쯤 고민하는 척 정도는 해 주지.

하지만 다시 생각해 보면, 하웰은 이틀 뒤 피토의 목을 도끼로 내려칠 인물이었다.

"뭐 하나 여쭤봐도 될까요?"

짐작건대 피토는 실험의 목적이 궁금할 것이고, 이제는 비밀로 할 이유가 없었다.

"주제넘게 끼어들고 싶지는 않습니다만……."

그가 입을 뗐다.

"당신이 툴리아를 몹시 아낀다는 건 확실하고, 당신의 고통을 더하고 싶지도 않지만, 대체 툴리아가 누구죠?"

19

복제

나는 너무 흥분한 나머지 돌계단을 뛰어 올라갔다. 체온이 위험한 수준까지 치솟았다. 계단을 중간쯤 올라갔을 때 현기증이 나 하마터면 기절할 뻔했다. 몸이 정상으로 돌아올 때까지 가만히 앉아서 차가운 돌벽에 얼굴을 기댔다.

내가 이렇게 빨리 움직이는 것을 보고 깜짝 놀랐을 하웰이 뒤에서 다가왔다. 그는 잠시 나를 바라보더니 나를 훌쩍 넘어가 계속 계단을 올라갔다.

양초 한 개의 크기와 모양만 바꾸었다고 말했지만, 실은 조금 더 많은 변화가 있었다. 양초를 교체하는 시간도 변경했고, 그 양초 대신 놓은 양초의 크기 또한 달랐다.

돌이켜 보니, 그거야말로 천재적인 아이디어였다.

체온이 서서히 식으면서 흥분도 가라앉았다. 왕은 양귀비 눈물 요법을 시작하라고 지시했다. 내가 어찌 감히 그 명령을 거역할 수 있겠는가?

툴리아에게 줄 기억의 물약을 준비하려면 하루가 더 필요했다. 피토에게 나타난 약효가 특정한 양초 하나를 바꾼 것 때문이 아닐 수도 있었다. 지난 몇 주 동안 내가 피토에게 준 모든 것이 합쳐진 효과였을지도 모른다.

피토와 툴리아의 다른 생리적 특질을 어떻게 반영할 것인가도 숙제였다. 성별과 체중 같은 명백한 차이 외에도 숨겨진 여러 요인으로 인해 툴리아에게는 기억의 물약이 효과가 없거나, 더 나쁜 경우에는 의도치 않은 결과를 초래할 수도 있었다.

산드로 왕을 알현해 볼까 하는 생각도 했다. 결국 툴리아는 그의 딸 아닌가? 왕은 항상 공주에게 아편을 주는 것을 꺼리는 눈치였다. 최근의 진전 상황을 알리고 결정을 왕에게 맡길 수도 있으리라.

그러나 왕과 대화하려면 섭정을 거쳐야 했다. 귀밑에서 턱까지 가느다란 수염 윤곽선뿐인 얼굴로 나를 비웃는 디티에리의 모습이 떠올랐다. 그가 내 요청을 왕에게 전하지 않을 수도, 더 나쁘게는 내 말을 반역의 자백으로 왜곡할 수도 있었다.

놀랍게도 하웰은 고블릿 하나를 들고 다시 계단을 내려와 내게 건넸다. 계단 꼭대기에서 찻주전자와 고블릿들을 찾아 차를 한 잔 따라서 가져온 것이었다.

체온이 정상으로 돌아오자마자 작업실로 돌아왔다. 작업실에 딸린 수면용 골방에서 가죽 장갑을 꺼내 들고 밖으로 나왔다. 철제 난로 위에 놓인 구리 냄비를 들어 안에 든 내용물을 비웠다.

잠시 후, 툴리아의 방으로 가서 문을 두드렸다. 내 손에는 방동사니과 강황이 조금 들어간 아프리카달나방차만 들려 있었다. **미켈란젤로는 헛간을 칠하지 않는다!**

마르타가 나를 기다리고 있었다. 그녀는 침울한 표정을 지었고, 나도 비슷한 표정을 지었다.

"손에 든 그것이……?"

그녀가 말을 끝맺기도 전에 나는 고개를 끄덕이고는 공주를 만나는 동안 나가 있어 달라고 부탁했다.

그녀는 망설였다.

"공주님은 편안한 안도감을 느끼실 거네. 그리고 잠이 드실 거야."

마르타는 잠시 더 머뭇거리다 밖으로 나갔고, 나는 안으로 들어갔다.

"왜 내가 잠을 자야 하죠?"

탁자 앞에 앉은 툴리아가 소리쳤다. 달걀과 생선 한 접시가 탁자에 놓여 있었다.

"아침도 아직 다 안 먹었어요!"

"피토를 구하기 위해서입니다."

공주에게 기억의 물약을 언급할 수는 없었지만, 양귀비 눈물에 대해서는 설명해 주었다.

"공주님의 순종적인 태도를 위한 것입니다."

하지만 고블릿에는 달나방차만 들어 있다고 말해 공주를 안심시켰다.

"양귀비 눈물을 마신 척해야 합니다."
"그렇게 하면 피토를 구할 수 있는 거예요?"
"거기까지는 말씀드릴 수 없습니다."
공주는 나를 한참 빤히 쳐다보더니 차를 한 모금 마셨다. 그러고는 곧바로 기절해 머리를 탁자에 쿵 부딪혔다.
내가 평생 본 연기 중 최악이었다.
그녀는 고개를 들더니 킥킥 웃었다.

작업실로 돌아온 나는 가장 최근에 일지에 쓴 항목을 꼼꼼히 살펴보았다. 직감이나 타고난 천재성이 아니라 정확히 눈앞에 적힌 내용에 근거해 신중하게 평가했다.
지금 상황에서 두 사람의 다른 체질을 고려해 어떤 시도를 한다 해도, 아무 근거 없이 추측에 기반한 작업에 불과하고 득보다 실이 많을 수 있다고 판단했다. 결국 피토에게 준 것과 똑같은 기억의 물약을 툴리아에게 주기로 결정했다.
준비한 재료들을 모두 냄비에 넣은 다음, 밖으로 나가 지하 창고 해치 위에 얹어 둔 모래 자루들을 끌어 옮기고 아래로 내려갔다. 피토의 눈물이 담긴 약병은 내가 두었던 곳, 야크의 피가 담긴 단지 뒤에 그대로 놓여 있었다.
실험실로 돌아와 밀랍을 긁어내고 코르크를 제거한 다음 피토의 가슴에서 우러나온 눈물을 냄비에 부었다.

양초를 배치하면서 일지에 적어 둔 도표를 확인하고 또 확인했다. 안타깝게도 밤에 양초를 언제 어떻게 교체하는지 쓴 메모 중 일부는 제대로 알아보기가 힘들었다. 그 세부 사항을 적을 때 반쯤은 자고 있었기 때문이다. 솔직히 말하자면, 그다지 신경 쓰지 않았다. 그때는 나의 천재성을 미처 깨닫지 못했으니.

나는 갈겨쓴 글씨를 최선을 다해 해독한 다음 나중을 위해 지침을 또박또박 다시 썼다.

냄비에 철사를 연결할 때에는 냄비를 떨어뜨리지 않도록 특별히 신경 썼다.

양초에 불을 붙였다.

골방에 있는 시계는 사슬에 달린 추로 작동했다. 오늘날 기준으로는 정확하지 않았지만, 매일 밤 일정하게 틀리기만 한다면 굳이 정확할 필요는 없었다.

나는 뜬눈으로 침대에 누워 있었다.

20
연기통

이튿날 아침, 고블릿을 거의 한가득 채워 한 방울이라도 흘릴세라 조심조심 들고 발이 드리워진 문간을 나갔다. 긴 복도를 따라 쭉 가다가 모퉁이를 돌아 뒷계단을 올라갔다.

모퉁이를 두 번 더 돌아 공주의 방에 다다랐다. 고블릿은 여전히 가득 차 있었다. 오른손으로 고블릿을 단단히 잡고 왼손으로 문을 두드렸다.

"아나톨이야?"

마르타가 문을 열 때 툴리아가 큰 소리로 물었다.

"아나톨의 특별한 차가 필요해. 지금 당장!"

마르타가 눈살을 찌푸리며 나를 들여보냈다. 찌푸린 눈살은 내가 아니라 양귀비 눈물을 향한 것이었다. 툴리아의 연기가 통한 듯했다.

"지금 당장 마셔야겠어요!"

툴리아가 소파에 앉아 절박한 목소리로 요구했다. 하지만 반짝이는 파란 눈은 우리가 꾸민 작은 음모를 즐기고 있음을 숨기지 못했다.

공주가 고블릿을 들었을 때 물약이 조금 밖으로 흘렀다. 나는 그녀에게 조심하라고, 한 방울도 흘리면 안 된다고 주의를 주었다.

그녀는 나를 의아하게 바라보았다. 그게 뭔 상관이에요? 어차피 진짜 약도 아닌데.

그녀는 한 모금을 마시고 더는 마시지 않았다. 뭔가 달랐기 때문이다. 전날 밤 마셨던 차 맛이 아니었다. 공주는 놀란 표정으로 나를 쳐다보았다.

"공주님께 좋은 겁니다."

공주는 순순히 고블릿을 비웠다.

이제는 기다리는 것 말고는 할 일이 없었다. 나는 연기통에 시체꽃 꽃잎을 채우며 시간을 보냈다.

역병이 창궐하던 시기에 의사들은 환자를 볼 때 큰 새의 부리처럼 생긴 가면을 쓰고 후드를 둘러썼다. 그리고 이 부리 마스크 속에 치자나무 꽃이나 재스민 꽃 같은 향기로운 꽃을 가득 넣었다. 향긋한 냄새가 악귀를 막아 준다고 믿었기 때문이다.

요즘 사람들은 역병이라고 하면 흔히 '검은 죽음'이라는 뜻인 흑사병을 거론한다. 하지만 우리는 그 병을 흑사병이라고 부르지 않았다. 죽어 가는 사람들의 얼굴이 푸른 부스럼으로 뒤덮여 간혹 '푸른 죽음'이라고 부르는 경우는 있었다.

자신을 보호하기 위해 부리 모양 마스크를 쓴 의사들은 감염된 사람의 몸에서 악령을 쫓아낸답시고 부풀어 오른 림프샘을 뜨거운 쇠막대기로 절개하기도 했다.

악령이라고 하면 교육 수준이 높은 오늘날 사람들은 코웃음을 칠지 모르지만 악령이라고 부르든, 세균이나 바이러스라고 부르든 무슨 차이가 있겠는가?

고등교육을 받은 이 냉소적인 사람들 가운데 바이러스가 무엇인지 제대로 아는 사람이 몇이나 될까?

세균이든 바이러스든 악령이든 환자가 죽기는 매한가지였고, 종종 나머지 가족의 목숨도 앗아 갔으며, 의사조차 같은 운명이 됐다. 고통받는 영혼을 내세로 인도하러 왔던 성직자도 얼마 지나지 않아 그 여행길의 길동무가 되기 일쑤였다.

14세기 중반, 이 년도 채 안 되는 기간에 에스콰베타 인구의 절반 이상이 페스트균 때문에 사망했다. 페스트균은 이후 대략 삼십 년을 주기로 계속 찾아와 더 많은 고통과 죽음을 초래했다. 페스트가 마지막으로 에스콰베타 왕국을 덮친 것은 내가 어렸을 때였다.

이제 예정된 삼십 년 주기에서 십 년이 더 지났다.

이것이 내가 이런저런 차질에도 불구하고 계속 성에서 일할 수 있었던 이유였는지도 모른다. 내가 왕에게 전염병을 치료할 수 있다고 명시적으로 장담한 적은 없었지만, 그런 믿음을 단념시킨 적도 없었다.

아직 시험해 보지 못한 새로운 구상은 시체꽃을 쓰는 것이었다. 악령을 상대로 싸워야 한다면, 재스민 꽃이나 치자나무 꽃의 향기보다 시체꽃 냄새가 더 효과적일 것 같았다. 코만 보호하는 부리 마스크에 꽃잎을 채우는 대신 악취 나는 연기를 방패처럼 쓸 계획이었다.

"뭔 냄새가 이렇게 고약해요?"
툴리아가 물었다.
나는 깜짝 놀라 들고 있던 통을 쏟았다.
또다시 공주가 소리 없이 발 사이로 슬며시 들어왔다.
"양귀비 노예 생활은 너무 지루해요."
툴리아가 툴툴댔다.
나는 시체꽃을 주워 다시 통에 넣었다.
툴리아는 코를 틀어쥐었다.
"피토 실험에 쓸 거예요?"
고개를 그녀 쪽으로 획 돌리다 또다시 통에 든 것을 흘렸다. 나는 말을 더듬으며 횡설수설했다.
"피토한테 실험을 하고 있다면서요? 마르타한테 들었어요!"
마르타가 무슨 말을 했을지, 어디까지 알고 있을지 궁금해하며 나는 입을 꾹 다물었다. 내 실험은 철저히 비밀에 부쳐져 있었다.
마르타가 어떤 말을 했든, 툴리아는 딱히 화가 난 것 같지는 않았다. 당황하는 나를 보고 그저 빙긋이 웃고는 루이지에게로 갔다.

"루이지, 넌 저 냄새를 어떻게 참는 거야?"

툴리아가 늙은 생쥐에게 물었다.

그녀는 루이지의 코끝을 쓰다듬고는 다른 생쥐 열여섯 마리가 사는 우리로 눈길을 돌렸다. 그러고는 몸을 가까이 숙이며 물었다.

"그런데 어떤 생쥐가 피토예요?"

21
이 땅에서 가장 위대한 마법사

자비에르가 작업실에 왔을 때, 나는 여전히 연기통을 채우고 있었다. 그는 내 실험들이 끝났다는 소식을 들은 것 같았고, 내가 검은 모래 실험을 재개하기를 바랐다.
"대연회 때문에 파산할 판입니다!"
그가 불평했다. 그의 얼굴이 수염만큼이나 빨갛게 달아올랐다.
"그리고 축제는……."
그는 난감하다는 듯이 두 손을 들었다.
그는 일 년 넘게 파산이 임박했음을 예고해 왔다. 설사 이번에는 그 말이 맞는다고 해도 그가 나한테 무엇을 기대하는지 알 수 없는 노릇이었다. 대연회는 내일이었다.
재무장관은 잠시 나를 물끄러미 보더니, 한심하다는 듯이 내 작업실을 둘러보았다.
"이런 데서 일이 됩니까?"
그는 성에서 지낸 이십 년 세월 동안 작업실을 한 번이라도 청소한 적이 있는지 물었다.

나는 화를 억누르고는 작업실이 무질서해 보여도 모든 것이 꼼꼼하게 정돈되어 있다고 설명했다.

"그리고 난 이 성에 십팔 년밖에 안 있었어요. 이십 년이 아니라."

"그래서 이십 년이 될 때까지 기다렸다가 청소하시려고요?"

"청소야 하인들이 하지요."

"듣자 하니, 하인들이 여기는 들어오길 거부한다던데요."

이 말은 사실이 아니었다. 나는 하인들이 나만의 신성한 공간을 훼손하는 것을 원하지 않았다. 우리는 합의를 보았다. 나는 빨래와 요강과 기름기 묻은 그릇들을 아치형 출입구 밖에 내놓았고, 하인들은 빨래한 옷과 씻은 요강과 식사를 그 자리에 갖다 놓았다.

자비에르가 검은 모래를 한 움큼 집더니 손가락을 벌려 모래를 줄줄 흘렸다.

"이걸 여기까지 운반하는 데 비용이 얼마나 드는지 아십니까?"

나는 한 번에 너무 많이 바꾸지 않으면서 천천히 실험을 진행해야 하며, 어떤 차질이든 뭔가를 알려 주는 긍정적인 면이 있다고 설명하기 시작했다. 갑자기 그의 눈이 환해지고 표정이 순식간에 절망에서 희망으로 바뀌었다.

"저게 뭡니까?"

그는 노란 껍질 같은 것으로 뒤덮인 흰 모래 더미를 가리키고 있었다.

나는 허리를 숙여 손가락으로 모래를 비벼 보았다.
"혹시 그것이……?"
재무장관이 애써 흥분을 감추며 물었다.
"비둘기 알입니다."
호랑이를 풀어 준 날에 단지를 깨뜨렸던 일을 떠올리며 내가 말했다. 미처 청소할 겨를이 없었다.
한심하다는 듯한 그의 표정이 돌아왔다.
"이러니 하는 실험마다 다 실패하는 것 아니오!"
이 말에 나는 화가 치밀었다. 나는 마법은 단순히 숫자를 더하거나 빼는 일과는 차원이 다르다고 말했다.
그도 내 말에 기분이 상해서, 성이 제대로 굴러가려면 무엇이 필요한지 내가 하나도 모른다고 타박했다.
"그렇게 똑똑한 양반이 어쩌다 왕국을 파산 위기에 빠뜨리셨을까?"
그가 나를 노려보며 대꾸했다.
"공주에게 양귀비 눈물을 주는 데 대단한 마법사가 필요한 것은 아니지!"
"난 양귀비 눈물을 주지 않을 거요!"
내가 맞받아 소리쳤다. 자비에르는 나를 물끄러미 보았다. 내 말에 화가 나서라기보다는 호기심 때문이었다. 나는 내뱉은 말들을 후회했고, 그도 마찬가지인 듯했다. 그는 돌아서서 작업실 밖으로 나갔다.

한 시간도 채 지나지 않아 나는 다시 섭정실로 가서 왕과 왕비 앞에 섰다. 볼타로가 왕실 기록을 큰 소리로 읽었다.

그대의 어리석은 연구는 끝났다. 아나톨은 즉시 아편 요법을 시작하라.

두 다리가 떨렸다. 자비에르가 나를 배신한 것인지, 아니면 누군가 우리의 말다툼을 엿들은 것인지 알 수 없었다. 왕이 성 전체에 첩자를 심어 놓았다는 소문도 있었다.

"명령에 따랐소?"

디티에리가 책상에 앉아서 물었다.

"아니면 왕의 명령을 거역했소?"

"제안하신 대로 양귀비 눈물을 준비했습니다."

"그건 제안이 아니었어요."

왕비가 말했다.

"명령에 따랐소? 아니면 거역했소?"

디티에리가 재차 물었다.

나는 산드로 왕을 바라보며 대답했다.

"거역하려는 의도는 없었습니다."

디티에리가 물었다.

"당신은 오늘 아침에 공주님의 방으로 고블릿을 가져갔소. 그 안에 뭐가 들어 있었소?"

몸을 떨지 않으려고 엄청나게 애써야 했다. 물약에 대해 설명해 보려 했지만, 내 말은 내가 듣기에도 두서가 없었다. 미켈란젤로에게는 헛간 전체를 칠할 물감이 없었을 것이라는 얼토당토않은 소리를 하는 격이었다.

"고블릿 안에 뭐가 들어 있었지요, 아나톨?"

코리나 왕비가 물었다.

내가 갈라지는 목소리로 대답했다.

"기억의 물약입니다."

산드로 왕이 내 쪽으로 걸어왔다. 순간 왕이 나를 칠 것 같은 느낌이 들었지만, 그는 그냥 내 옆을 지나쳐 섭정실 밖으로 걸어 나갔다.

왕은 내 운명을 왕비에게 맡기는 듯했다. 내가 왕의 목숨을 구했다는 사실이 참작될 것 같지는 않았다.

나는 계속 서 있었다. 그 시간이 얼마나 길게 느껴졌는지 모른다. 왕비는 아무 말도 하지 않았다. 디티에리는 나를 보며 능글맞게 웃었다. 나는 아무 데라도 빨리 앉지 않으면 기절할 것만 같았다.

"공주가 피토를 생쥐라고 생각해!"

산드로 왕이 소리치며 다시 섭정실로 들어왔다.

"지하 감옥에 누가 있는지도 몰라!"

왕은 지나가면서 기분 좋게 내 등을 두드렸지만, 나는 두 다리가 풀려 맥없이 바닥으로 쓰러졌다.

그는 미소를 지으며 나를 부축해 일으켰다.

"볼타로, 이 말을 기록에 남겨라. '아나톨은 이 땅에서 가장 위대한 마법사다!'"

디티에리는 더 이상 능글맞게 웃지 않았다.

늙은 필경사는 잠시 미동도 하지 않았다. 그도 다른 사람들만큼이나 놀란 것이다. 그가 깃펜에 잉크를 찍어 왕의 말씀을 기록하는 모습을 나는 가만히 지켜보았다.

산드로 왕은 공주와 나눈 대화를 세세하게 전했다. 그 이야기를 들을수록 나는 자신감이 점점 커졌다. 당연히 공주는 달림플 왕자와 결혼할 계획이야. 공주는 자기한테 내가 왜 그런 질문을 하는지조차 이해하지 못했어.

나는 먼저 나서서 왕에게 조언할 위치가 못 되었다. 하지만 나는 툴리아에게 그 물약이 피토를 살릴 것이라고 장담했고, 그녀가 나의 약속을 기억하든 못 하든 그녀의 믿음을 저버리고 싶지 않았다.

"감히 한 말씀 올리자면, 전하······."

내가 입을 열었다.

"피토를 처형하는 것은, 아니 투옥하는 것조차 이제는 명분이 없습니다."

왕이 째려보았지만 나는 내처 말했다.

"공주님은 피토를 모르십니다. 피토도 공주님을 모릅니다. 그가 왜 처형당해야 하는지 공주님도 피토 자신도 모릅니다."

"명분이 없다고?"

왕이 물었다.

"내가 명을 내렸소. 그것이면 명분으로 충분하지 않나?"
나는 머리를 조아리며 잘못된 표현을 쓴 데 대해 사과했다.
디티에리의 능글맞은 웃음이 돌아왔다.
"피토의 행동은 공주와 나와 코리나 왕비 그리고 에스콰베타 전체에 대한 모욕이었소. 그가 기억하든 못 하든 상관없이."
왕이 어조를 부드럽게 바꾸고는 말을 이었다.
"아나톨, 난 이해하오. 실험의 목적을 달성하기 위해 그대가 죄수와 일종의 우정을 쌓을 필요가 있었겠지. 하지만 설사 그대를 위해 내가 그의 목숨을 살려 준다 해도, 달림플 왕자는 참수 장면을 직접 보겠다고 고집할 것이오. 참수가 없으면 결혼식도 없게 되는 거지."
"이해합니다, 전하."
"나는 그대의 이해를 구하지 않았소. 그대 덕분에 공주가 왕자와 결혼하게 됐으니 우리 모두 고마울 따름이오. 곧 왕자가 기뻐할 아들이 태어나는 행운이 찾아올 것이오."
"행운에 맡겨야 하다니 참 불행한 일입니다."
디티에리가 농담을 던졌다.
왕비조차 그의 시답잖은 농담에 미소 짓지 않았다. 나는 결혼을 지키고 왕국을 구했다. 디티에리의 어떤 말도 내가 이 땅에서 가장 위대한 마법사라는 사실을 훼손할 수는 없었다. 왕실 기록에 그렇게 새겨졌으니.

그 문서는 오늘날에도 존재할 가능성이 매우 크다. 동물 가죽으로 만든 양피지는 종이처럼 쉽게 손상되지 않는다. 아마도 어느 박물관, 먼지 쌓인 기록 보관소에 처박혀 있을 것이다. 학자들과 역사가들이 무시했다고 해서 그 문서의 중요성이 줄어드는 것은 아니다. 오히려 소위 전문가라고 하는 사람들의 편견과 무지를 드러내 줄 뿐이다!

22
대연회

대연회 날 아침, 나는 하웰을 따라 돌계단을 내려가 지하 감옥으로 갔다. 산드로 왕은 나에게 마지막으로 죄수를 보도록 윤허해 주었다. 나는 찻주전자나 고블릿은 가져가지 않고 푸른 액체가 담긴 투명한 유리잔만 가져갔다.

"놀랍네요."

색깔을 볼 수 있도록 양초를 유리잔 가까이 가져가자 피토가 말했다.

나는 쿠비오 선장과 블루베리에 대해 이야기해 주었다.

"선장은 카나타라는 지역의 어느 산속 호숫가에서 이것들을 땄네."

"카-나-타."

피토는 머나먼 이국 땅 이름을 혀에서 굴리듯이 되뇌었다.

나는 배를 발효시켜 만든 식초에 블루베리 껍질을 담가 색깔을 완전히 뺐다는 사실은 말하지 않았다. 또한 데이지 대신 나비완두콩 꽃잎을 썼다는 점만 빼면 일전에 그에게 주었던 물약과 똑같다는 사실도 말하지 않았다. 툴리아의 눈물도 넣지 않았다. 이제 개인 표식은 필요 없었다.

피토가 액체를 마셨다. 그는 자신의 때가 오면, 대연회장에 있지 않을 것이라고 말했다.

"제 마음이 저를 카나타의 산속 호수로 데려갈 겁니다. 도끼가 내려올 때 저는 블루베리를 따고 있을 거예요."

나는 침통하게 고개를 끄덕이고는 하웰을 힐끗 보았다. 사형집행인의 표정은 조금도 변화가 없었다.

나는 피토에게 푸른 액체를 만든 목적을 말해 주지 않았다. 그에게 헛된 희망을 주는 것은 잔인한 일이 될 터였다. 효과가 있을지는 미지수였다. 그보다 더 중요한 것은, 효과가 있더라도 내가 필요한 용기를 낼 수 있을지 확실하지 않다는 점이었다. 나는 여전히 바베트를 실망시킨 겁쟁이였다.

내가 떠나려고 하자 피토는 보드게임들을 가져가라고 상기시켜 주었다. 그 말이 결정타였다. 보드게임들을 챙겨 다시 돌계단을 오르면서 나는 가슴에서 우러나오는 눈물을 흘렸다.

나는 대연회 복장으로 은색 단추가 달린 옅은 파란색 실크 셔츠와 안감이 새틴인 짙은 파란색 망토를 입었다. 신발은 길고 뾰족하고 멋진 구두 대신 좀 더 편안한 구두로 골랐다. 내가 만약 진짜로 용기를 내 행동에 나서게 된다면 민첩하게 움직일 필요가 있을 테니.

나는 정오를 한 시간 남짓 앞두고 대연회장에 도착했다. 대연회장에는 벌써 사람들이 가득했고, 대부분은 거대한 유리 코끼리 주위에 모여 있었다. 코끼리는 방해가 되지 않도록 대연회장 한쪽 구석에 놓여 있었다.

악사들이 하객들 사이를 거닐며 류트와 리라를 치고 있었다. 검은 머리를 발목까지 길게 기른 여인은 허디거디를 연주했다. 손잡이를 돌리면 바퀴가 현과 마찰하며 소리가 나는 현악기였다. 크기가 제각각인 관악기들을 연주하는 악사들도 보였다. 관이 좁을수록 높은 소리가 났다.

여자들은 철사로 만든 틀에 천을 입혀 사물과 생물을 정교하게 재현한 모자를 쓰고 있었다. 백조 모양의 모자가 보였다. 여자의 머리보다 두 배나 큰, 화려한 나비 모양 모자도 있었다. 나는 유리 코끼리를 보러 가는 중에 돛대가 세 개인 범선을 재현한 모자도 보았다. 여자가 걸을 때마다 모자가 파도를 타듯이 출렁거렸다.

남자들도 마찬가지로 화려하고 비실용적인 옷을 입었다. 음식을 먹을 때 자세 잡기가 불편한데도 길고 풍성한 소매가 유행이었다. 많은 남자들이 내가 골방에 두고 온 구두보다 더 긴 구두를 신고 있었다. 구두코가 뒤로 말린 구두들도 보였다. 이런 구두를 신고 걷는 것은 불편하고 힘들었지만, 바로 그런 이유로 인기가 높았다. 부유하고 교양 있는 남자들은 농부들처럼 들판을 걸을 일이 없으니.

많은 신하들이 내게 인사를 하러 왔다. 꽤 오랫동안 따돌림을 당했던 나로서는 놀라우면서도 조금 당황스러웠다. 모두가 나의 새로운 위상을 잘 알고 있었다. 하지만 그렇게 된 연유는 여전히 의문으로 남아 있었다. 몇몇 사람은 그 이유를 넌지시 알아내려고 시도했고, 나도 영광스러운 성공담을 이야기하고 싶은 마음이 굴뚝같았지만, 기억의 물약에 대해 말할 수는 없었다.

사람들이 자리를 잡기 시작하는 것을 보고 나도 자리에 앉았다. 새로운 위상 덕분에 내 자리는 주빈 테이블이었다. 공주와 왕자가 앉을 자리로부터 의자 여덟 개 거리였다.

안젤리카가 내 맞은편에 앉았다. 앞서 이 여인의 매력과 재치에 대해 이야기한 적이 있지만, 검은 눈이나 미소는 언급하지 않았고, 얼굴을 보고 있으면 기분이 얼마나 좋아지는지도 말하지 않았다. 실크를 작은 꽃다발 모양으로 만든 그녀의 모자는 단순하면서도 세련되어 보였다. 모자가 진짜 꽃 같아 보인다고 내가 말하자, 그녀는 6월 결혼식이었다면 진짜 꽃으로 만든 모자를 썼을 것이라고 했다.

"듣자 하니, 십이 년 전에 달림플 왕자의 마법사가 별자리인가 뭔가를 보고 가장 좋은 날로 결혼식 날을 택일했다고 하더군요."

주빈 테이블에서 조금 떨어진 테이블에 옥사타니아 마법사가 보였다. 그는 여럿이 함께 앉는 기다란 의자에 앉아 있었다. 해와 달로 장식된 원뿔 모양 모자를 써서 쉽게 눈에 띄었다.

내가 안젤리카를 보며 그를 가리키자, 그녀는 내게 미소를 지으며 말했다.

"저 사람은 이 주빈 테이블에 앉을 자격이 없었나 봐요? 그렇죠?"

안젤리카 옆에는 디티에리가 덜 행복해 보이는 얼굴로 앉아 있었다. 그는 잠시 내 쪽을 할끗 보고는 기를 쓰고 다른 쪽으로 시선을 돌렸다. 내 지위가 높아졌음에도 디티에리가 나보다 주빈석과 한 칸 더 가까웠다.

안젤리카의 또 다른 옆자리에는 그레고르가 앉았고, 그의 맞은편, 즉 내 옆에는 옥사타니아에서 온 여인이 앉았다. 물결처럼 흘러내리는 금발이 아름다운 얼굴을 감싸고 있었다. 그녀는 모자를 쓰지 않았다. 옥사타니아 사람들은 장식 목적이 아니라 날씨로부터 보호하기 위해 모자를 썼다. 나는 그녀의 이름을 몰랐고, 알았더라도 여러분에게 제대로 된 철자를 대지 못했을 것이다.

그녀의 반대쪽 옆에는 코끼리 예술가가 앉아 있었다. 그는 자신이 만든 '참으로 아름다운 걸작'에 대한 말을 연신 늘어놓았다. '참으로 아름다운 걸작'은 내 표현이 아니라 그의 말이다. 그는 유리공 열여섯 명으로 이루어진 팀을 이끌었으며, 코끼리는 섬세하게 제작한 유리 조각 이백여 개를 하나하나 맞추어 완성했다고 설명했다.

나의 작은 키와 여자들의 큼지막한 모자들 때문에 나는 코끼리를 제대로 볼 수가 없었다. 그래서 유리 코끼리의 정교함이나 예술적 가치는 논평할 수가 없다. 코끼리는 내 기억의 물약에 비하면 아무것도 아니었지만, 여러 당연한 이유로 나는 그 물약에 대해 언급할 수 없었다. 그렇지만 나는 원래 자랑하는 것을 좋아하는 사람이 아니다.

왕족들의 입장을 알리는 크룸호른 소리가 울려 퍼졌다. 우리 모두 자리에서 일어섰다.

에스콰베타의 산드로 왕과 옥사타니아의 루르츠크 왕이 나란히 입장했다. 허리가 굽은 루르츠크 왕은 지팡이를 짚고 걸었기 때문에 우리 테이블까지 오는 데 시간이 한참 걸렸다. 두 왕이 착석하자, 두 왕비가 입장했다.

두 여인은 어머니와 딸인가 싶을 정도로 나이 차가 많았다. 코리나 왕비가 연장자였다. 루르츠크 왕은 살날이 그리 많이 남은 것 같지 않았지만, 툴리아가 옥사타니아 왕비의 그늘에서 벗어나려면 아주 오래 기다려야 할 듯했다.

크룸호른이 다시 울려 퍼졌다. 잘생긴 왕자와 그의 사랑스러운 예비 신부가 우아하게 대연회장으로 걸어 들어오자 모두가 박수를 쳤다. 장갑을 낀 툴리아의 손이 왕자의 팔뚝에 얹혀 있었다. 그녀는 고개를 꼿꼿이 세우고 테이블 하나하나를 향해 미소 지었다. 그녀의 목걸이와 귀걸이와 티아라에 박힌 다이아몬드만큼이나 빛나는 미소였다. 내 눈에 눈물이 가득 차올랐다. 이 의연하고 아름다운 여인이 내 작업실에서 생쥐를 가지고 놀던 아이라니.

왕자의 자세와 전반적인 태도에서는 힘과 자신감이 느껴졌다. 툴리아보다 훨씬 나이가 많아 보이긴 했지만, 옥사타니아 왕과 왕비의 나이 차에 비하면 아무것도 아닌 것처럼 느껴졌다.

왕자와 툴리아가 우리 테이블로 올 때까지 나는 왕자의 얼굴을 제대로 보지 못했다. 그리고 마침내 왕자의 얼굴을 본 순간 배를 걷어차인 것 같았다. 얼굴은 더 통통해지고 금발은 짧아졌지만, 이십삼 년 전 바베트의 기막히게 예쁜 레이스에 감탄하던 남자의 얼굴에서 보았던 튀어나온 턱은 그대로였다.

23
축하 공연

하인 스물네 명이 깃털이 빼곡한 공작새 스물네 마리를 통째로 구운 요리를 높이 들고 대연회장을 행진했다. 코리나 왕비는 테이블에 앉은 하객들에게 공작새 깃털을 모두 뽑고 고기를 구운 다음 깃털을 원래대로 꽂은 것이라고 설명했다.
"깃털은 그냥 관상용이에요. 먹으면 안 돼요."
왕비가 웃으며 말했다.
안젤리카가 나에게 윙크하며 말했다.
"먹기 전에 말씀해 주셔서 참 다행이네요."
나는 그녀의 말에 대꾸하지 않았다. 아니, 그녀가 말을 했다는 사실조차 인지하지 못했다. 나의 관심은 온통 툴리아와 왕자에게 쏠려 있었다. 공주가 나를 보며 미소 지었지만, 미소로 답례할 수도 없었다. 나는 바베트를 실망시켰다. 나는 피토를 실망시키지 않겠다고 결심했다.

공작새를 먹은 기억은 있지만, 그 맛이 어땠는지는 여러분에게 알려 줄 수가 없다. 공작새에 이어 생선과 장어가 담긴 접시가 나왔고, 뒤이어 멧돼지, 오룩스, 양, 사슴 고기가 나왔다. 채소와 뿌리채소, 보라색 당근과 흰 비트가 수북이 쌓여 있었다. 나는 이곳이 음식을 먹어야 하는 연회장이라는 것이 생각날 때만 겨우 음식을 입에 댔다.

대연회장으로 들어오는 문을 세어 보니 모두 일곱 개였다. 내 눈은 이 문에서 저 문으로 휙휙 움직였다. 피토가 어느 문으로 들어올지, 언제 들어올지는 알 수 없었지만, 디저트 전에 들어온다는 것은 확실했다.

툴리아를 힐끔 볼 때마다 그녀가 달림플에게 미소 짓고 그의 소매를 매만지는 모습이 보였다. 내 속에서 열불이 났.

말은 물론이고 손짓과 몸짓까지 포함해 화술이 뛰어난 안젤리카도 결국 나와의 소통을 포기했다. 옆에 앉은 어여쁜 옥사타니아 여인은 나에게 몇 번 정중하게 말을 붙여 보다가, 내가 대꾸하지 않자 잘됐다 싶은 표정을 지으며 잘생긴 그레고르와 허풍쟁이 코끼리 예술가에게로 관심을 돌렸다.

악사들이 돌아다니며 연주하는 시간이 끝나고 다른 공연들이 이어졌다. 테이블들 사이에 널찍하게 빈 공간이 하나 있었다. 그곳에서 가수와 곡예사가 공연을 펼쳤고, 소규모 연극단이 짧은 연극을 선보이기도 했다.

툴리아는 이 모든 것에 신이 난 듯했다. 의자를 아예 뒤로 돌리고 앉아 공연을 구경했다. 저글러가 그녀 뒤에 있는 테이블에 유리그릇을 올려놓고 묘기를 부리기 시작했다. 밝은색으로 칠

한 새알 세 개가 공중으로 던져졌다. 크기로 보아 매의 알 같았다. 새알 세 개가 네 개가 되고, 네 개가 다섯 개가 되었다. 저글러는 새알들이 공중에 높이 떠 있는 동안 모자챙에서 계속 계속 새알을 꺼냈다.

새알이 일곱 개가 되었을 때, 툴리아는 즐거움에 박수를 치고 탄성을 질렀다. 저글러가 새알을 하나하나 잡아 모자 속에 다시 넣는 동안 그녀는 두 손으로 달림플의 팔을 꼭 붙들고 있었다. 저글러가 일곱 번째 새알을 놓쳤다. 새알이 툴리아의 머리 너머로 날아가 미리 놓아둔 유리그릇에 떨어졌다. 툴리아는 깜짝 놀라 비명을 지르더니, 자리에서 일어나 노른자가 둥둥 뜬 유리그릇을 모두가 볼 수 있도록 높이 쳐들었다.

대연회장 사방에서 박수갈채가 터져 나왔다. 일견 저글러를 향한 박수 같아도, 내가 보기에 대부분은 즐거워하고 또 큰 즐거움을 주는 공주를 향한 것이었다.

날카로운 호각 소리가 귀를 찔렀다. 모두가 소리 나는 쪽으로 고개를 돌렸다. 호리호리한 남자가 무대 한가운데로 겅중겅중 뛰어나왔다. 매우 화려하고 몸에 딱 달라붙는 옷을 입은 차림새였다. 그는 아주 작고 가는 파이프를 불었는데, 뻑뻑거린다고 할 정도로 끔찍한 소리를 내서 뻑뻑이라고도 불리는 악기였다.

그는 공주 가까이에 있는, 아까 저글러가 있던 자리로 가서 고개 숙여 인사하고는 큰 소리로 방귀를 뀌었다.

대연회장이 웃음으로 뒤집어졌다.

그는 이어 아주 저속한 농담을 내뱉더니 삑삑이에 대고 방귀를 뀌었다.

툴리아는 귀를 막으며 까르르 웃었다.

남자는 이 테이블에서 저 테이블로 팔짝팔짝 뛰어다니며 고개 숙여 인사하고, 상스러운 농담을 던지고, 삑삑이를 불어 대고, 방귀를 뀌었다. 방귀를 뀔 때마다 웃음소리가 점점 더 커졌다.

어디 가서 세련되고 교양 있는 르네상스 인간이란 말은 이제 그만하길!

사람들이 여전히 깔깔거리고 있을 때, 맨 왼쪽 문을 열고 들어오는 하웰이 보였다. 한 손에는 도끼를, 다른 손에는 목 받침대를 들고 있었다.

그의 뒤에서 다른 옥지기 두 명이 피토를 붙들고 있었다. 피토의 손목은 밧줄로 묶였고 두 다리에는 쇠사슬이 느슨하게 감겨 있었다. 그는 발을 끌며 짧은 걸음만 내디딜 수 있었다. 얼굴에는 검은 천이 씌워져 있었다.

바로 지금이었다. 내가 대담하게 행동할 순간이! 달림플의 얼굴을 알아본 순간부터 나는 준비해 왔다. 그러나 피토에게 마지막으로 준 물약이 효과가 있는지 알아야 행동에 나설 수 있었고, 그 사실은 그의 얼굴을 보아야 확인할 수 있었다.

하웰이 툴리아 앞에 목 받침대를 내려놓았다. 아까 저글러가 있던 자리였다. 그녀의 얼굴에서 핏기가 사라지는 것이 보였다.

"아니, 여기서는 안 돼."

그녀가 새된 목소리로 속삭였다.

"맞아, 바로 여기야!"

달림플이 날카롭게 말하고는 툴리아의 뒤통수를 잡아 고개를 돌리지 못하도록 했다.

옥지기들이 피토의 어깨를 눌러 무릎을 꿇렸다. 나는 그가 카나타에서 블루베리를 따고 있기만 바랐다.

볼타로가 앞으로 걸어 나와 양피지를 펼쳐 죄목을 낭독했다. 배반, 반역, 공주의 정결을 더럽히려는 음모. 산드로 왕이 피토에게 마지막으로 남길 말이 있는지 물었다.

"예."

피토가 또렷하고 결연한 목소리로 대답했다.

왕이 손짓하자 하웰이 얼굴에 씌운 천을 벗겼다. 내 옆에 있는 여자가 헉하고 놀랐다. 테이블 여기저기에서 불안한 비명이 터져 나왔다.

피토의 얼굴이 온통 부풀어 오른 푸른 반점투성이였다.

그래도 나는 움직이지 않았다. 용기가 사그라졌다. 두 다리가 풀려 일어설 수가 없었다.

피토는 툴리아를 똑바로 바라보았다.

"공주님이신가요?"

툴리아의 얼굴이 떨렸다. 그래도 용감하게 피토를 쳐다보았다.

"그렇다."

"공주님은 정결하지 않습니다."

피토가 그녀에게 말했다.

"공주님은 거짓말로 정결을 더럽히셨습니다."

피토는 그렇게 말하고는 목 받침대에 머리를 올려놓았다.

나는 큰 소리로 외치려 했지만, 말이 목에 걸렸다. 나오는 소리라고는 떨리는 속삭임뿐이었다.

"푸…… 푸른 죽음."

하지만 그것만으로도 충분했다. 내 말을 들은 옥사타니아 여인은 내 눈에 어린 공포를 완전히 잘못 해석했다.

"역병이다!"

그녀가 외쳤다.

너도나도 같은 말을 외치기 시작했다. 사람들이 허겁지겁 도망치려고 하는 바람에 의자들이 우르르 쓰러졌다.

"목을 쳐!"

달림플이 소리쳤다.

"안 돼!"

내가 외쳤다. 마침내 내 목소리와 다리에 힘이 들어갔다.

"악령이 풀려날 거야!"

달림플의 말도, 내 말도 당연히 하웰에게는 들리지 않았.

나는 망토 안주머니에서 연기통 하나를 꺼냈다. 그리고 양초를 집어 통 한쪽 귀퉁이에 불을 붙인 다음 테이블 너머로 던졌다. 연기통이 피토와 하웰 사이에 떨어졌다.

연기가 피어올랐고, 죽음 같은 냄새가 퍼졌다.

"연기를 피하시오! 그럼 안전할 것이오!"

내가 두 번째 연기통에 불을 붙이며 소리쳤다.

나는 테이블을 빙 돌면서 연기통 다섯 개를 던졌다. 이제 우리 테이블은 텅 비었다. 달림플마저 줄행랑을 쳤다.

연기 사이로 도끼를 쳐드는 하웰이 보였다. 나는 그에게 멈추라고 고함쳤다.

도끼는 세차고 빠르게 내려왔다. 하지만 피토의 목을 치지 않았다. 발목을 묶은 쇠사슬이 끊어졌다. 덩치 큰 야수는 뒤로 돌더니 연기 속으로 유유히 사라졌다.

24

시체 처리

"안녕, 친구."

내가 인사하자, 피토는 나를 빤히 보았다. 그는 죽음을 준비하며 지난 한 달을 보낸 터라 자신이 아직 살아 있다는 사실에 당황했을 것이다. 아니면 자신이 죽어서 연기 자욱한 지옥에 와 있다고 생각했을 수도 있다.

연기가 걷히기 시작했다. 대연회장에는 우리 둘만 남았다. 바닥에 깨진 접시, 코트, 스카프, 모자, 뾰족하고 구두코가 말린 구두 등이 널브러져 있었다. 기다란 의자 몇 개와 테이블 하나도 쓰러져 있었다.

상황이 이렇게까지 전개될 줄 전혀 예상하지 못했기에 나는 다음에 무엇을 하겠다는 구체적인 계획이 없었다. 나는 날카로운 칼을 찾아 피토의 손목을 묶은 밧줄을 잘랐다. 그는 눈도 깜빡하지 않았다.

나는 피토에게 바닥에 누워 죽은 척하라고 했다. 아무도 올 것 같지는 않았지만, 만일에 대비할 필요가 있었다. 나는 여차하면 바로 쓸 수 있도록 촛불과 연기통 하나를 챙겼다. 피토는 내가 하는 말을 하나도 이해하지 못하는 눈치였다.

나는 다시 주빈 테이블로 가서 면 식탁보를 홱 잡아당겨 테이블 위에 있는 모든 것을 털어 냈다. 그리고 바닥에 공간을 만들고 식탁보를 평평하게 펼친 다음 고깃점과 뼈를 닥치는 대로 주워 모아 그 위에 놓았다.

나는 다른 테이블들로 이동했다. 짓밟힌 범선 모자가 보였다. 허디거디는 부서져 있었다. 부러진 류트는 현으로만 지탱되고 있었다.

나는 고기와 뼈를 모으면서 피토 쪽을 힐끔 돌아보았다. 그가 온데간데없었다! 당혹스러운 시간이 이십 초쯤 흐른 뒤, 유리 코끼리 옆에서 피토를 발견했다. 그는 어리둥절한 얼굴로 코끼리를 빤히 올려다보고 있었다.

작고 둥근 테이블 하나가 아수라장 속에서 온전하게 남아 있었다. 항아리 하나, 컵 몇 개, 달콤하고 걸쭉한 크림 한 그릇이 테이블 위에 놓여 있었다.

나는 따뜻한 초콜릿을 컵에 담고 크림 한 덩이를 넣어 피토에게 가져갔다. 그는 아무 말 없이 컵을 받아 들었다.

잠시 후, 내가 고깃점을 더 모으고 있을 때, 그가 내 옆에 나타나 고기 더미 속으로 접시 하나를 툭 던졌다.

"고기하고 뼈만."

내가 말했다.

그는 미소를 지었다. 초콜릿 덕분에 기운을 차린 듯했다.

모두 합쳐 80파운드 가까이 고기와 뼈를 모았지만, 피토 몸무게의 절반 정도밖에 되지 않았다. 하지만 어차피 그 이상은 내가 옮길 수도 없었다. 우리는 식탁보의 네 귀퉁이를 묶어 자루로 만들었다.

피토가 자루를 어깨에 멨다.

대연회장을 떠나기 전, 나는 연기통에 불을 붙여 우리 바로 앞에 보이는 문 밖으로 던졌다.

"안전을 위해 비키시오!"

내가 외쳤다.

나의 예방 조치는 헛수고였다. 복도는 텅 비어 있었다. 사람들은 푸른 죽음 가까이 있고 싶어 하지 않았다. 그럼에도 나는 모퉁이나 열린 문에 접근할 때마다 연기통을 터뜨렸다.

우리는 아무와도 맞닥뜨리지 않고 발을 드리운 작업실 문간에 다다라, 곧장 안으로 들어갔다. 피토가 내 작업실 바닥에 식탁보 자루를 내려놓았다. 그러고는 주위를 둘러보며 감탄했다.

"이곳에서 마법이 탄생하는군요."

나는 빙긋이 웃었다.

"난장판이네요!"

나는 이런 상태가 더 좋다고 했다.

그에게 내 옷을 주었고, 그가 옷을 갈아입는 동안 지하 창고로 가서 피가 들어 있는 단지들을 가져왔다. 야크 피 외에도 소, 돼지, 오록스, 말, 물소, 스컹크, 족제비 피가 있었다. 더 많았을지도 모르겠다. 나는 지하 창고를 몇 차례 더 다녀왔다.

내 옷을 입은 피토의 모습이 우스꽝스럽기 짝이 없었다. 레깅스는 너무 짧았고, 허리는 너무 헐렁했다. 튜닉이 호리호리한 몸에 텐트처럼 걸쳐져 있었지만 소매는 또 너무 짧았다.

하지만 상관없었다. 누군가의 눈에 뜨인다면 옷은 아무것도 아닌 더 심각한 문제를 겪게 될 테니.

나도 옷을 갈아입었다. 실크 셔츠와 망토에 피를 묻히고 싶지 않았다.

우리는 식탁보 매듭을 풀고, 피토가 벗어 놓은 허름한 옷 속에 고기와 뼈를 가득 채웠다. 그러고는 모든 것에 피를 흠뻑 적신 다음 식탁보를 다시 묶었다.

어깨에 자루를 둘러메는 것까지는 피토의 도움을 받았지만, 이제부터는 나 혼자 가야 했다. 내가 비틀거리자 균형을 잡도록 피토가 다시 한번 도와주었고, 나는 문밖으로 나가 철제 난로를 지나 걸어갔다.

피토는 여차하면 쓸 수 있는 연기통과 촛불을 가지고 뒤에 남았다.

성 마당이 사람들로 북적였다. 도망친 사람들이 모두 여기 모여 있었다.

나로서는 잘된 일이었다. 많은 사람이 나를 목격했으면 했다.

사람들이 너무 가까이 다가오면 문제가 될 수 있었지만, 아무도 감히 가까이 오지 못하리라는 것을 알았다.

가장 큰 걱정은 체온이 너무 오른다는 것이었다. 날씨는 시원했지만, 햇살이 강했고 무거운 짐을 지고 가다 보니 몸에서 계속 열이 오르는 게 느껴졌다.

양어장까지 가서 느릅나무 그늘 벤치에 털썩 앉았다. 내가 다가가자 근처에 있던 사람들이 새처럼 흩어졌다.

나는 식탁보 자루를 계속 어깨에 메고 있었다. 일단 내려놓으면 다시 들 수 없을까 봐 걱정되었기 때문이다. 잠시 휴식을 취하고 나니 계속 갈 준비가 된 듯했다.

한 손으로 벤치 등받이 쪽을 붙잡고 겨우겨우 일어서다가 순간 비틀거리며 넘어질 뻔했지만 곧 균형을 되찾았다. 사람들이 사방에서 나를 쳐다보았지만 가까이 오는 이는 없었다.

마당을 가로질러 성 전체를 에워싼 성벽에 다다랐다. 성 꼭대기까지 가려면 좁은 계단 여러 개를 올라가야 했다. 계단과 계단 사이에는 평평한 계단참이 있었다. 나는 첫 번째 계단을 오르기 시작했다.

계단은 가파르고 단 사이의 간격이 넓었다. 한 단을 오르려면 무릎을 허리 높이 이상 들어올려야 했다. 성벽이 햇빛을 가려 주었다.

한 병사가 성벽 위에서 나에게 소리쳤다. 나는 그를 미처 보지 못했었다. 내 눈은 줄곧 계단에만 붙박여 있었던 터였다.

나는 병사를 향해 큰 소리로 내 이름을 외쳤지만, 굳이 그렇게 힘을 허비할 필요가 없었다. 병사는 대머리를 보고 나를 바로 알아보았던 것 같으니. 그는 이미 성벽을 따라 빠른 걸음으로 멀어지고 있었다. 대연회에서 벌어진 소동이 분명 이 외로운 경비병에게도 전해진 것이리라.

계단 아홉 단을 오르자, 첫 번째 계단참이 나왔다. 그곳에서 벽에 기대어 잠시 쉬었다. 토할 것 같은 느낌이 조금 들어서 그 기미가 사라질 때까지 기다렸다가 다시 계단을 올랐다.

꼭대기까지 갈 결심을 다지며 두 번째 계단참에서는 멈추지 않고 계속 걸었다. 그게 실수였다. 다음 계단을 중간쯤 올라갔을 때 갑자기 어지러움이 몰려왔고, 계단참에 다다랐을 때는 성벽에 코를 처박으며 쓰러졌다. 몸의 열이 식을 때까지 한참을 그렇게 누워 있었다. 피 맛이 느껴졌다.

계단참을 하나하나 거쳐 계속해서 올라갔고, 매번 조금씩 더 오래 쉬었다. 마침내 가장 높은 계단참에 다다랐다. 어깨에서 식탁보 자루를 내려 성벽 위에 올려놓았다.

이제야 앉을 수 있게 되었다.

계단참을 따라 일정한 간격으로 화로가 설치되어 있었다. 적을 향해 불화살을 쏘거나 끓는 타르를 부을 때 쓰기 위해 만들어 놓은 화로였다.

쉬면서 내가 이때까지 한 모든 일을 생각해 보았다. 마침내 나는 평판과 궁정에서의 입지를 회복했다. 한 달 전만 해도 내가 주빈 테이블에 앉는 일은 꿈도 꿀 수 없었다. 그런데 그 모든 것을 위험에 빠뜨리며 나는 여기 이렇게 와 있었다. 경비병들이 내 작업실에 들이닥쳐서 피토를 끌고 가는 모습을 상상해 보았다.

그럼에도 내가 지금까지 한 일이 만족스러웠다. 난생처음으로 나는 대담하고 용감했다.

화로의 가장자리를 밟고 성벽 위로 올라갔다. 눈부신 주황빛과 분홍빛 하늘이 나를 맞이했다.

평생 없던 용기를 내서 여기까지 왔지만, 높은 곳은 여전히 겁났다. 성벽은 내가 성벽 너머를 보며 누울 수 있을 정도로 폭이 넓었다. 식탁보 자루를 끌었다 밀었다 하면서 성벽 안쪽 가장자리에서 바깥쪽 가장자리로 옮겼다.

몸을 옴지락옴지락 움직여 성벽 끝으로 더 가까이 다가간 뒤, 마지막으로 보따리를 힘껏 밀어 성벽에서 떨어뜨렸다.

고개를 내밀어 아래에 있는 자루를 힐끗 보았다.

오 분 만에, 호랑이가 모습을 드러냈다. 호랑이는 조심스럽게 다가와 호기심에 차선 자루에 코를 대고 쿵쿵거렸다. 곧이어 앞발이 홱 움직이는가 싶더니 자루가 쫙 찢어졌다.

25

호랑이 생쥐

달은 뜨지 않았다. 무거운 짐이 없음에도 좁고 가파른 계단을 내려가는 것이 위험하게 느껴졌다. 성안으로 돌아가면 무엇이 나를 기다리고 있을지 몰랐기에 더더욱 불안했다. 철제 난로를 지날 때는 작업실로 들어서는 순간 체포되리라는 확신이 들었다.

하지만 나를 기다리는 것은 킥킥 웃고 있는 피토였다. 그는 장애물 코스를 내달리는 루이지를 지켜보고 있었다.

나는 그저 미소 짓고 한숨을 쉴 수밖에 없었다. 그가 루이지와 함께 논 탓에 칠 년 동안 정성껏 기록해 온 실험이 물거품이 될 수도 있었다.

"제가 차를 좀 끓여 놨습니다."

평소 같으면 이렇게 늦은 시간에는 차를 마시지 않았지만, 나를 기쁘게 해 주고 싶은 마음이 간절해 보이는 피토를 실망시키고 싶지 않았다.

나는 장애물 코스로 눈길을 돌렸다. 피토는 우리의 걸쇠를 푸는 법을 알아냈을 뿐만 아니라 튜브와 루프를 재배치해 코스를 더 어렵게 만들어 놓았다.

피토가 고블릿을 건네고는 내가 차를 마시는 모습을 초조하게 지켜보았다. 그의 표정이 지하 감옥에서 처음으로 함께 차를 마셨을 때의 내 표정과 별반 다르지 않았던 것 같다.

차는 차갑고 산패한 맛이 났다. 내가 성벽을 향해 나섰을 때부터 차를 만드느라 시작해 찻잎이 너무 오래 우려진 것 같았다.

나는 고블릿을 내려놓았다.

"맛이 좋네."

내 말에 그가 미소 지었다.

나는 루이지에게로 관심을 돌렸다. 피토가 어떻게 망쳐 놨는지도 살펴봐야 했지만, 차도 그만 마시고 싶었기 때문이다. 나는 루이지를 우리로 돌려보내면서 모든 장애물 코스 활동은 사전에 신중하게 생각해야 하고 그 결과를 주의 깊게 기록해야 한다고 피토에게 설명했다.

"루이지는 애완동물이 아니야."

코스 끝부분에 있던 치즈가 사라진 것이 눈에 띄었다.

"루이지는 치즈를 먹으려고 장애물 코스를 달리는 게 아닙니다."

피토가 말했다.

"성취. 그게 루이지가 받는 보상입니다."

"루이지는 생쥐야. 철학자가 아니라."

피토는 그저 어깨를 으쓱하고는 다른 생쥐 우리로 향했다.

"이 생쥐들도 특별한가요?"

그는 나무살 사이로 손가락을 넣어 우리를 흔들었다.

"물러서! 저 녀석들은 호랑이 생쥐들이야!"

그는 재빨리 손가락을 뺐다.

"아빠는 생쥐고 엄마는 호랑이야."

그는 내 말을 믿었다. 아주 잠깐. 이내 웃음을 터뜨렸다.

"호랑이 생쥐라. 정말 대단한 생쥐 같습니다!"

그가 깔깔 웃었다.

그가 웃는 모습을 보니 기분이 좋았다.

나는 피토에게 양초와 담요를 주고 지하 창고로 안내했다. 사다리를 타고 내려가는 그에게 말린 딱정벌레가 든 자루를 베개로 쓰라고 권했다.

그는 자신의 새로운 보금자리가 된 지하 창고를 휘 둘러보았다.

"여기 오기 직전에 있던 곳만큼이나 좋네요."

나는 미소를 지으며 해치를 닫고 모래 자루를 끌어와 위를 덮었다.

남은 차를 다 버리고 나니 탁자 위에 펼쳐져 있는 내 일지가 보였다. 내가 거기에 뒀는지는 기억 나지 않았지만, 이건 알았다. 만약 누군가가 내 암호 기호를 해독할 수 있다면, 그는 틀림없이 고대 그리스어를 독학한 사람일 것이었다.

26
왕자에게 줄 물약

밤에 번쩍 영감이 떠올랐다!

다음 날 아침 일찍, 나는 후드와 새 부리가 달린 역병 마스크를 쓰고 성큼성큼 복도를 걸어 조리실로 향했다. 정원을 가로지르면 더 빨리 갈 수 있었지만, 가능한 한 많은 사람에게 내 모습을 보이고 싶었다. 사람들에게 나나 내 작업실 근처에 오는 것이 여전히 안전하지 않다는 것을 상기시켜 줄 필요가 있었다.

조리실은 별채에 있었다. 화재 위험 때문에 안전상 본채에 둘 수 없었다.

역병 마스크가 제대로 효과를 발휘했다. 조리실 일꾼들은 나와 거리를 두었고, 묻지도 따지지도 않고 내가 원하는 것은 뭐든 얼마든지 가져가도 좋다고 했다.

나는 피토에게 줄 음식을 한 접시 담았다. 다리를 몰래 건널 방법을 찾을 때까지 지하 창고에 숨어 있는 것이 최선이라는 것이 내 생각이었다. 하지만 지하 창고의 해치를 열자 눅눅하고 퀴퀴한 냄새가 확 풍겨 오는 통에 마음을 바꾸었다. 피토를 위로 초대했다.

탁자 옆에 주로 유리 제품이 든 상자 세 개를 쌓아 두었더니 아침 식사를 할 때 아치형 문간 밖에서 피토가 보이지 않았다. 좁고 기다란 비커가 바닥에 떨어져 산산조각 났지만, 어차피 내가 거의 쓰지 않는 물건이었다.

상자들은 만일에 대비한 예방책일 뿐이었다. 아무도 감히 내 작업실 근처에 오지 않을 테니.

나는 한 잔씩 둘이 마실 차를 따르고는 차의 온기를 혀끝과 목구멍 뒤쪽에 한참 머금어 가며 마셨다. 이렇게 해야 전날 밤 피토가 나에게 대접했던 썩은 차 맛과는 다른 차 본연의 맛을 온전히 느낄 수 있다.

"야생화와 벌의 냄새를 느낄 수 있을 거야."

피토는 빙그레 웃다가 내 말이 농담이 아님을 알아차리곤 의무감을 느끼며 한 모금을 더 마셨다.

"좀 더 오래 머금고 있어 보게나."

내가 구슬리는 투로 말했다.

그는 차를 입안에서 오물오물하다가 삼켰다.

"어때?"

"벌 맛이 나네요."

나는 설레설레 고개를 젓고는 한숨을 푹 쉬었다.

그는 지하 창고에서 얼마나 숨어 지내야 하는지 물었다. 나는 안타깝게도 일주일 뒤에 있을 결혼식이 끝날 때까지는 떠날 수 없다고 했다.

결혼식은 예정대로 진행될 것 같았다. 달림플 왕자는 역병에 대한 두려움에 굴복하길 거부했다.

옥사타니아 파견대는 결혼식을 앞두고 일주일간 열리는 축제를 위해 성에 머물고 있었다. 왕족과 시종들 외에도 많은 옥사타니아 병사가 그들을 보호하기 위해 와 있었다.

"다리를 건너려는 사람은 전부 제지당하고 검문을 받을 거야."

그는 차를 한 모금 더 마시고는 또다시 입안을 헹구는 것처럼 오물오물했다. 그렇게 하는 것이 차를 더 오래 머금는 것은 아니었지만, 나는 잠자코 있었다.

"제 걱정은 하지 마세요."

그가 말했다.

"오늘부터 축제가 시작되니, 가서 즐기세요."

나는 의심스러운 눈초리로 그를 바라보았다. 좀 과하다 싶게 내가 가기를 바라는 눈치였다. 나는 새 물약을 연구해야 해서 축제에 갈 계획이 없다고 했다.

"왕자에게 줄 물약이야."

새로 떠오른 영감이 바로 이것이었다.

이 물약은 실험 초기 단계에 피토에게 주었던 여러 수정 물약 중 하나의 변종이 될 것이었다. 모든 것을 대폭 강화해야 할 듯했다. 장어 비늘 대신 상어 비늘을, 데이지 대신 해바라기를 넣는 식으로.

개인 표식은 필요 없었다. 달림플의 기억을 지우는 것은 관심 사항이 아니었다. 나는 의도치 않은 결과를 노리고 있었다.

나는 피토에게 거의 이십오 년 전 바베트에게 아름답고 섬세한 레이스로 가죽 장화를 닦으라고 강요했던 사람이 바로 달림플 왕자라고 말했다.

"그자가 툴리아 공주님과 결혼하게 놔둘 수는 없어."

피토는 그저 어깨를 으쓱하고는 부드러운 치즈를 짙은 색 빵 조각에 발랐다.

"왜 안 되죠? 둘은 완벽한 한 쌍입니다. 누가 누구보다 더 나쁘다고 할 수 없어요."

나는 깜짝 놀랐다.

"미안합니다, 아나톨. 당신이 공주를 아끼는 건 알지만, 공주가 저에 대한 거짓말을 지어내고 제가 죽는 모습을 지켜보려 했다는 사실을 잊으신 것 같습니다."

나는 무슨 말을 해야 할지 몰랐다. 두 사람이 도서관에서 함께 보낸 시간에 대해서는 언급하지 않으면서 그 거짓말이 볼타로가 퍼뜨린 것이라고 무슨 수로 말하겠는가?

"그리고 공주의 정결이 이미 더럽혀졌을 거라고 장담할 수 있습니다."

그가 덧붙였다.

"아마도 여러 번."

나는 경악하며 그를 바라보았다.

"자네는 지금 그 말 때문에 처형당할 수도 있어."
"저를 두 번 죽일 수는 없겠지요."
그는 배를 한 입 베어 물었다.
"생각해 보십시오, 아나톨. 분명 공주는 첫날밤에 달림플 왕자가 자신이…… 순결하지 않다는 것을 알게 될까 봐 걱정했던 겁니다. 그래서 자기를 욕보였다고 저를 모함한 것이지요. 자신의 숨겨 놓은 연인을 지키기 위해."
물론 그의 말에는 나름의 논리가 있었다.
"그런데 왜 하필 자네지?"
그는 어깨를 으쓱했다.
"제가 편했겠죠. 어쩌면 안 좋은 순간에 제가 우연히 눈에 띄었을 수도 있고요. 공주에게 저는 아무것도 아닙니다. 공주는 제가 죽는 걸 지켜보면서 초콜릿을 맛있게 먹을 수도 있을 겁니다."
우리는 말 없이 남은 식사를 마쳤다. 피토의 말 중 하나는 옳았다. 공주는 다른 누군가를 사랑했다.
피토를.

공주에 대한 적대심에도 불구하고 피토는 나의 새로운 물약 작업을 기꺼이 도와주었다. 마침내 할 일이 생겨서 기쁜 것 같았다.
나는 기다란 상어 가죽 한 장을 주고 비늘을 제거해 달라고 부탁했다. 몇 번 베인 적 있기에 나는 상어 비늘이 날카로울 수 있다고 경고했지만, 그의 손놀림은 신중하고도 능숙했다.

그가 어렸을 때 동물을 도살하며 자랐고, 독한 화학 물질도 다루었다는 사실이 떠올랐다.

그는 당연히 이 물약이 어떤 효과가 있는지 궁금해했지만, 나는 새로운 물약에 관한 한 미신을 믿는 편이었다. 효과가 있다고 확신할 때까지는 새 물약에 대해 절대로 이야기하지 않았다.

왕자에게 줄 물약이라곤 했지만, 달림플이 마시기 전까지는 성공을 완전히 확신할 수 없었다. 시험해 볼 방법이 없었다.

피토나 나에게 시험할 수도 없었다. 약효가 영구적으로 지속되게 설계했기 때문이다. 생쥐에게 시험해 볼 만큼 내 귀가 예민하지도 않았다.

오로지 영감과 직관과 타고난 천재성에 의지할 수밖에 없었다. 어쨌든 나는 이 땅에서 가장 위대한 마법사였으니.

새 물약을 어떻게 시험할지보다 더 큰 문제가 있었다. 어떻게 왕자를 설득해 물약을 마시게 할까?

결혼식 전날 밤 왕자의 숙소에 불쑥 들어가서 무턱대고 물약을 내밀 수는 없는 노릇이었다.

"그는 물약을 내 얼굴에 던질 거야! 그리고 아마 바닥에 떨어진 물약을 핥게 하겠지."

그의 음료에 몰래 물약을 집어넣는 방법 또한 시도할 수 없었다. 병사들이 그를 지키고 있었고, 그가 데려온 음식 시식자도 있었다.

피토는 조심스럽게 상어 가죽을 긁어내고 있었다.

"그럼 왕자한테 주지 마세요."

그가 고개를 숙인 채로 말했다.

그가 심술을 부리는 줄 알았는데, 고개를 든 그의 눈빛이 반짝거렸다. 전에도 몇 번 본 적 있는 눈빛이었다.

내가 곧 체크메이트를 당할 것이라는 뜻이었다.

"달림플이 찾아오게 만드세요. 그가 물약을 달라고 부탁하게, 아니, 달라고 요구하게 만드세요."

27
연고

 말린 해바라기밖에 없어서 해바라기 꽃잎을 해바라기 기름에 하룻밤 담가 두어야 했다. 말린 말벌 한 줌도 함께 넣었다. 그사이 나는 연고 만드는 일에 집중했다.
 일주일도 안 남았는데 할 일이 너무 많아 중압감을 떨치기가 어려웠다. 시험해 볼 수도 없는 물약을 만들어야 하고, 달림플이 그 물약을 요구하도록 하기 위한 연고와 그 연고에 대한 해독제도 만들어야 했다. 내가 기진맥진할 때마다 피토는 한 번에 한 가지 일에만 집중하라고 조언했다.
 피토는 내부 장기를 손상하지 않으면서 아마존 침뱉는거미를 능란하게 해부했다. 이 거미는 팔 년 전에 쿠비오 선장이 폼알데하이드가 든 병에 넣어 가져다준 것이었다. 그 후로 줄곧 지하 창고에 있었다. 나는 소변 몇 방울을 더해 이 거미의 강력한 침을 되살려 냈다. 그 소변은…… 내 소변이었다.
 연고를 덜 이국적인 재료로 만들 수도 있었지만, 달림플에게는 마법사가 있었다. 원뿔 모자를 쓰고 긴 은빛 머리카락을 휘날리며 성을 배회하는 우스꽝스러운 마법사긴 해도 흔한 발진을 치료하는 법 정도는 알고 있을 것이 틀림없었다.

"그가 아마존 침뱉는거미를 어떻게 다루는지 두고 보자고."

내 말에 피토는 미소를 지었고, 해야 할 모든 일을 열성적으로 도왔지만, 틈만 나면 나를 돕는 것이지 공주를 돕는 것이 아니라는 점을 강조했다. 그는 그녀를 한 번도 **툴리아**라고 부르지 않았다. 늘 공주라고 했다. 비웃는 어투로.

나는 그에 관한 거짓말을 지어낸 사람이 툴리아 공주가 아니라 볼타로라고 말해 주려고 애썼다.

"자네는 단순한 견습생이 아니었어. 볼타로의 대체자였지."

피토는 여전히 수긍하지 못했다.

"그럼 왜 그녀가 나서서 목소리를 높이지 않은 거죠? 진실을 말할 시간은 많았습니다. 제가 지하 감옥에 얼마나 오래 있었지요? 한 달? 왜 제가 그녀를 건드리지 않았다고 말하지 않았을까요? 저는 그녀에게 말을 건넨 적조차 없는데!"

나는 아무 대답도 하지 않았다.

그는 얇은 칼날과 핀셋을 이용해 거미의 머리를 몸통에서 조심스럽게 분리했다.

"볼타로가 거짓말을 지어냈을 수도 있겠지요. 하지만 공주는 그 거짓말을 기쁜 마음으로 묵인했습니다."

나는 감히 그에게 진실을 말할 수 없었다. 내 말을 믿을 리도 없겠지만 설사 믿는다 해도 그의 머릿속에서 혼란이 무한히 반복될 수 있었다. 내가 아는 한, 그로 인해 인지 능력이 손상될 수도 있었다.

같은 이유로 나는 툴리아에게도 말할 수 없었다. 아이러니했다. 그녀는 나에게 마법을 사용해 과감하고 대담하게 피토를 구출하라고 촉구했고, 결국 나는 그대로 행동했다.

하지만 그녀는 이 사실을 절대로 모를 것이었다.

"저는 그녀에게 말을 건넨 적조차 없는데!"

피토가 아까 했던 말을 조용히 되풀이했다. 나한테 하는 말이라기보다는 혼잣말에 가까웠다.

"공주를 본 적도 없는 것 같아요. 이상하게 들리겠지만, 아나톨, 저는 공주가 있다는 사실조차 몰랐습니다. 물론 세기의 결혼식에 대해서는 알았지만, 어떻게 생각했느냐면……. 모르겠습니다, 제가 어떻게 생각했는지."

"내가 성에 처음 왔을 때가 생각나네."

나는 피토를 이해하는 척하며 말했다.

"압도당하는 기분이 들었지."

"그러셨을 것 같네요."

우리는 잠시 멈췄던 일을 재개했다.

"필경사는 조만간 없어질 겁니다."

피토가 거미 한 마리를 더 해부하며 말했다.

"볼타로는 저에 대해 걱정할 필요가 없습니다. 구텐베르크가 우리 모두를 대체할 테니까요."

그는 필경사들이 기사처럼 오직 겉치레와 의례에만 쓰일 것이라고 말했다. 나는 언젠가 마법사들이 오락용으로만 쓰이게 되리라는 말만큼이나 그의 말이 믿기지 않았다.

여러분이 배운 바와 다를 수도 있겠지만, 구텐베르크가 발명한 것은 인쇄기가 아니다. 인쇄기는 그가 혁신적인 아이디어를 생각해 내기 훨씬 전부터 존재했다. 그의 혁신은 지금 돌이켜보면 단순한 것이었지만, 많은 위대한 아이디어가 그렇듯, 당시에는 그것이 세상을 바꾸었다.

구텐베르크 이전에는 장인들이 목판에 뒤집힌 글자를 힘들여 조각했다. 책의 페이지마다 목판을 만들어야 했다. 이렇게 조각한 목판을 잉크에 담그고 빈 종이에 대고 눌러 인쇄했다. 같은 책을 여러 권 제작할 수는 있었지만, 페이지마다 별도의 목판이 필요했고, 그 책 외에 다른 책은 인쇄할 수 없었다.

구텐베르크의 인쇄기는 개별 문자를 새긴 금속 활자를 사용했다. 문자 하나당 활자 하나라서 활자들을 재배열하면 어느 책, 어느 페이지든 인쇄할 수 있었다.

한때는 힘들고 비용이 많이 들던 작업이 이제는 수월해지고 저렴해졌다. 덕분에 포폴로 미누토도 문학 작품과 신문과 온갖 급진적인 사상과 아이디어를 쉽게 접할 수 있게 되었다.

왕자의 물약과 달리 연고는 시험해 볼 수 있었다. 피토가 자원했지만, 아직도 푸른 발진으로부터 회복 중인 데다 지난 한 달 동안 내가 준 다른 약을 모두 고려하면 신뢰할 만한 피험자가 될 수 없었다. 나 자신에게 시험해 볼 수밖에 없었다. 그전에 우선 해독제부터 만들어야 했다.

설사 연고와 해독제가 완벽하게 효과를 발휘한다 해도 그저 한 단계 전진일 뿐이지 궁극적인 목적지와는 여전히 멀게 느껴질 터였다. 달림플에게 연고를 바르게 하는 문제가 남아 있기 때문이었다.

"이제 뭘 어떻게 해야 하지?"

내가 좌절감을 느끼며 물었다.

"다른 물약을 만들어서 연고를 찾게 만들고, 그다음 해독제를 찾게 만들고, 그래서 첫 번째 물약을 원하게 한다?"

마치 영원히 끝낼 수 없는 임무처럼 느껴졌다.

"공주에 대해 하신 말씀이 사실이라면, 너무 안타깝네요."

피토가 말했다.

"무슨 뜻이지?"

"음, 만약 그녀가 다른 남자를 몰래 사랑하는 것이 사실이라면, 그녀도 기꺼이 우리 일을 도울 것 같습니다만."

눈앞에 있는 훌륭한 청년을 보면서 내 가슴은 죄책감과 회한으로 물들었다.

"맞아. 공주님이 참 딱하셔."

28
축제

우리가 한창 일에 몰두하고 있을 때 발이 달그락댔다. 내가 소리쳤다.

"들어오면 안 됩니다!"

피토는 의자에서 미끄러지듯 내려와 바닥으로 몸을 바짝 낮추었다.

"여기는 안전하지 않아요!"

나는 연기통을 집어 들고 불을 붙일 준비를 했다.

"불쑥 들어와서 죄송합니다, 마법사님."

견습 기사 이안이었다. 그는 아치형 출입구의 두 발 사이에 서 있었다. 내가 쳐다보자 그는 고개 숙여 인사했다.

놀라웠다. 디티에리의 조카가 내게 이토록 예의를 차린 적은 없었기 때문이다. 나는 연기통을 탁자 위에 내려놓고 천천히 그를 향해 걸어갔다.

"산드로 국왕 전하께서 축제 개막식에 동행해 주실 것을 요청하셨습니다. 왕실 마차가 정오에 출발합니다."

디티에리가 파 놓은 함정은 아닐까? 나는 의문이 들었고, 그 바람에 이안이 대답을 기다리고 있음을 뒤늦게 깨달았다.
"이런 영광스러운 일이 있나."
"국왕 전하께서 기뻐하실 겁니다."
이안은 인사를 하고 떠났다.

"전염병을 물리치고 왕국을 구하셨잖아요."
내가 망토를 입자 피토가 말했다.
"당신은 영웅이에요."
피토의 말을 제대로 이해하기까지 시간이 조금 걸렸다. 단 한 번의 대담한 행동이 파멸로 귀결될까 봐 너무 걱정한 나머지 정반대의 일이 일어나리라고는 생각도 하지 못했다.
길고 뾰족한 구두에 억지로 발을 집어넣었다. 왕실 마차를 타려면 적절한 복장을 갖추어야 했다.
"자네는 지하 창고에서 기다려야 할 거야."
피토는 고개를 끄덕였다.

내가 성안을 가로질러 왕실 마차가 기다리는 곳으로 성큼성큼 걸어가는 동안 궁정의 신하들과 하인들이 미소를 지으며 나에게 인사말을 건넸다. 마부가 고개 숙여 인사하고는 문을 열어주었다. 모든 과정이 매우 품위 있었다. 내가 마차에 오르려는 순간까지는. 말 한 마리가 흥분하는 바람에 나는 흙바닥으로 벌러덩 넘어졌다.

말보다는 나의 뾰족한 구두 탓이 더 컸던 것 같다.

내가 일어서도록 도와주면서 마부가 진심으로 사과했다. 내 모자를 건네면서도 연신 사과했고, 내가 마차에 오르는 동안 두 팔을 잡아 주었다.

나는 지각했다. 두 왕국의 왕과 왕비가 마차 안에서 나를 기다리고 있었다. 아무래도 새 시계를 장만해야 할 것 같았다.

옥사타니아의 마법사도 마차 안에 있었다. 그의 긴 은빛 머리카락이 우스꽝스러운 원뿔 모자 아래에서 살랑댔다. 내가 초대받았다는 것을 알고 루르츠크 왕이 자기 마법사도 데려가기로 한 것 같다.

그는 나에게 그트어드르를 소개했다.

코리나 왕비가 말했다.

"드디어 두 사람이 만나다니 정말 기뻐요. 두 사람이 서로에게 배우고 지혜를 공유하면 두 왕국에 큰 도움이 될 거예요."

나는 침묵을 지켰다. 옥사타니아의 마법사는 애매모호하게 말하는 재주가 있는 점쟁이에 불과했다.

축제를 시작하기에 아주 좋은 날이라고 다들 한목소리로 말했다. 춥지는 않을 정도로 적당히 시원했고, 하늘에는 구름 한 점 없었다.

"그트어드르에게 감사해야 할 것 같군."

루르츠크 왕이 말했다.

그트어드르는 겸양을 떨었다.

"제가 날씨를 만든 것은 아닙니다. 그저 징조를 알아보았을 뿐입니다."

그러고는 품위 있게 한마디를 덧붙였다.

"아나톨도 똑같이 했을 것이라고 확신합니다."

"아나톨은 징조를 해석할 줄 몰라요."

코리나 왕비가 말했다.

"그트어드르는 십이 년 전에 결혼 날짜를 택일했지요."

산드로 왕이 나서서 설명했다.

다행히 마차로 십오 분 거리였다. 그트어드르의 지혜를 내가 얼마나 더 참고 들어 줄 수 있었을지. 그는 나에게 "바람의 속삭임"을 해석하는 법을 가르쳐 주려고 했다.

마차 곁에서 함께 가던 말 탄 병사들이 축제 장소에 도착하자 인파 사이로 길을 터 주었다. 행사를 위해 임시로 만든 가건물 중 한 곳에서 음악이 흘러나왔다. 화려한 색색의 천막 꼭대기에서 에스콰베타와 옥사타니아의 깃발이 휘날리고 있었다.

내가 마차에서 내릴 때 말 한 마리가 군중 때문에 놀랐던 모양이다. 하지만 이번에는 모자만 잃었을 뿐 마부 덕분에 품위는 잃지 않았다. 근처에 있던 사람들이 내 대머리를 바로 알아보자 절로 환호성이 터졌다.

그트어드르가 마차에서 내릴 때는 환호성이 없었다. 뭐, 그는 역병을 물리치고 두 왕국을 구한 사람이 아니었으니.

꼬마 여자아이가 내 모자를 주워 수줍게 내밀었다. 나는 미소로 고마움을 표시했다. 꼬마는 활짝 웃고는 후다닥 뛰어가 자기 엄마의 허리를 꼭 껴안았다.

우리는 마상 창 경기장이 내려다보이는 높은 단으로 안내받았다. 툴리아 공주와 달림플 왕자는 이미 자리에 앉아 있었다. 달림플은 한 손에는 구운 사슴 다리 반쪽을, 다른 손에는 커다란 오록스 뿔을 들고 있었다. 그는 사슴 고기를 뜯어 먹고 에일을 벌컥벌컥 들이켜면서 우리가 놓친 무시무시한 레슬링 경기에 대해 고주알미주알 떠들어 댔다.

툴리아가 약혼자를 향해 미소를 지었다.

"지금부터는 옥사타니아를 응원해야 할 것 같아요."

그녀가 내게 말했다.

달림플은 마치 선택권이 있는 양 말하는 그녀를 흘겨보았다.

크룸호른 소리가 요란하게 울려 퍼졌고, 곧이어 산드로 왕이 일어나 환호하는 군중을 향해 손을 흔들었다. 동맹의 표시로 그는 루르츠크 왕을 자기 옆에 서게 했고, 군중은 또다시 환호성을 질렀다.

하지만 동맹은 여기까지였다. 일단 경기가 시작되자 사람들은 함성과 욕설로 여전한 적대심을 드러냈다. 달림플은 누구보다도 크게 고함을 질렀고, 가장 야만적이고 모욕적인 말을 에스콰베타가 아니라 패배한 옥사타니아 사람들에게 퍼부었다.

옥사타니아인들과 에스콰베타인들 사이에 싸움이 벌어졌다. 싸움이 마상 창 시합과 딱히 관련이 있었던 것 같지는 않다. 에스콰베타 남성들은 평소에 옥사타니아 여성을 대단히 매력적이라고 생각했다. 경기장에 있는 옥사타니아 여성들은 그런 관심을 반겼을지 몰라도 남성 동지들은 아니었다.

내 머릿속에 대연회 때 옆에 앉았던 옥사타니아 여인이 떠올랐다. 연한 갈색 눈과 물결처럼 찰랑이는 금발이 눈에 선했다. 이제 그녀가 나를 어떻게 생각할지 궁금했다. 틀림없이 그녀는 자기 옆자리에 앉았던, 범상해 보이던 남자가 용감하게 역병의 재앙으로부터 두 왕국을 구했다는 사실을 알고 있을 것이었다.

마상 창 시합이 계속되는 동안 다양한 외국 사절단이 산드로 왕을 알현하며 곧 있을 결혼을 축하했다. 그들은 모두 왕자와 공주를 위한 결혼 선물을 가져왔다.

우리는 그들이 축제에 온 진짜 이유를 잘 알았다. 에스콰베타가 튼튼한지, 옥사타니아와의 동맹은 끈끈한지 평가하기 위해서였다.

툴리아가 산책을 가야겠다며 나에게 함께 가자고 제안했다. 우리가 마상 창 시합 구역을 빠져나갈 때 경비병 둘이 따라왔다.

우리는 줄지은 천막 뒤, 인적이 비교적 드문 공간을 걸었다. 경비병들은 적당한 거리를 유지했다. 한 명은 몇 발짝 앞서 걸었고, 다른 한 명은 몇 발짝 뒤에서 따라왔다. 나는 구두 때문에 발이 아팠다.

"나 좀 도와주세요."

툴리아가 얼굴을 떨며 말했다.

"그 남자 때문에 잠을 못 자겠어요!"

"누구를 말씀하시는 거죠?

"눈을 감자마자 그 끔찍한 얼굴이 보여요! 발진만이 아니에요. 그의 눈은 순수한 증오로 가득 차 있어요."

나는 저녁에 달나방차를 좀 가져다주겠다고 했다.

"그는 왜 그렇게 나를 증오했을까요?"

"그는 전염병 때문에 제정신이 아니었습니다."

마상 창 경기장에서 아우성이 들려왔다. 뭔가 아주 좋거나 나쁜 일이 일어난 게 틀림없었다.

"그가 호랑이에게 해를 입힐까요?"

나는 그녀의 질문을 이해하는 데 시간이 조금 걸렸다.

"아닙니다. 호랑이는 전염병에 걸리지 않습니다."

나는 그녀를 안심시켰다.

그게 사실인지 아닌지는 몰라도, 이 성에 있는 호랑이가 피토를 통해 전염병에 걸리는 일이 없으리라는 것만은 잘 알았다.

"만약 여자의 정결을 짓밟으려는 자가 있다면, 여자는 그걸 바로 알 수 있어요. 그렇죠?"

툴리아가 말했다.

29
공주다운 처신

그날 저녁, 나는 툴리아에게 줄 특별한 혼합물을 준비했다.
"불쌍한 공주님께서는 눈을 감자마자 비명을 지르십니다."
마르타가 나를 공주의 방으로 들이며 말했다.
마르타도 통 잠을 자지 못한 것 같았다. 나는 그녀에게 뭐든 마실 것을 가져다주면 좋겠느냐고 물었다.
"공주님께서 주무시면 저도 잘 거예요."
나는 공주의 내실로 갔다. 툴리아는 침대에 눕지 않고 앉아 있었다. 나는 고블릿을 건넸다.
그녀는 나에게 감사를 표하고 미소까지 지었다.
"왕이 당신을 에스콰베타의 레오나르도라고 부르는 것 알아요?"
그녀는 차를 한 모금 마셨다.
"그는 너무 끔찍해요."
그녀가 속삭였다.
"그는 걱정하지 마십시오. 이제 사라졌으니."

그녀는 의아한 표정을 지었다.

"아, 그 사람. 그건 나도 알아요. 그는 단지 유령일 뿐이에요. 내 말은……."

그녀는 어깨를 으쓱이고는 아쉬운 듯이 말을 덧붙였다.

"나는 진정한 사랑을 경험하지 못할 것 같아요."

그녀는 침대에 다시 누웠다.

"그게 내 의무죠."

나는 혼란스러웠다.

"달림플 왕자가 끔찍하다는 말이었습니까?"

그녀는 뭐라고 중얼거렸지만, 나는 알아들을 수 없었다.

"하지만 저는 두 분이 함께 계시는 모습을 지켜봤습니다. 공주님이 미소 지으며 그의 손을 잡는 모습. 공주님께서는 그분의 매력에 푹 빠진 것처럼 보이더군요."

툴리아가 눈을 감으며 말했다.

"오, 나토, 가끔 당신은 잊어버리는 것 같아요. 나는 공주예요. 그게 공주다운 처신이에요."

그나저나, 왕이 나를 에스콰베타의 레오나르도라고 부른다고 공주가 그랬다. 왕이 말하는 레오나르도는 레오나르도 다빈치이다. 혹시 여러분이 흘려들었을까 봐 노파심에 지적하는 바다.

30
고대 그리스 의식

 이틀 후 피토의 발진은 모두 가라앉았고, 내 왼팔에는 작고 붉은 반점이 다닥다닥 돋았다. 나는 아직 해독제를 마시지 않았다. 해독제를 마시면 더는 연고를 시험할 수 없기 때문이었다.
 내가 해독제를 쓰고 싶은 유혹을 느낄 때마다 피토는 가려움은 내 마음속에만 존재한다고 일깨워 주려고 애썼다. 말이야 쉽지.
 이제 그의 푸른 발진이 사라졌으니, 나는 연고를 그에게 시험해 볼 수 있었다. 다만 그가 느끼는 가려움의 강도를 전에 내가 경험한 가려움과 비교하는 것이 불가능하다는 문제가 있었다.
 해독제 역시 아마존 침뱉는거미에게서 추출한 물질로 만들었다. 말하자면, 술로 인한 숙취를 해장술로 푸는 격이었다. 해독제에는 거미의 빨아들이는 위를 사용했고, 연고에는 거미의 폐와 독샘을 사용했다.
 밖에서 비바람이 거세게 몰아쳤다. 문을 계속 닫아 둔 탓에 작업실 안은 점점 더 연기가 차고 고약한 냄새가 났다.
 피토는 사실 우중충한 날씨를 반겼다. 사람들의 눈에 띌 두려움 없이 밖에 나갈 수 있다는 뜻이었기 때문이다. 그는 쏟아지는 빗줄기를 온몸으로 맞는 것을 좋아하는 듯했다.

이날은 축제 셋째 날이었다. 사람들은 지금 옥사타니아의 마법사 그트어드르의 징조에 대해 어떻게 생각할까? 아마도 그는 결혼 축제 기간에 폭풍우가 치면 아이를 많이 낳을 징조라는 헛소리를 지껄였으리라.

연고와 관련해 가장 큰 문제는 강력한 가려움을 유발하는 것이 아니라 달림플이 가려움증의 원인을 제대로 파악하지 못하도록 시작 시점을 늦추는 것이었다. 내가 일지에 그린 그래프를 보면 지연 시간과 가려움의 강도는 반비례했다. 가려움이 강할수록 증세가 나타나기까지 걸리는 시간이 짧았다. 이것은 내가 목표하는 것과 정반대였다.

"이 구불구불한 선은 뭘 의미하는 건가요?"

피토가 내 어깨 뒤에서 일지를 보며 물었다.

나는 일지를 덮었다.

우리는 달림플에게 연고를 줄 방법을 생각해 냈다. 사실 이것은 피토의 아이디어였다. 밤에 영감이 찾아오기는 했는데, 장소는 골방이 아니라 지하 창고였다.

"이것은 고대 그리스 관습입니다."

피토가 아침에 말했다.

"상호 신뢰와 협력을 확인하는 데 이용되었지요."

그는 직접 시범을 보였다. 먼저 나에게 자기한테서 두 걸음 정도 떨어진 곳에 서서 자기와 마주 보라고 했다. 그다음 내 쪽으로 손을 뻗고는 나에게도 똑같이 하라고 했다.
"악수라고 하는 것입니다."
그가 자기 손으로 내 손을 꼭 잡으며 말했다.
그는 문헌에 악수하는 방법이 정확히 기술되어 있지 않다는 점을 인정했고, 우리는 손을 맞잡는 시간과 팔의 움직임을 이리저리 바꾸어 가며 여러 방법을 시도해 보았다. 우리는 품위 있으면서도 두 사람 모두 공격에 조금은 취약한 상태면 좋겠다는 데 의견을 같이했다. 위험이 어느 정도 있어야 신뢰의 표현이 될 수 있을 테니.
결국 우리는 힘을 주어 손을 맞잡기로 했다. 그리고……. 음, 자세한 설명은 필요없을 듯하다. 여러분은 제대로 악수하는 법을 이미 잘 알 테니. 하지만 여러분이 아는 현대식 악수가 역사상 최초로 행해진 장소는 아마도 이날 아침 나의 작업실이었을 것이다.

"그런데 무엇 때문에 달림플이 내 손을 잡고 흔들겠어?"
피토가 처음 악수 아이디어를 말했을 때 내가 물었다.
"당신 손이 아니에요. 공주의 손이죠."
공주에게 달나방차를 가져다주었을 때 그녀가 어떤 말을 했는지는 이미 피토에게 이야기한 상태였다.

피토는 고대 그리스인들이 악수 의식을 계약의 체결을 확인하는 방법으로도 이용했다고 설명했다.

"혼인 계약서?"

내가 묻자 그는 빙긋이 웃었다.

에스콰베타에서는 결혼이 합법적인 구속력을 갖기 위해 두 가지가 필요했다. 첫째, 각 당사자가 증인들 앞에서 자발적으로 결혼에 동의해야 한다. 둘째, 초야를 치러야 한다. (이 부분은 증인이 없어도 괜찮았다.)

결혼식 전날, 툴리아와 달림플은 재판관 앞에서 결혼에 동의한다고 공개적으로 표명해야 했다. 그들의 결혼은 두 사람 사이의 일반적인 결합보다 훨씬 더 중대한 일이므로 서명해야 할 서류도 있을 것이었다. 이 결혼은 두 왕국의 동맹이었으니.

"그리고 나서 공주가 그와 악수를 하는 거죠. 공주가 당신을 배신하기로 마음먹지만 않는다면요."

피토가 말했다.

"나를 왜 배신하겠어?"

"오, 나토."

그가 놀리듯 말했다.

"당신은 가끔 잊어버리는 것 같아요. 그녀는 공주잖아요. 그게 공주다운 처신이에요."

31
연골

결혼식 사흘 전, 툴리아와 달림플이 재판관 앞에 서기 이틀 전, 내 양팔은 반점으로 뒤덮여 있었다. 나는 아직도 해독제를 마시지 않고 버티고 있었다.

복도 문이 열려 있어서 작업실 안으로 신선한 공기가 솔솔 들어왔다. 피토는 연골을 두드리고 있었다. 거미를 해부하는 정교한 작업을 마친 후라 묵직한 나무망치로 연골을 두드려 가루 내는 일을 즐기는 듯했다.

나는 연골이 가려움증 발현 시점을 효과적으로 늦춘다는 점을 확인했다. 연골은 성을 둘러싼 성벽과도 같았다. 침략자 무리가 침투하기 전 먼저 허물어야 하는 보호 장벽 역할을 했다.

문제는 적절한 연골을 찾는 것이었다. 달팽이 연골은 너무 빨리 녹아 버렸다. 전날 시험한 상어 지느러미는 아직 침략자에게 뚫리지 않았다.

그때만 해도 한 번에 소량만 시험했었다. 이제는 그런 사치를 누릴 상황이 아니었다. 양쪽 다리에 몇몇 유형의 연고를 조금씩 바르고 각각 다른 연골을 사용해 보았다. 한쪽 다리에는 문어, 돼지의 주둥이, 백조의 목에서 추출한 연골을 사용했다. 다른 쪽 다리에는 쥐잡이뱀, 장어, 소꼬리에서 추출한 연골을 썼다.

쥐잡이뱀은 내가 단지에 보관해 두었던 것이고, 나머지는 성의 조리실에서 구할 수 있었다.

더 많이 바르고 싶었지만, 어디가 가려운지 정확히 알려면 간격을 충분히 띄우고 발라야 했다. 생각만큼 쉬운 일이 아니었다. 가려움은 움직이는 경향이 있었다. 피토는 가려움이 피부 어디에도 없고 오로지 마음속에만 있기 때문이라고 했다.

심지어 연고를 발랐다는 사실을 아는 것만으로도 가려움이 느껴졌다. 정신을 딴 데로 돌리기 위해 우리는 체스를 두었다.

주의를 집중하기 위해서가 아니라 분산하기 위해 정신을 다잡는 것이 이상하다고 내가 이야기하고 있을 때, 발이 달랑거렸다. 피토는 상자들 뒤로 가서 무릎을 꿇고 몸을 숨겼다.

"들어가도 될까요?"

바로 알아차렸어야 할 목소리지만, 디티에리가 내 작업실을 찾아온 것이 너무 이례적이어서 시간이 좀 걸렸다. 그가 찾아오고, 더구나 들어가도 되느냐고 허락을 구했다는 사실 자체가 궁정에서의 내 위상을 증명하는 것이었다.

그렇다고 그가 실제로 내 허락을 기다리지는 않았다. 내가 아치형 문간까지 가기도 전에 섭정은 두 발 사이로 들어섰다. 그가 내 작업실 안까지 들어온 것은 아마 이때가 처음이었을 것이다.

그는 경멸하는 듯한 표정을 지으며 주위를 둘러보았다.

"어떻게 이 냄새를 참을 수 있지요?"

나는 냄새가 소기름 양초 때문이라고 말하고는 올리브유로 만든 양초가 더 좋다고 말했다.

"구할 수 있는지 알아보겠습니다."

"무향으로요"

내가 더 구체적으로 말했다.

그는 나의 추가적인 요구 조건을 듣는 둥 마는 둥 하고는 검은 모래 더미를 향해 걸어갔다.

"모래가 아직도? 거 참."

나는 디티에리가 피토에게 더 가까이 가지 못하도록 그의 앞으로 가서 섰다.

"물약이 모래보다 우선입니다."

나는 그에게 물약을 상기시켰다.

"아, 그렇죠. 위대한 기억의 묘약."

"일전에 축제에서 안 보이셔서 놀랐습니다. 제가 산드로 왕과 동행했을 때 말입니다."

그는 나를 쏘아보며 말했다.

"누군가는 남아서 왕국의 일을 관리해야 해서."

그는 수색하는 것이 너무 티 나지 않도록 애쓰며 작업실 안으로 더 깊이 들어갔고, 나는 그를 방해하는 것이 너무 티 나지 않도록 애썼다.

"그나저나 이게 다 뭡니까?"

그는 해부된 거미의 부위들과 으깬 연골을 보고 있었다.

나는 그와 체스판 사이로 걸어갔다.

"공주님을 위한 물약을 연구하고 있습니다. 대를 이을 사내아이를 위해서요."

"흠. 성공 확률은 50퍼센트겠군요. 그렇죠? 그리고 처음에 효과가 없으면 몇 가지 수정을 하시겠지요. 조만간 공주님은 아들을 낳을 테고, 그럼 모두가 다시 한번 위대한 아나톨이라고 찬양하겠지!"

나는 재치 있게 응수하려 했지만, 바로 그 순간 백조의 목 연골이 허물어졌다. 방어벽이 무너지자 침략자들이 몰려 들어왔다.

가려움은 가히 압도적이었다. 나는 다른 어떤 것에도 집중할 수가 없었다. 박박 긁어 보았지만, 긁을수록 가려움은 점점 더 심해졌다.

"벼룩?"

디티에리는 그렇게 묻고는 나를 지나쳐 체스판으로 갈 기회를 놓치지 않았다.

"방문객이 있었습니까?"

"툴리아 공주님이요."

내가 종아리를 계속 박박 긁으며 그를 뒤쫓아가 대답했다.

"물약을 만들려면 소변 시료가 필요해서, 공주님이 여기 계시면서……"

나는 상자들 뒤를 힐끔 보았다. 다행히 피토는 이제 거기에 없었다.

"머리는 어디 있을까요?"

디티에리가 물었다.

"뭐라고요?"

"내가 해자를 따라 죽 걸어가 봤어요. 한 바퀴를 다 돌았지요. 갈가리 찢긴 그의 옷가지와 뼈 몇 개가 보이더군요. 그런데 머리는 없었어요."

"틀림없이 호랑이가 먹어 치웠을 겁니다."

"머리를 통째로?"

사실 호랑이의 씹는 힘이 얼마나 센지는 몰랐지만, 가만 생각해 보니 디티에리라고 알 것 같지는 않았다. 나는 종아리를 조금 더 박박 긁었다.

"해자 속으로 들어가 보면 두개골 조각들이 좀 보일 것 같습니다만."

"호랑이에 대해 자세히 알고 싶지는 않소이다."

디티에리가 말했다.

"하지만 당신에게는 언젠가 그런 기회가 올지도 모르지."

그가 작업실을 나설 때까지 나는 계속 박박 긁어 댔다.

참고로, 그 뒤로 올리브유 양초는 한 번도 지급받지 못했다.

32

침략자 무리

피토가 어디로 갔는지 걱정되었다. 그를 찾는 동안 잠시 가려움을 잊었다가 피토를 찾자마자 가려움이 다시 찾아왔다.

그는 바깥 철제 난로 뒤에 웅크리고 있었다.

"해독제가 필요해!"

나는 서둘러 작업실로 돌아갔다.

"안 돼요!"

그가 나를 뒤쫓아 오며 외쳤다.

"아직 안 됩니다!"

해독제는 선반에 놓인 단지 속에 있었다. 내가 단지에 손을 뻗으려 하자 그가 내 팔을 잡았다.

"팔굽혀펴기를 좀 해 보세요."

"난 팔굽혀펴기 못 해!"

피토가 나보다 힘이 세겠지만, 가려움은 우리 둘보다 더 강했다. 나는 팔을 홱 빼내 단지를 잡았다.

"다른 물건을 긁어 보세요. 탁자를 긁어 보세요."

허무맹랑한 말처럼 들렸지만, 나는 단지를 탁자 위에 올려놓고 단지 표면을 긁었다.

효과가 있었다! 가려움증은 나에게 뭔가를, 무엇이라도 긁을 것을 요구했다!

하지만 안도감은 오래가지 못했다. 긁히고 있지 않다는 것을 깨달았는지, 가려움이 다시 불평을 해 댔다. 나는 그나마 종아리에서 가까운 신발을 긁어 보았고, 적어도 일시적으로는 가려움을 속인 듯했다.

하지만 바로 그때 쥐잡는뱀의 연골이 굴복했고, 곧이어 장어가 뒤따랐다. 이건 정말 해도 해도 너무했다. 나는 모래를 한 주먹씩 쥐어 레깅스에 여러 번 뿌렸다. 그러고는 왼발과 오른발을 번갈아 들며 폴짝폴짝 뛰면서 격렬히 레깅스를 긁었다. 피토는 깔깔 웃느라 아무 조언도 해 줄 수 없었다.

전날에 바른 상어 지느러미 연골을 포함해 더 많은 방어벽이 허물어졌다. 나는 가려움에 잡아먹히고 있었다. 나는 단지에서 해독제를 꺼내 냅다 들이켰다.

"미안하네."

잠시 후 내가 말했다. 가려움증은 십 분도 채 지나지 않아 사라졌다.

"이해합니다."

내 실험은 끝났다.

"적어도 해독제가 효과가 있다는 건 알아냈어."

피토가 어질러진 것들을 치우는 동안 나는 피부 상태를 점검하기 위해 골방으로 들어갔다. 반점과 긁힌 자국을 구분하기가 어려울 정도로 하얀 다리가 온통 붉게 변해 있었다.

하지만 긁힌 자국이 없는 부위가 한 곳 보였다. 소꼬리 연골은 아직 뚫리지 않은 것 같았다. 피토에게 보여 주기 위해 레깅스를 한쪽 발목에 걸친 채로 골방에서 어기적어기적 걸어 나갔다.

피토가 보이지 않았다. 그가 청소한 것이 내가 탁자에서 떨어뜨린 으깬 연골만이 아니라는 건 잘 보였다. 바닥 거의 전체가 깨끗했고, 깨진 비둘기 알이 들러붙은 모래도 마침내 말끔히 치워졌다.

"바보가 된 기분이었어요!"

툴리아가 발 사이로 들이닥치며 외쳤다.

그녀는 나를 보자마자 뚝 멈춰 서더니 웃었다. 처음에는 손으로 입을 가렸고, 곧이어 눈을 가렸다.

나는 다시 발을 질질 끌며 다시 골방으로 들어가 레깅스를 고쳐 입었다.

"다음번에 어떤 속임수엔가 나를 또 이용할 계획이 있다면 미리 알려 줘요."

골방 밖에서 툴리아가 말했다.

"체스? 소변 시료? 임신 물약? 그 사람이 뭐라 뭐라 하는데, 무슨 말인지 하나도 못 알아듣겠더라니까요!"

나는 옷매무새를 제대로 가다듬었는지 확인한 다음 골방에서 나왔다. 툴리아는 체스판을 찬찬히 살펴보고 있었다.

"나하고 두려고 이렇게 판을 차려 놓은 거예요?"

나는 어깨를 으쓱했다.

"내가 백이에요, 흑이에요?"

피토와 내가 시작한 게임이었다. 내가 백이었다.

"흑입니다."

툴리아는 체스판을 보며 얼굴을 찌푸렸다.

"내가 불리한 것 같은데. 그렇죠?"

그 말에 깜짝 놀랐지만, 판을 찬찬히 들여다보니 툴리아의 형세 판단이 옳았다. 웬일로 내가 우세했다.

"하지만 만약……."

그녀가 검은 룩을 쓱 움직여 나의 킹에서 대각선으로 한 칸 떨어져 있는 폰을 잡았다.

"폰 하나를 잡겠다고 룩을 희생한다고요?"

툴리아는 빙긋이 웃었다.

두고 보면 알겠지만, 그녀가 이런 희생을 하는 것은 이번이 마지막이 아니다.

"그나저나 진짜로 누구랑 체스를 두고 있었는데요?"

그녀의 파란 눈이 반짝였다.

"대연회에서 만난 예쁜 옥사타니아 여자죠? 그 여자가 자꾸 자꾸 당신을 쳐다보던데!"

그녀는 작업실을 휘 둘러보았다.
"전보다 더 깨끗해졌네요. 맞죠?"
갑자기 그녀가 헉하고는 물었다.
"그 여자가 혹시 아직 여기에? 그래서 레깅스가……."
그녀는 후다닥 골방 안으로 들어갔다. 그러고는 확연히 실망한 표정을 지으며 나왔다. 그녀는 질그릇 냄비로 걸어갔다. 냄비에는 왕자에게 줄 물약이 들어 있었지만, 아직 질그릇에 철사를 연결하거나 촛불을 켜진 않은 상태였다.
"이게 내가 마시게 될 다산의 묘약이에요?"
"다산이 아니라, 득남의 물약입니다."
툴리아는 얼굴을 찡그렸다.
"하지만 거기 든 것은 그 약이 아닙니다."
그녀는 나를 호기심 어린 눈으로 바라보았다.
"결혼식이 연기될 거라고 제가 말씀드린다면, 어떠실 것 같습니까?"
"얼마나 연기되는데요?"
"무기한."
툴리아는 빙긋이 웃었다.

나는 툴리아에게 손을 잡고 흔드는, 악수에 대해 이야기해 주었다. 처음에 그녀는 혼란스러워했다. '손을 흔드는 것'을 달림풀이 물약을 마시고 간질 발작을 일으킨다는 뜻으로 오해했다.

나는 상호 신뢰와 협력을 표현하는 고대 그리스의 의식이라고 설명해 주었다. 하지만 내가 악수하는 방법을 보여 주려고 했을 때, 그녀는 내 말을 진지하게 받아들이지 않았다. 계속 깔깔 웃으면서 붙잡은 손을 거의 무릎까지 내렸다가 머리 위까지 쭉 들어 올리려고 했다.

"엄숙하고 품위 있게 하셔야 합니다. 그냥 빠르게 위아래로 조금만 움직이세요."

"마치 남녀가 관계를 맺을 때처럼……."

그녀가 말하다 말고는 다시 깔깔 웃었다. 자신이 던진 농담 때문만이 아니라 나의 반응 때문에.

나는 틀림없이 얼굴뿐만 아니라 머리 전체가 빨개졌을 것이다.

33
재판관실

"룩을 폰과 맞바꾸다니!"

피토가 체스판을 보고는 씩씩댔다.

"물러도 되네."

이번 판만큼은 내가 이기고 있었기 때문에 나는 기꺼이 너그러울 수 있었다.

그는 체스판을 좀 더 찬찬히 들여다보았다.

"아니요. 그냥 두겠습니다."

그는 그렇게 말하고는 비꼬는 투로 덧붙였다.

"제가 뭐라고 공주님이 두신 걸 무를 수 있겠습니까?"

나는 여섯 수만에 체크메이트를 당했다.

다음 날 오후가 되자 모든 준비가 끝났다. 적어도 우리가 준비할 수 있는 것은 모두 했다. 나는 연고에 소꼬리 연골을 쓰기로 결정했다. 다른 연골들보다 더 오래 버텼기 때문이었지만, 얼마나 오래 버틸지는 알 길이 없었다.

나는 질그릇 냄비를 떨어뜨릴까 봐 조심조심하면서 철사에 연결했다.
"초를 켤까요?"
피토가 물었다.
나는 불을 붙이는 영광을 그에게 양보했다. 그는 지하 창고로 돌아갔고, 나는 골방에 누워 시계를 응시했다. 이날 저녁에는 냄비를 떨어뜨리지 않았지만, 이튿날 아침에는 거의 떨어뜨릴 뻔했다. 냄비를 내리다가 툴리아 때문에 또 놀랐기 때문이다. 그녀가 또다시 소리도 없이 내 작업실로 들어왔다.
"나한테 일찍 오라고 했잖아요!"
그녀는 내가 가져오라고 했던 오른손 장갑을 내밀었다. 대연회 때 끼었던 바로 그 장갑 같았다. 팔꿈치 위까지 올라가는 아주 긴 흰색 실크 장갑이었다. 나는 걸리적대지 않도록 장갑의 긴 소매를 조금 말아야 했다.
툴리아는 코를 움켜쥐고는 내가 장갑에 연고를 채우는 모습을 지켜보았다.
"꼭 설사처럼 보이네요."
내가 보기에는 설사보다는 토사물에 가까웠다. 하지만 그녀가 굳이 코를 잡을 필요는 없었다. 후각이 예민한 내가 느끼기에도 냄새는 매우 희미했으며 불쾌하지도 않았다. 나는 연고를 장갑 손가락 하나하나에 눌러담았다.
"내가 그 장갑을 껴야 해요?"

"재판관실에 들어가기 직전에 끼시면 됩니다. 그리고 결혼에 동의하고 서류에 서명한 후에 장갑을 벗고 왕자와 악수하십시오."

툴리아는 웃었다.

"그 전에 이걸 마셔야 합니다."

나는 고블릿에 해독제를 가득 넣어 그녀에게 건넸다.

그녀는 한 모금 마시고는 움찔했다. 해독제는 진짜로 불쾌한 냄새가 났다.

"대체 이 안에 뭐가 들어간 거예요?"

"거미 위장과 소변 몇 방울이 들었을 뿐입니다."

툴리아는 나를 쏘아보고는 남은 물약을 마저 들이켰다.

"달림플은 악수에 대해 아무것도 모른다는 걸 명심하십시오. 어떻게든 그에게 절차를 설명하고, 악수를 하도록 설득해야 합니다."

"난 공주예요. 원하는 것을 얻는 방법쯤은 나도 알아요."

툴리아가 작업실을 떠나기 직전에 나는 그녀에게 절대로 웃으면 안 된다고 신신당부했다.

그녀가 가고 나서 남은 해독제를 질그릇 냄비에 넣고 있는데, 다시 그녀가 왔다. 이번에는 일부러 발을 달랑거려 미리 경고해 주었다.

"왜 다시 오셨죠?"

툴리아는 가까이 걸어와 내 눈을 똑바로 바라보았다. 그러고는 엄숙하고 위엄 있게 말했다.
"상호 신뢰와 협력."
우리는 악수했다.

혹시 또 그녀가 돌아올까 봐 조금 기다렸다가 피토에게 지하 창고에서 올라오라고 했다. 나는 아침 식사에 아예 손도 대지 못할 만큼 불안했다. 피토도 조금 긴장한 듯했다. 공주님을 걱정해서 그런 것은 아니었지만.
일주일을 정신없이 바쁘게 지냈더니, 할 일이 없는 상황이 낯설었다. 나는 작업실 안을 서성였다.
"화살은 당신의 활을 떠났습니다, 아나톨."
피토는 자신이 읽은 고대 철학자의 말을 인용했다. 철학자가 거의 쉬지 않고 훈련에 매진하는 전문 궁수에 관해 이야기하면서 언급한 말이었다. 궁수는 바람과 목표물의 움직임을 계산할 줄 알았다. 신중하게 조준하고 활시위를 어느 정도 당겨야 할지 판단했다.
피토가 내처 말했다.
"일단 화살이 활시위를 떠나면 그가 더 할 수 있는 일은 없어요. 나머지는 화살에 달렸지요."
피토는 작업실을 청소하면서 시간을 보냈다. 나는 청소할 필요 없고 지금 그대로가 좋다고 말했지만, 그는 내 말을 귓등으로 들었다.

"그걸 어디에 두려고? 모든 게 어디 있는지 내가 알아야지."
그의 대답은 퉁명스러웠다. "안전한 곳에요." 또는 "치우려고요." 이런 식이었다.
작업실 냄새가 확연히 좋아진 것이 느껴졌다. 악취의 원인이 소기름 양초만은 아니었던 것 같다.
추측건대 결혼식이 연기되면 옥사타니아의 파견대는 성을 떠날 것이다. 그 후 모든 것이 정상으로 돌아오면 피토는 매일 오가는 수많은 일꾼들 틈에 몸을 숨길 수 있을 터였다.
"내가 자네한테 어울리는 변장을 준비해 줄게."
그는 고개를 끄덕이고는 고맙다고 했다. 하지만 자신의 삶을 살게 되어 기쁜 만큼 얼마쯤 슬픔도 느꼈던 것 같다. 나는 그랬다. 우리 둘 다 알았다. 헤어지면 다시는 못 보리라는 것을. 너무 위험한 일일 테니.
우리는 체스를 둘 준비를 했다. 어쩌면 우리의 마지막 게임이 될 수도 있었다.
"그녀가 몇 시까지 재판관실로 가야 하죠?"
"1시."
그러니까 아무리 빨라도 1시 30분까지는 툴리아가 달림플과 악수할 수 없다는 뜻이었다. 나는 그때쯤이면 연고가 너무 말라서 분말이 되지 않을까 하고 걱정했다.
도저히 체스에 집중할 수가 없어 깊이 생각하지 않고 기물을 이리저리 움직였다.

달림플이 내게 와서 가려움을 없애 달라고 부탁한다고 치자고. 그런데 그다음은? 해독제를 미리 준비해 놓으면 이상하게 보일 것이다.

연기를 좀 해야 할 성싶었다. 과연 내가 잘 해낼 수 있을까?

"거머리를 이용해 볼 수 있겠지."

내가 큰 소리로 말했다.

피토가 휘둥그레진 눈으로 나를 쳐다보았다.

"거머리를 쓰면 좀 더 그럴듯하게 보일 것 같아서 말이야."

내가 설명했지만, 피토의 놀란 표정은 나 때문이 아니었다.

"그 장갑!"

툴리아가 외쳤다.

그러고는 우리에게 성큼성큼 다가왔다. 나는 피토가 보이지 않도록 툴리아의 시야를 가리려고 애썼다. 하지만 피토가 툴리아를 봤다면 그녀도 그를 봤을 가능성이 컸다. 내가 바랄 수 있는 최선은 툴리아가 푸른 부스럼이 없는 그를 알아보지 못하는 것이었다.

"마치 다른 사람의 요강에 손가락을 집어넣는 것 같았어요!"

그녀가 말하고는 피토를 빤히 쳐다보았다.

피토는 움찔하지도 않고 그녀의 시선을 피하지도 않았다.

그녀는 어리둥절해하며 나에게로 고개를 돌렸다.

"난 저 사람이 죽은 줄 알았는데."

"그래서 실망하셨나요, 공주님?"

피토가 물었다.

그를 바라보는 그녀의 파란 눈이 반짝였다.
"실망할 것도 없고 기쁠 것도 없어. 내가 왜 실망하거나 기뻐해야 하는데?"
그녀는 실망했다. 나에게.
"상호 신뢰와 협력은 어떻게 된 거예요?"
툴리아가 따졌다.
내가 대답을 생각해 내기도 전에 그녀는 쥐 우리 쪽으로 걸어갔다.
"루이지, 너도 이걸 알고 있었니? 몰랐지? 너는 나를 배신할 리가 없어!"
"저는 공주님이 1시까지 재판관실에 가야 하는 줄 알았습니다."
"그게 당신의 변명이군요! 내게 거짓말한 것이 미안한 게 아니라 거짓말이 들통나서 미안한 거군요!"
"피토는 처형당할 이유가 없습니다. 게다가 그가 없었다면 저는 악수에 대해 아예 몰랐을 겁니다. 피토는 고대 그리스 시에서 악수에 대해 읽었습니다."
그녀는 우리 쪽으로 다시 걸어와 피토를 노려보며 말했다.
"있잖아, 달림플은 고대 그리스 시를 읽지 않아."
그러고는 나에게 화를 냈다.
"10시예요, 아나톨. 1시가 아니라! 내가 왜 이렇게 일찍 작업실에 왔다고 생각하세요?"
"그가 공주님과 악수했습니까?"

"아니요. 그의 손을 잡고 흔들려고 손을 내밀고 서 있는 나를 그가 마치 정신병자 보듯이 쳐다봤어요!"

그녀는 그때 상황을 재현하려는 듯이 손을 내 쪽으로 내밀었다.

"한심한 왕자는 내가 뭔가를 원하는 것은 알았지만, 자신이 정확히 뭘 해야 하는지는 몰랐어요."

이런 상황에 대해 내가 미리 경고했다는 사실을 언급할 만큼 나는 바보가 아니었다. 난 공주예요. 원하는 것을 얻는 방법쯤은 나도 알아요. 그녀는 그렇게 말했었다.

"디티에리와 볼타로도 그 사람만큼이나 혼란스러워해서 도움이 안 됐어요."

그녀는 계속 손을 내민 채로 말했다.

"그 사람들도 그 자리에 있었습니까?"

"옥사타니아 대사도요. 증인이 있어야 하니까요. 후세를 위해 기록도 남겨야 하고. 세기의 결혼식이란 걸 잊은 건 아니죠?"

"그래서 어떻게 됐습니까?"

피토가 물었다.

그녀는 경멸하는 눈빛으로 그를 할끗 보고는 다시 내게로 눈길을 돌렸다.

"잘 들어요, 아나톨. 난 환상 같은 것 없어요. 내가 아내가 되면, 그는 내가 뭘 원하든 말든 신경도 안 쓸 거예요. 하지만 당분간은 나를 기쁘게 해 주려고 노력하겠죠."

쭉 뻗은 툴리아의 손이 아직 내 눈앞에 있었다.

"나는 그를 빤히 보며 서 있었어요. 결국 그는 한쪽 무릎을 꿇고 내 손에 입을 맞췄어요. 그나마 그가 생각해 낼 수 있는 거였죠."
"그럼 입술에 조금 묻었을 수도 있겠네요."
피토가 말했다.
툴리아는 그의 말을 들은 척도 하지 않았다.
"나는 그의 옆얼굴을 손으로 부드럽게 쓸어내렸어요."
툴리아는 파란 눈을 반짝이며, 그 사랑스러운 몸짓을 직접 보여 주었다.

34
거머리

16세기에는 돈값을 하는 의사라면 누구나 즉시 쓸 수 있는 거머리를 비축해 두었다. 우리는 거머리를 이용해 나쁜 피를 뽑아내고 좋은 피만 남게 했다. 여러분이 우월감에 빠지기 전에, 21세기 병원에서도 수술 후 일부 환자의 혈전을 예방하기 위해 거머리를 쓴다는 사실을 지적하고 싶다.

나는 거머리들을 진흙과 이끼가 깔린 커다란 토기 항아리에다 길렀다. 진흙을 축축한 상태로 유지하기 위해 주기적으로 이끼와 충분한 물을 넣어 주고, 공기가 순환되도록 성글게 짠 천으로 입구를 덮어서 묶어 놓았다.

피토가 지하 창고에서 그 항아리를 가져왔다. 나는 거머리 항아리를 한 수납장에 넣고 질그릇 냄비를 다른 수납장에 넣었다.

"뭐 더 필요한 것 없으십니까?"

내 표정이 답을 대신했다.

"지금요?"

10시 30분쯤 연고를 발랐다는 점을 고려하면, 적어도 6시까지는 내가 왕자를 볼 일이 없기를 바랐다. 그 정도면 왕자가 발진과 툴리아의 사랑의 몸짓을 연결 짓지 못할 터였다. 하지만 소꼬리 연골이 굴복하기까지 시간이 얼마나 걸릴지는 미지수였다.

피토는 한숨을 쉬고는 지하 창고로 돌아갔다. 나는 그가 사다리를 타고 내려가면서 해치를 닫는 모습을 지켜보았다.

6시가 왔다가 갔다. 성을 돌아다니며 뭔가 알아낼 수 있을지 분위기를 살피고 싶은 유혹을 느꼈지만, 공연히 의심을 사고 싶지 않았다. 왕자가 어떻게 느끼고, 어떻게 행동할지는 내가 통제할 수 있는 일이 아니었다.

화살은 내 활을 떠났다.

내가 통제할 수 있든 없든 상관없이, 8시가 되어도 왕자는 나타나지 않았다. 나는 의심과 걱정에 휩싸였다. 툴리아의 부드러운 손길이 너무 부드러웠을 수도 있었다. 왕자의 물약과 연고와 해독제를 미친 듯이 서둘러 만들다 보니 해독제 중 일부가 실수로 연고와 섞였을 가능성도 배제할 수 없었다.

나는 골방 시계가 9시를, 9시 30분을…… 10시를 지나는 것을 지켜보았다. 마침내 매트리스에 누웠을 때는 자정이 가까웠다. 옷을 그대로 입은 채 담요를 당겨 몸을 덮고, 눈을 감고, 툴리아에게 한 약속이 똑딱거리며 점점 더 멀어지는 소리를 들었다.

누군가가 갈비뼈를 차는 바람에 잠에서 깼다. 하웰 본인은 발로 살짝 쿡 찌르려던 것인지는 몰라도, 그의 발에 차이면 어떤지는 여러분도 당해 보면 알 것이다.

촛불을 든 사람도 있었는데, 내 눈이 적응해 누구인지 확인하는 데까지는 시간이 조금 걸렸다.

"당신이 필요하오, 아나톨."

다름 아닌 산드로 왕이었다.

"긴급 상황이오."

나는 번쩍 정신이 들었지만, 멍한 척했다.

"공주님 때문인가요?"

"내가 공주처럼 보여요?"

어둠 속에서 달림플이 버럭 소리쳤다.

작업실에서 다른 목소리들도 들려왔다. 더 많은 빛도 들어왔다.

나는 일어섰다. 왕은 내가 신발까지 신고 옷을 다 입은 채 잠자리에 들었다는 사실에 대해 별말 하지 않았다. 위대한 마법사의 이상 행동 중 하나라고 생각했던 것이리라.

십수 명의 옥사타니아인들이 작업실에서 나를 기다리고 있었다. 대부분 양초를 든 채였다. 나는 전에도 옥사타니아인을 여럿 본 적 있지만, 이름을 아는 이는 그트어드르뿐이었다.

이제야 달림플이 속박용 장갑을 끼고, 두 팔을 옆구리에 붙인 상태로 묶인 것이 보였다. 손으로 얼굴을 찢는 것을 막기 위한 조치였으리라.

해독제가 없었다면 나도 내 피부를 찢었을지 모른다. 하지만 나는 달림플에게 해독제를 서둘러 줄 생각이 전혀 없었다.

나는 그트어드르가 들고 있던 촛불을 가져와 피가 나고 울퉁불퉁한 달림플의 시뻘건 얼굴을 살펴보는 쇼를 했다. 입술이 특히 잔뜩 부어올라 있었다.

"뭐라도 좀 해 봐요!"

그가 침을 튀기며 나를 다그쳤다.

나는 최근에 특이한 음식을 먹었느냐고 차분하게 물었다.

그는 화를 펄펄 내며 자신의 "쓰잘머리 없는" 시식자를 욕했고, 그 바람에 더 많은 침이 내게 튀었다.

"왕자에게 줄 수 있는 묘약이 없소?"

산드로 왕이 물었다.

"있을 것 같기는 한데……."

내가 주저하는 투로 말했다.

"하지만 저는 왕자님의 생리적 특징이 어떤지 아는 바가 없습니다. 아무래도 왕자님의 마법사가 치료하는 게 낫겠습니다."

"그트어드르는 얼간이야!"

달림플이 소리쳤다.

나는 터져 나오려는 웃음을 간신히 참았다.

나는 아주 강력한 가려움 방지 물약을 가지고는 있지만, "왕자의 생리적 특징을 파악하지 못한지라 의도치 않은 결과가 발생하지 않으리라고 장담할 수 없다"고 말했다. 그러고는 왕자가 소변 시료를 두고 가면 하루이틀 안에 그를 위한 물약을 만들 수 있을 것이라고 했다.

"가렵다는 생각을 하지 않도록 노력해 보십시오. 가려움은 왕자님의 마음속에만 존재한다는 걸 명심하십시오."

그의 입에서 폭탄처럼 말이 터져 나왔다. 내가 제대로 알아들은 단어는 하나도 없었지만, 말하고자 하는 바는 명확했다.

산드로 왕이 말했다.

"결혼식이 채 열두 시간도 안 남았소. 소변 시료를 채취할 시간이 없어요. 그냥 지금 가진 가려움 방지 물약을 왕자에게 주시오."

"안전하지 않을 수도 있습니다."

"그대의 반대 의견은 공식적으로 기록될 것이오. 의도치 않은 결과에 대해서 누구도 그대에게 책임을 묻지 않을 것이오."

"당장 약 내놔요!"

달림플이 바락 소리를 질렀다.

나는 수납장을 뒤지는 시늉을 한참 한 후에야 질그릇 냄비를 꺼냈다. 그리고 냄비를 양초들 위에 올려놓은 다음, 십오 분이면 물약이 준비될 것이라고 했다.

물약을 만드는 데 필요한 것이 그뿐인 것처럼!

물약이 만들어지기를 기다리는 동안, 나는 나쁜 피를 없애야 한다고 설명하고는 달림플을 바닥에 눕게 했다. 그는 양팔이 묶인 상태라 자세를 제대로 잡도록 시종 둘이 도와주어야 했다.

나는 수납장에서 거머리 항아리를 꺼내 달림플 옆에 내려놓았다. 그러고는 진흙 속에서 흡혈귀들을 하나씩 꺼내 달림플의 얼굴에 조심조심 올려놓았다. 윗입술에 한 마리, 아랫입술에 한 마리도 잊지 않고 올려놓았다.

그 후 십오 분 동안, 나는 그가 흐느끼는 소리를 듣는 즐거움을 누렸다.

거머리는 처음 병에서 꺼냈을 때 크기가 내 새끼손가락만 했다. 십오 분 후에 다시 넣었을 때는 세 배쯤 커져 있었다.

나는 냄비를 들어 고블릿에 부었다.

달림플은 여전히 두 팔이 묶인 채로 몸을 일으켜 앉았다. 나는 물약을 마실 수 있도록 고블릿을 그의 입에 대 주었다.

해독제가 효과를 발휘하는 데는 그리 오랜 시간이 걸리지 않았다. 달림플의 밧줄이 풀렸다. 그는 속박용 장갑을 그트어드르에게 던졌다.

"이 일을 잊지 않겠소."

감사인지 위협인지 분간하기 어려운 말투로 그가 내게 말했다.

연고는 가려움을 유발하는 데 필요했다. 물약에는 해독제가 들어 있었다.

거머리는 아무 상관도 없었다. 거머리는 바베트를 위한 것이었다.

35
세기의 결혼식

나는 뾰족한 구두에 억지로 발을 쑤셔 넣었다. 지난번에 구두를 신었을 때 생긴 발의 통증이 아직도 가시지 않았다.

또다시 왕실 마차에 초대받았지만, 마차가 성을 출발하기 전에 결혼식이 연기되기를 기대했다. 발을 내디딜 때마다 얼굴을 찡그리며 성 복도를 걸어갈 때도 결혼식이 연기되어 마차가 대기하지 않을지 모른다고 생각했다.

하지만 마차는 대기 중이었다.

마부가 나를 맞았고, 내가 쓸 디딤대를 내려놓았다. 왕과 왕비는 이미 마차 안에 있었다. 나는 자리에 앉기 전에 그들에게 차례로 고개 숙여 인사했다. 옥사타니아인들은 자기들 마차를 탔다.

"고마워요, 아나톨."

코리나 왕비가 말했다.

"달림플 왕자가 무척 고마워하고 있어요. 우리도 마찬가지고."

나는 그녀의 친절한 말에 감사를 표했다. 내가 검은담비 상처를 치료해 준 이후로 왕비가 처음으로 나한테 건넨 친절한 말이었다.

"왕자님이 나으셔서 저도 기쁩니다."

예상치 못한 결과가 초래될 수도 있다는 우려의 말을 덧붙일까도 싶었지만, 새삼 강조하고 싶지는 않았다. 그 점은 지난밤에도 이미 지적했으니. 내가 물약을 달림플에게 주기를 저어했다는 사실은 공식적으로 기록되었다.

"왕자는 곧바로 그대에게 가야 했소. 자기 마법사에게 의지하는 대신."

왕이 말하자, 왕비가 맞장구쳤다.

"옥사타니아 마법사는 무능해 보이더라고요."

흠, 누구나 레오나르도일 수는 없지.

나는 생각했다. 물론 입 밖으로 말하지는 않았다.

마차가 성당을 향해 출발했지만, 나는 여전히 결혼식이 거행되지 않으리라고 믿었다. 취소 소식이 아직 우리에게까지 전해지지 않은 것일 뿐. 성당에 도착하면 소식을 듣게 될 줄, 아니, 거기까지 가기도 전에 전령이 와서 우리 마차를 세울 줄 알았다.

전령은 오지 않았다. 얼핏 봐도 지난 일주일 동안 축제에 참여한 수만 명이 모두 대성당에 몰려 온 것 같았다. 우리 마차를 수행한 병사들이 길을 터 주었다.

산드로 왕과 코리나 왕비가 마차에서 차례로 내리자 사람들이 환호했다. 에스콰베아인들은 '에스콰베타여, 영원하라'라는 노래를 불렀다. 이에 질세라 옥사타니아인들도 자기들 노래를 불렀다.

마부가 나를 위해 디딤대를 놓았다. 왕에게도 왕비에게도 하지 않은 행동이었다. 내가 마차에서 내릴 때는 한쪽 팔을 잡아주었다. 조금 당황스러웠다. 딱 한 번 넘어졌을 뿐인데!

내가 단단한 땅에 내려섰을 때는 병사들이 이미 왕과 왕비를 성당의 돌계단으로 에스코트하고 있었다. 그사이 에스콰베타인과 옥사타니아인 사이의 노래 경쟁은 소리 지르기 대결로 발전했다.

계단을 오르기에는 내 구두가 너무 길었다. 나는 발을 옆으로 돌린 자세로 열네 단을 올라가야 했다.

성당 안은 좀 더 평화롭기를 바랐지만, 막상 구릿빛 문 안으로 들어가 보니 바깥 못지않게 시끌벅적했다. 사실 성당 바깥의 인파는 성당 안에 여유 공간이 없는 탓이었다. 왕과 왕비가 내 시야에서 사라졌다. 뒤쪽에 고립되어 포폴로 미누토와 어깨를 맞대게 될지도 모른다는 두려움이 엄습했다. 다행히 병사 중 한 명이 나를 찾으러 되돌아와서 데려가 주었다.

본당 앞쪽 삼분의 일 정도에만 신도석이 있었다. 나를 호위하는 병사는 사람들 사이로 길을 트기 위해 칼을 뽑아 들어야 했다. 나는 병사에게 왕 옆에 앉기로 되어 있다고 말했지만, 그는 너무 시끄러워 내 말을 듣지 못한 것이 분명했다. 그는 앞에서 일곱 번째 줄에 멈춰 서더니 중간에 있는 빈자리를 가리켰다.

이 줄에 앉은 사람들은 대부분 옥사타니아인이었다. 내가 그들을 지나 빈자리로 가는 동안 툴툴대는 소리가 들렸다. 내 자리 양쪽에 앉은 두 신사는 나를 위해 공간을 만들어 주려고 옆 사람에게 몸을 기대야 했다.

숨이 막힐 듯한 주변 분위기에서 벗어나기 위해 나는 높은 천장과 천장을 받친 아치와 기둥을 올려다보았다. 10톤이 넘는 돌로 지어졌는데도 천장은 공중에 떠 있는 것처럼 보였다.

성당 안에 들어온 것은 참으로 오랜만이었다. 할머니가 살아 계셨을 때 교단은 할머니의 마법을 신의 선물로 여겼다. 하지만 현 교황은 모든 마법을 사탄의 술수로 간주했고, 주교는 내가 악마와 비밀 계약을 맺었다고 비난했다.

어쨌든 나는 성당 미사에 대해 별로 생각해 본 적이 없었다. 이상하게 들릴지 모르지만, 어렸을 때부터 나는 미사가 그럴싸한 형식을 갖춘 허튼 의식에 불과하다고 생각했다.

대연회에서 만난 금발의 옥사타니아 여인이 보였다. 그녀는 내 바로 앞줄 세 칸 옆에 앉아 있었다. 아무래도 이때 나는 그녀가 나의 숨겨 놓은 연인이라는 툴리아의 말 때문에 조금 들떴던 것 같다. 그 여자가 자꾸자꾸 당신을 쳐다보던데!

어쩌면 그녀가 나에게 어떤 눈빛을 보냈을지도, 피토를 너무 걱정하느라 내가 그 눈빛을 못 보았을지도 모른다. 나는 옆에 앉은 사람들 너머로 팔을 뻗어 그녀의 어깨를 톡톡 두드렸다.

그녀가 고개를 돌렸다.

나는 미소를 지으며 고개를 살짝 끄덕여 인사했다.

곧바로 그녀는 고개를 다시 앞으로 돌렸다. 그때 주교가 입장해 제단으로 다가가고 있었기 때문이리라. 왕자와 공주가 주교를 따라 들어왔다.

성당 뒤편에서 함성과 휘파람 소리가 들려왔다.

"여러분은 하느님의 집에 계십니다."

주교가 사람들을 진정시켰다.

그는 단호하게 말했지만, 목소리를 높이지는 않았다. 그럴 필요가 없었다. 성당을 설계한 13세기 건축가는 음향의 복잡한 여러 특징을 빠삭하게 알았다.

왕자는 금색 제복을 입었고, 툴리아는 하얀 드레스를 입었다. 얼굴에는 면사포를 썼지만, 그녀의 눈은 나를 찾기 위해 신도석을 훑어보고 있는 듯했다.

나는 그녀에게 결혼식을 무기한 연기하게 해 주겠다고 약속했었다. 내 화살은 과녁을 빗나갔다.

아무래도 내가 너무 자만했던 것 같다. 이 땅에서 가장 위대한 마법사! 에스콰베타의 레오나르도! 나는 천재야. 내 물약은 시험할 필요가 없어!

주교가 왕자와 공주에게 자기를 향해 돌아서라고 손짓했고, 곧이어 미사가 진행되었다.

라틴어로.

다른 사람들은 라틴어를 알아들었는지 모르겠지만, 나는 알아듣지 못했다. 주교의 지루한 말씀이 계속 이어져서 나는 구두를 벗었다. 오른쪽에 앉은 남자가 경멸하는 눈빛으로 나를 흘겨보았다.

지겨운 설교를 끊는 건 이따금 향을 흔드는 소리뿐이었다. 나를 경멸하는 눈빛으로 흘겨보던 남자는 잠시 후 잠이 들어 내 어깨에 머리를 기댔다.

갑자기 정적이 찾아와 성당 안 모든 사람이 놀랐다. 주교가 말을 멈추었다. 옆자리 남자는 잠에서 깼다. 그는 몸을 똑바로 펴면서 마치 잠든 것이 내 탓이라도 되는 양 또다시 나를 경멸하는 눈빛으로 흘겨보았다.

주교가 고개를 숙인 툴리아의 머리 위에 두 손을 얹고 축복해 주었다. 이어 결혼 서원을 읽고 그녀에게 따라 말하게 했다.

툴리아의 머리가 들썩이는 것이 보였지만, 목소리는 들리지 않았다.

"큰 소리로 말하십시오."

주교가 그녀를 격려하고는 어깨를 잡아 천천히 몸을 돌려 하객들을 바라보게 했다.

"당신의 마음의 말과 영혼의 말이 두 왕국 방방곡곡에 울려 퍼지게 하소서!"

툴리아는 고개를 높이 쳐들고는 달림폴 왕자를 향한 영원한 사랑과 복종을 당당하게 선언했다.

그게 공주다운 처신이에요.

달림플은 툴리아에게 복종을 맹세할 필요는 없었지만, 그녀를 보호하고 인도할 의무가 있었다.

눈부신 금빛 제복을 입은 왕자는 우리를 마주 보며 자신만만하게 서 있었다. 그는 크고 또렷하게 맹세를 복창했다.

모두가 깔깔 웃었다.

뒤쪽에 서 있는 사람들이 먼저 웃었고, 곧이어 신도석에 앉은 우리도 웃었다. 심지어 주교도 웃었다.

달림플 왕자의 자신만만한 선언은 마치 다섯 살짜리 여자아이의 외침 같았다. 톤만 높은 것이 아니었다. 목소리만 들으면 너무 흥분해 숨도 제대로 못 쉬는 아이 같았다.

"신랑이 좀 긴장한 것 같군요."

주교가 상황을 가볍게 넘기려 애쓰며 말했다.

"나는 긴장하지 않소!"

달림플이 소리쳤다. 끽끽거린다고 할 정도로 새된 목소리였다.

더 큰 웃음이 터져 나왔다.

"왕자가 남자야, 여자야?"

먼 뒤쪽에서 누군가가 소리쳤다. 왕자의 신체적 특징을 거론하는 질문이 여기저기에서 쏟아져 나왔다.

여러분은 이쯤 되면 달림플이 입을 다물었겠거니 하겠지만, 그는 더 크게 소리쳤다. 자기 안에 살고 있는 그 어떤 악마보다도 더 크게 소리 지르겠노라 작심한 듯이.

그의 불같은 분노와 어린애 같은 목소리 사이의 부조화는 사람들에게 즐거움을 더해 줄 뿐이었다.
"나는 남자야!"
그가 앙칼진 목소리로 외쳤다.
누군가가 왕자가 결혼을 해도 되는 몸이냐고 물었다.
이 말에 에스콰베타 사람들은 웃음을 터뜨렸지만, 옥사타니아 사람들은, 최소한 옥사타니아 남자들은 웃지 않았다.
왕자는 어떤 면에서는 옥사타니아 남자들의 남성성을 대표했다.
성당 뒤편에서 싸움이 벌어졌다. 처음에는 두세 사람 사이의 시비였지만, 사람들이 다닥다닥 붙어 있던 탓에 싸움이 들불처럼 번졌다. 그리고 진짜 불이 그렇듯이, 싸움은 커지면서 점점 더 격렬해졌다.
싸움이 앞쪽으로 번지면서 나는 신도석에 갇히는 신세가 되었다. 통로로 끌려가 구타당하는 사람들이 보였다. 빼앗긴 자기 칼에 목을 베이는 병사도 있었다.
몇몇은 신도석을 타고 넘어 탈출하려 했지만, 닥치는 대로 아무 무기나 들고 맞은편에서 다가오는 사람들과 맞닥뜨릴 뿐이었다. 내 옆자리 남자는 머리에 몽둥이를 맞았다.
제단을 통해 탈출하는 것이 가장 좋은 방법 같았다. 제단으로 가려고 신도석 위로 올라가는 나를 누군가가 뒤에서 밀쳤다. 나는 앞 좌석 바닥으로 나동그라졌다. 일어나려고 버둥대는데 뭔가가 내 머리통을 강타했다. 사방이 암흑천지로 변하면서 거미줄 같은 빛이 삐죽빼죽 보였다.

내가 의식을 되찾았을 때는 사방이 고요하고 적막했다. 얼마나 정신을 잃었는지 알 수 없었다. 고개를 들다 신도석 아랫부분에 머리를 찧었다.

신도석 밑에서 기어 나오려고 하는데, 가슴 옆쪽에서 예리한 통증이 느껴졌다. 갈비뼈를 발로 차인 게 분명했다. 만약 그렇게 해서 내가 신도석 밑에 있게 되었다면, 그 발차기가 내 목숨을 구한 셈이었다.

몸을 일으켜 주위를 둘러보니, 신도석과 통로에 시체가 널려 있었다. 그중에는 대연회 때 내 옆에 앉았던 금발의 어여쁜 옥사타니아 여인도 있었다.

나는 비틀거리며 성당을 빠져나왔다. 성당 문까지는 돌기둥과 돌기둥 사이를 마치 튕겨 나가듯이 재빠르게 이동해야 했다. 밖으로 나오기 직전까지는 구두를 신고 있지 않다는 것도 몰랐다.

돌계단을 반쯤 내려왔을 때, 발을 헛디뎌 바닥으로 굴러 떨어졌다. 그대로 잠시 드러누운 채 다시 움직일 힘을 모으려고 애썼다.

"옥사타니아 사람이오, 에스코베타 사람이오?"

누군가가 물었다.

나는 몸을 일으켜 앉았다. 남자 다섯이 나를 내려다보고 있었다. 그들의 옷은 땀과 피로 흠뻑 젖어 있었고, 각자 임시변통으로 구한 무기를 들고 있었다.

나는 그들이 에스콰베타아인인지 옥사타니아인인지 알 수 없었다. 행사용 가건물들 잔해에서 연기가 피어오르는 것이 보였다.

나는 몸을 한껏 움츠렸다가 일어나서 그들을 마주 보았다.

"내가 누군지 모르나?"

내가 따지듯이 물었다.

남자 둘이 낄낄거렸지만, 한 남자는 한 걸음 뒤로 물러섰다. 그는 내 대머리를 알아보았다.

"나는 마법사 아나톨이다!"

나는 당당하게 말했다.

"나는 두 왕국을 섬긴다. 비켜라. 그렇지 않으면 주문을 걸어 너희 눈을 마르게 하겠다!"

이 말이 내 입을 떠나는 순간, 내가 말도 안 되는 위협을 하고 있다는 것을 알았다.

그들은 어리둥절해하며 나를 빤히 바라보았다.

내가 하려던 말은 주문을 걸면 흘리는 눈물이 다 마를 때까지 큰 고통을 겪게 되리라는 것이었으나, 평소에 주문 따위는 걸지 않는 나로서는 그나마 이 정도가 최선이었다.

그들이 나를 물끄러미 보는 동안 나는 새로운 말을 궁리했다. 너희 성기가 쪼그라들 것이다. 너희 창자가 입 밖으로 나올 것이다! 하지만 너무 늦었다. 나는 마른 눈에서 벗어날 수 없었다.

그러다 문득 깨달았다. 내 위협이 수수께끼처럼 알쏭달쏭해서 더 그럴싸하게 들렸다는 사실을. 나는 그들이 무엇을 상상하고 있는지 상상해 보려고 애썼다. 석탄처럼 말라붙은 눈이 부서져 검은 가루를 눈물처럼 흘릴 것이다.

탁자 다리처럼 보이는 것을 쥐고 있던 남자가 한 발짝 뒤로 물러섰다. 쇠사슬을 든 옆 남자도 뒷걸음질 쳤다.

다른 남자들은 자리를 지켰지만, 내가 씩씩대며 지나쳐 가는 동안 꿈쩍도 하지 않았다.

길고 고통스러운 행군이었다. 하늘이 어두워지면서 공기가 차가워졌다. 나는 축축하고 너덜너덜해진 스타킹을 벗어서 내던졌다. 힘겹게 걸어가는 내내 성에 도착하면 마실 수 있을 따뜻한 차 한 잔만 생각했다.

이윽고 마을에 다다랐다. 지금 내가 카푸치노를 마시며 앉아 있는 바로 그 마을이다. 자갈길에는 시체들이 널브러져 있었고, 건물이란 건물을 죄다 불타고 있었다.

달림플이 쓰잘머리 없는 자기 마법사에게 먼저 가지 않고 이 땅에서 가장 위대한 마법사인 나에게 바로 왔다면 이런 일은 벌어지지 않았을 것이다. 내가 그에게 물약을 더 빨리 주었더라면, 그는 결혼식 중이 아니라 결혼식 전에 목소리의 변화를 알았을 터이다.

목소리가 정상으로 돌아올 때까지 결혼식은 연기되었을 것이다. 그동안 옥사타니아인들은 동맹을 위한 의무를 다했으리라. 그러나 달림플의 목소리는 끝내 정상으로 돌아오지 않았을 것이다. 물약의 효과는 영구적이었다. 결혼식은 무기한 연기되었을 것이다.

공식적인 기록을 위해 말한다. 나는 전쟁을 일으킬 의도가 전혀 없었다.

제2부

 의도치 않은 결과

36
언어와 철자에 관하여

여러분이 다른 곳에서 어떻게 쓰여 있는 것을 봤는지 모르지만, 달림플은 Dalrympl이라고 써야 맞다. 역사책에서는 종종 y 대신 i를 쓰고, 끝에 묵음 e를 붙이기도 한다. 그런 표기는 부정확할 뿐만 아니라 옥사타니아 문화를 잘못 이해한 것이다.

옥사타니아인들은 엄격한 금욕주의로 유명했다. 그들은 모음을 일종의 불필요한 장식으로 여겨 가급적 사용하지 않았다. 묵음 e는 그들에게 혐오스러운 존재였을 것이다.

피토가 고대 문헌에는 모음을 아예 쓰지 않은 경우가 많다고 말한 적 있었다. 불필요한 글자까지 쓰기에는 양피지를 만드는 일이 너무 힘들고 비용도 많이 들었기 때문이다. 그는 또한 단어와 단어 사이에 띄어쓰기도 없었다고 했다.

이 이야기 전체에서 나는 대화문을 마치 그 단어들이 실제로 발화된 것처럼 썼다. 당연히 그럴 리가 없다. 우리는 에스콰베타어로 말했다. 에스콰베타어를 독립 언어로 간주하는 언어학자도 일부 있지만, 대부분은 16세기 이탈리아어의 방언으로 분류한다.

궁정에서는 프랑스어와 다양한 이탈리아 방언과 함께 필수로 영어를 할 줄 알아야 했다. 내가 알던 영어는 오늘날 영어 사용자들에게는 낯설게 들릴 것이다. 혹시 여러분이 이 점에 대해 의문이 난다면, 피토와 툴리아가 도서관에서 함께 읽은 토머스 모어의 『유토피아』를 작가가 쓴 원문 그대로 읽어 보기를 권한다.

나는 지난 삼백 년 동안 주로 미국과 캐나다에서 살면서 현대 영어에 매우 익숙해졌다. 너무나 익숙해져서 1523년의 사건들을 떠올릴 때, 내 안의 어디선가는 에스콰베타어가 들리고, 또 어디선가는 21세기 영어가 들린다.

나는 미터나 마일 같은 단위에도 익숙하지만, 16세기 에스콰베타에는 표준화된 단위가 없었기 때문에 대부분의 경우 측정 단위의 사용을 피했다. 몇 차례 브라치오라는 단위를 쓰기는 했다. 브라치오는 팔꿈치에서 팔목까지의 길이를 말하는데, 사람마다 팔 길이가 다른 데다 팔목이 정확히 어디에서 시작하는지, 팔꿈치의 어느 부위를 말하는 것인지 애매하다는 문제가 있었다. 에스콰베타와 달리 옥사타니아는 왕국 전체에서 표준화된 무게와 길이 단위를 사용했다. 시간 또한 옥사타니아의 모든 도시와 마을에서 동일했다. 이것이 옥사타니아의 경제가 더 효율적이었던 주된 이유였을 것이다.

나는 구어체 표현을 자제해서 썼다. 에스콰베타에 속어가 없기 때문이 아니라, 단어 그대로 번역하면 여러분에게는 의미가 통하지 않기 때문이다. 그렇다고 더 현대적인 표현으로 대체하면 시대착오적으로 들릴 것이다. 게다가 나는 영어에 익숙하지만, 속어는 따라가기가 힘들었다. 늘 시대에 한 삼십 년은 뒤처지는 것 같다.

비슷한 이유로 비속어도 피했다. 16세기 사람들이 저속한 언어를 쓰지 않았던 것은 아니다. 사실, 그때와 비교하면 오늘날의 욕설은 유치하고 심심한 편이다.

오늘날과 비슷하게 음행, 성기, 배설물에 관한 욕설이 많았다. 음모에 대해 자세히 묘사하는 욕들도 있었는데, 음모의 길이와 그 속에 무엇이 살고 있는지 터무니없이 과장하는 식이었다.

오늘날 사람들은 모욕적인 말을 너무 자주 내뱉다 보니 그 말의 본뜻이 상당 부분 사라져 버렸다. 당시에는 그런 말들이 덜 쓰이긴 했으되 더 구체적이었다. 세세한 표현 하나가 저속함을 크게 부각할 수 있었다. 그것은 일종의 예술 행위였다. 여성과 남성, 농민과 귀족이 이런 세세한 표현들을 통해 평등하게 창의적이고, 평등하게 저급할 수 있었다.

37
다시 호랑이성 이야기로

마침내 성에 도착했다. 성문이 열려 있었다. 보름달이 성벽 위에 있는 병사들을 비추었다. 성벽 위 화로들에서 불이 타오르고 있었다.

수문장에게 소리치다 갈비뼈가 아파 헉하고 허리를 구부렸다. 다시 소리칠 준비를 하고 있을 때, 쇠밧줄 감개가 삐걱대는 소리가 들렸다. 수문장이 나를 본 모양이었다. 나는 한기를 느끼면서 맨발로 비트적비트적 걸어 다리를 건넜다.

한 남자가 내게 다가와 말했다.

"위대한 마법사 아나톨님 아니신가요?"

위대한 마법사? 나는 굳이 아니라고 부정하지 않았다.

남자의 얼굴 왼쪽에 화상 물집이 잡혀 있었다. 나는 차 한 잔을 마시고 나서 도와주겠다고 했다.

남자가 내 소매를 부여잡았다. 그는 자신의 화상이 아니라 자기 아이가 입은 화상을 걱정했다.

더 많은 사람이 내게 몰려왔다. 순식간에 위압감을 느낄 정도로 사람 수가 불었다. 나는 의료품을 챙겨 다시 돌아오겠다고 약속하고서야 간신히 빠져나올 수 있었다.

성안의 영지를 가로질러 걸어갈 때, 눈길이 닿는 곳마다 점점 더 많은 피란민이 보였다. 그들의 신음도 들렸다. 나는 금세 다시 고통받는 수많은 사람에게 에워싸였다.

"내 장비들이 필요합니다!"

내가 외쳤다. 그러고는 기침을 하다 또다시 갈비뼈 통증을 느껴 허리를 숙였다.

덩치 큰 남자가 내 팔을 붙잡았다.

"이분을 지나가게 해 주시오! 그래야 여러분을 도우실 수 있습니다!"

그는 나를 작업실까지 에스코트해 주었다.

"말뿐인 약속이 아니면 좋겠습니다."

철제 난로에 다다랐을 때 그가 말했다.

"차 딱 한 잔만."

내가 숨을 헐떡이며 말했다.

"그러고 다시 나오겠소."

나는 힘이 너무 빠져 작업실로 가는 복도 문을 당겨 열 수가 없었다. 그가 문을 열어 주었고, 내가 들어가자 정중하게 닫아 주었다.

피토가 한 손에는 양초를, 다른 손에는 연기통을 든 채로 탁자에 앉아 있었다.

나는 피토보다 똑똑하고 유능한 사람을 지금까지 보지 못했다. 안타깝게도 차를 끓이는 일은 그의 여러 재능 가운데 하나가 아니었다.

진한 풍미와 탁한 맛 사이에는 섬세한 경계선이 있다. 피토가 내준 형편없는 차는 선 너머에 있었다.

나는 차를 마시면서 세기의 결혼식에 대해 간략히 설명해 주었다.

"그래서 결혼을 했다는 거예요, 안 했다는 거예요?"

나도 그 답을 몰랐다.

"공주는 지금 어디 있죠? 그 남자하고 같이 있습니까?"

이 역시 답을 몰랐다.

분명 궁금한 게 많았을 테지만 피토는 내 상태를 보고는 대견하게도 더는 나를 압박하지 않았다.

차는 비록 탁했지만, 기운을 차리는 데 도움이 되었다. 피토의 도움을 받으며 밖에 있는 사람들에게 필요한 각종 연고와 기름, 습포제를 준비할 수 있었다. 자기가 누구인지 아무도 모를 거라며, 피토도 치료를 거들겠다고 했다. 하지만 위험을 감수할 수는 없었다.

나를 작업실로 에스코트해 준 남자는 여전히 철제 난로 옆에 서 기다리고 있었다. 나는 그에게 양초 하나와 헝겊 뭉치를 건넸다.

그는 나보다 훨씬 강했지만, 나이는 나보다 상당히 많아 보였다. 50대 후반이나 60대 초반이었을 것이다. 얼굴에 흉터가 여럿이었는데, 최근에 생긴 흉터는 없었다. 그는 자기 이름이 카를로라고 했다.

카를로는 다른 사람들을 불러와 부목으로 쓸 나무를 모으고 헝겊을 찢어 붕대를 만들었다. 즉시 치료가 필요한 사람과 기다릴 수 있는 사람을 분류하는 일도 했다.

우리는 밤새도록 일했다. 계속 일할 수 있게 나를 지탱해 준 것은 피토의 탁한 차보다는 카를로와 다른 사람들의 분투였다. 그리고 내가 치료해 준 사람들과 그들이 사랑하는 사람들의 얼굴에서 보이는 신뢰와 감사였다. 궁정에서 온갖 사소한 암투와 속임수와 묘약 타령에 치이느라, 나는 어려운 사람을 돕는 일이 어떤 것인지 잊고 지냈다.

죄책감도 한몫했던 것 같다. 그들의 불행에 내 책임이 없다고 할 수 없으니.

38
복종과 헌신

해가 뜬 후에야 작업실로 돌아왔다. 골방에 들어가 누웠다가 두어 시간만 자고 다시 일할 채비를 했다.

난감하게도 피토가 나를 위해 차 한 주전자를 준비해 놓았다. 내가 차를 마시는 모습을 지켜보며 차 맛이 어떤지 물었다.

"풍미가 미묘하군."

그는 미소를 지었다. 자족의 미소였다.

차 맛이 너무 미묘해 맹물이나 다름없었다! 이렇게 피곤한 상태에서는 차라리 전날 밤에 마신 진흙 맛 나는 탁한 차가 차라리 낫다 싶었다. 그 차는 정신이라도 차리게 해 주었다.

나는 그에게 결혼식과 그 후에 발생한 일련의 일을 하나도 빼지 않고 낱낱이 설명해 주었다. 내가 앙칼진 목소리로 "나는 남자야!"라고 외치자 그는 웃었다.

피토는 나를 깜짝 놀라게 하는 말도 했다. 전에 지하 감옥에서 자기 목소리가 어떻게 변했는지 기억한다는 말이었다. 하지만 그때부터 지금까지 툴리아를 언급한 적은 없었다.

"그가 죽으려면 시간이 얼마나 걸릴까요?"

이 질문은 나를 어리둥절하게 만들었다.

"서서히 작용하는 독 말입니다. 뭘 쓰셨죠? 카나타의 깊고 어두운 정글에서 가져온 뱀독인가요?"

"서서히 작용하는 독 같은 건 없네. 나는 그저 목소리만 바꿔놨을 뿐이야. 영원히."

그 정도면 충분하지 않나?

피토의 얼굴에 걱정이 어리는 것이 보였다.

"결과적으로 달림플을 전보다 더 위험한 사람으로 만드셨군요. 혹시 마키아벨리 읽어 보셨습니까?"

나는 달림플이 물약을 요구했을 때 그것을 사용하지 말라고 강력히 권고했다는 사실을 상기시켰다. 산드로 왕을 비롯해 여러 증인이 있었다.

"나의 반대는 공식적으로 기록되었어."

"지금 그게 중요하다고 생각하세요?"

피토가 천천히 고개를 가로저으며 말했다.

"왕자와 공주가 결혼하길 바라시는 게 차라리 나을 겁니다. 이제 당신을 구해 줄 사람은 공주밖에 없습니다."

밖으로 나갔을 때, 경상을 입은 사람들 대부분이 벌써 다 나은 것을 보고 깜짝 놀랐다. 간밤에 감았던 붕대들은 이미 새것으로 교체되어 있었다. 마을 사람들은 스스로 돌보는 방법을 알고 있었다. 몇 년 동안 그렇게 해 왔으니까. 하지만 감염의 위험이 여전히 존재했다.

궁정 집사인 필립이 곰팡이 핀 빵을 상상만 해도 화들짝하리라는 것을 알면서도 나는 조리실로 향했다. 내가 차에 대해 까다로운 만큼이나 그는 빵에 대해 까다로웠다.

큰 활과 머스킷 총을 든 병사들이 성곽을 에워싼 성벽 위에 배치되었다. 큰 활이 정확도가 더 높았다. 초기 머스킷은 조준 자체가 의미가 없었다. 하지만 총을 쏘는 병사가 많고 적이 우르르 몰려오는 경우라면 적군 몇 명 정도는 쓰러뜨릴 수 있었다.

조리실 밖에서 기다리는 피란민들의 긴 줄을 지나쳐 갈 때, 많은 사람이 나에게 큰 소리로 따뜻한 인사말을 건넸다.

"그릇을 잘 간수하세요. 이제 더 줄 그릇도 없으니까!"

한 여인이 멀건 죽을 나누어 주면서 사람들에게 주의를 주었다. 피토가 지하 감옥에 있을 때 나온 죽보다 더 맛없어 보였다.

나는 그녀를 지나쳐 조리실로 들어갔다. 내가 곰팡이 핀 빵을 달라고 하자 필립은 성을 냈다. 그리고 자신이 아끼는 빵 몇 덩어리에 내가 물을 뿌리자 기겁하며 지켜보았다. 그래도 내가 알려 주는 조리법에 진지하게 귀를 기울이고는 그대로 수프를 준비하겠다고 약속했다.

"이 주 동안 매일 한 냄비씩."

필립은 내 말에 얼굴을 찌푸리며 고개를 끄덕였다.

내가 조리실을 나서자마자 카를로가 큰 소리로 말했다.

"그들이 당신을 찾고 있습니다."

그가 말하는 그들이 누구인지 알 수 없었다. 작업실로 가는 복도의 문으로 눈길을 돌렸다. 그 순간 문이 벌컥 열리면서 디티에리가 경비병 두 명과 함께 밖으로 걸어 나왔다.

나는 그들에게로 가야 할지, 아니면 도망쳐야 할지 판단이 서지 않았다. 결국 둘 다 하지 않았다. 그냥 가만히 서 있었고, 그들이 내 쪽으로 천천히 다가왔다.

디티에리가 말했다.

"섭정실에서 당신을 찾고 있소이다. 산드로 왕께서 옥사타니아 대사와 협상 중이오."

그의 목소리에서 위협이나 거만함은 느껴지지 않았다. 피토는 아예 언급도 되지 않았다.

"우리에게는 무게가 2톤이 넘는 대포가 있습니다."

디티에리와 함께 섭정실에 들어섰을 때, 옥사타니아 대사가 말하고 있었다.

산드로 국왕과 대사 단둘이 있었다. 볼타로도 자리에 없었다. 협상은 비밀에 부쳐졌다. 아무것도 기록되지 않았다.

산드로 왕은 나에게 우리가 얼마나 위태로운 상황인지 간략하게 설명해 주었다. 성은 옥사타니아의 대규모 병력에 완전히 포위되었다. 이동 중인 대포들은 사흘이면 이곳에 당도할 터였다. 대포와 함께 병사들을 거느리고 오는 달림플 왕자가 공격을 지휘할 예정이었다.

대사가 말했다.

"왕자님께서 간단하고 합리적인 요구 사항 두 가지를 제시하셨습니다."

첫 번째 요구 사항은 왕자가 도착하면 툴리아 공주가 그의 여자가 되어야 한다는 것이었다.

"자발적으로."

대사가 말했다.

"감사하는 마음으로. 모두가 볼 수 있도록."

"공주님은 성안에 계십니까?"

내가 물었다.

산드로 왕이 고개를 끄덕였다. 나를 왜 이 자리에 불렀는지 감이 왔다. 공주에게 줄 사랑의 묘약이 필요했던 것이다.

따지고 보면, 사랑의 묘약이 양귀비 눈물보다 더 나쁠 것도 없었다. 공주님은 기꺼이 그의 여자가 되실 거야. 나는 혼자 생각했다. 그 편이 성안에 있는 사람들이 몰살당하는 것보다는 나았다.

"왕자님께서 눈물을 좀 주셔야 합니다."

나의 요청에 대사는 깜짝 놀랐다.

"우리 왕자님께서는 울지 않으십니다!"

거머리 밑에서 흐느껴 우는 것을 직접 보고 들었다고 나는 굳이 지적하지 않았다. 그 대신 개인 표식이 필요하다고 설명했다.

"그게 없으면 공주님이 다른 사람과 사랑에 빠질 수도 있습니다."
"사랑이요?"
대사가 말했다.
"왕자님께서는 사랑 따위에는 관심 없으십니다! 오직 복종과 헌신만을 요구하실 뿐입니다."
나는 대사의 말을 곰곰이 곱씹어 보았지만, 그래도 개인 표식이 필요하다는 생각에는 변함이 없었다.
"왕자님이 땀은 흘리시겠죠?"
내가 물었다.

왕자는 남자답게 땀 흘리는 것을 꽤 자랑스러워하는 듯했다. 나는 약병을 하나 주기로 했다. 그러면 기병이 약병을 가져가 대포를 끌고 천천히 이동 중인 왕자에게 줄 것이다. 기병은 내가 물약을 준비하는 동안 약병을 다시 가져올 테고, 툴리아는 왕자가 도착하기 전날 밤에 물약을 마실 수 있을 것이다.
섭정실을 나가려는 순간, 왕자의 요구 사항이 두 가지였다는 대사의 말이 떠올랐다. 나는 다른 요구 사항이 무엇인지 물었다.
"당신 덕분에 호랑이가 배불리 먹는 모습을 보는 것."
대사가 대답했다.

그의 말은 현대 영어에서처럼 16세기 에스콰베타어에서도 두 가지 뜻으로 해석될 수 있었다. 그래서 내가 그의 말을 이해하기까지 시간이 조금 걸렸다. 왕자는 내가 호랑이에게 먹이 던져 주는 모습을 보고 싶어 하는 것이 아니었다. 내가 먹이가 되기를 원했다.

"저는 왕자님께 그 물약을 드리지 말자고 했습니다!"

내가 항변하며 고개를 돌려 산드로 왕을 쳐다보았다.

"그때 제가 뭐라고 했는지 듣지 않으셨습니까? 왕자님께서 그 물약을 요구하셨습니다."

"물약은 아무 문제도 없었습니다."

대사가 말했다.

"문제는 당신의 악마 같은 거머리였습니다. 거머리들이 왕자님의 남성성을 완전히 빨아 먹어 버렸어요."

39
툴리아의 선택

달림플의 빨아 먹힌 남성성이 단지 그의 목소리에만 해당하는 것이 아닐 수도 있다는 생각이 나중에야 들었다. 아마 다른 남성성도 고갈되었을 것이다. 그렇다면 툴리아가 최소한 정결과 관련된 치욕은 면할 수 있을 성싶었다.

공주에게 줄 사랑의 묘약을 만드는 일은 아주 쉬웠다. 다만 이번 경우에는 데이지 대신 장미 ─ 꽃잎이 아니라 가시 ─ 를 곱게 갈아서 쓸 생각이었다.

"그래야 목에 안 걸리니까."

내가 피토에게 설명했다.

피토는 이 일과 관련해서는 어떤 식으로도 나를 돕지 않았다. 그저 나를 노려보기만 했다.

"당신에게는 그럴 권리가 없습니다."

그가 말했다.

"자유 의지는 우리가 가진 전부입니다. 자유 의지 때문에 우리가 지금 우리 모습으로 존재하는 겁니다! 건강, 부, 명성 같은 다른 모든 것은 우리가 통제할 수 없습니다."
"그럼 내가 그저 손 놓고 모두가 학살당하게 내버려두어야 한다고 생각하나?"
"당신은 신이 아닙니다."

달림플의 두 번째 요구 사항은 피토에게 말하지 않았다. 무슨 거창한 희생정신 때문은 아니었다. 그가 걱정하지 않기를 바라서도 아니었다. 오히려 솔직히 말하면, 동정을 좀 받고 싶은 마음도 있었다.
생각만 해도 호랑이가 너무 무서웠기 때문이다. 호랑이를 머릿속에서 지우려고 애썼다. 말하거나 떠올리지 않으면 그 일이 일어나지 않을 수도 있다는 듯이.
갑자기 비명을 지르고는 손가락 하나를 입안에 넣었다. 장미 가시에 찔렸다.
피토는 고소하다는 듯한 표정을 지었다.
"나는 자네가 공주를 안 좋아하는 줄 알았는데."
"그것과는 상관 없습니다."
"만약 공주가 자발적으로 그의 여자가 되지 않는다면······."
내가 말했다.
"그는 힘으로 공주를 취한 다음 버릴 거야. 그러고는 분명 다른 사람들이 자기가 한 방식으로 공주를 능멸하도록 내버려둘 거야. 그렇게 되는 게 낫겠어?"

"그건 툴리아 공주가 결정할 일입니다. 당신이 결정할 일이 아니라."

"내가 뭘 결정해요?"

우리 둘 다 고개를 돌렸다. 얌전히 걸린 발 앞에 툴리아가 서 있었다.

"무사해서 정말 다행이에요, 나토. 얼마나 걱정했는지 몰라요!"

툴리아가 작업실 안으로 걸어 들어오며 말했다.

피토가 툴리아에게 따져 물었다.

"그런데 왜 저분을 돕지 않으신 거죠? 나토는 거의 죽을 뻔했다고요."

그녀는 경멸하는 눈빛으로 피토를 잠깐 쳐다보고는 내 손을 잡았다.

"나토, 저는 단 한 순간도 당신을 의심하지 않았어요. 결혼 서원을 하는 동안에도 당신이 결혼식을 막아 줄 거라고 믿었지요!"

나는 억지 미소를 지었다.

"왜요? 무슨 일 있어요?"

나는 그녀에게 성이 포위당했다고 말했다.

"사흘 후면 달림플이 거대한 대포들을 앞세우고 도착할 겁니다."

그녀는 웃으며 말했다.

"삑삑이 왕자를 위해 목숨을 바칠 옥사타니아 병사는 한 명도 없을 거예요! 그가 죽었다는 소식을 듣는 순간 다들 뒤돌아 집으로 갈 거라고요."

"그는 죽지 않을 겁니다."

피토가 말했지만 툴리아는 들은 척도 하지 않았다.

"천재적이었어요, 아나톨! 먼저 그를 빽빽거리는 어릿광대로 변하게 한 다음 독살할 생각을 하다니."

"독약은 없습니다."

피토가 말하자, 그녀는 피토를 향해 몸을 휙 돌리고는 따지듯이 말했다.

"독약이 왜 없어? 당연히 있어야지."

그녀는 고개를 다시 천천히 내 쪽으로 돌렸다.

"저는 그저 결혼식을 늦추고 싶었을 뿐입니다."

내가 머뭇머뭇 말했다.

그녀의 파란 눈에는 분노가, 갈색 눈에는 깊은 우려가 보였다.

"마키아벨리 안 읽어 봤어요?"

그녀가 물었다.

"저도 똑같은 질문을 했었지요."

피토가 말했다.

그녀가 다시 그를 쳐다보았다.

"그럼 왜 아무 말도 안 했어? 너는 계속 여기 있었잖아! 아나톨의 조수잖아!"

"저는 몰랐습니다. 아나톨이 물약을 어떻게 다루는지 아시잖아요. 워낙 비밀스럽게 일하시니……."

"지금 나한테 아나톨에 대해 알려 주는 거야?"

툴리아가 쏘아붙였다.

"그를 안 지 얼마나 됐지? 일주일? 나는 아나톨을 평생 알았어."

그녀는 더없이 다정스럽게 나에게 팔짱을 꼈다.

"아나톨은 나한테 아버지 같은 사람이야."

나는 감동했다. 나는 늘 툴리아를 딸처럼 여겼지만, 툴리아도 같은 마음인지는 몰랐다.

"이분은 너의 목숨을 구해 주려고 모든 걸 거셨어!"

그녀는 계속해서 피토를 몰아붙였다.

"더 감사하는 마음을 가져야지. 어디서 건방지게!"

그녀는 팔짱을 풀고 탁자로 걸어갔다.

"이게 다 뭐죠?"

그녀는 가시와 절구와 공이를 보고 있었다.

"공주님께 말해 주세요."

피토가 말했다.

"뭘 말해 줘요?"

"물약입니다."

내가 말했다.

"공주님께 사실대로 말해 주세요!"

나는 그렇게 했다. 모든 것을 있는 그대로 공주에게 말했다. 달림플의 두 번째 요구 사항만 빼고.

내가 말을 마치자, 그녀는 장미 가시를 하나 집어 꼼꼼히 살펴보았다.

"복종과 헌신."

그녀는 조용히 말하고는 가시를 다시 탁자에 내려놓았다.

"그렇게 하지 않으면 모두가 죽는다고?"

나는 할 말을 잃었다.

"툴리아 공주가 결정할 일이네요."

툴리아가 아까 들은 말을 되뇌었다. 그녀는 루이지의 우리로 걸어가 얼굴을 내밀며 반기는 생쥐의 코를 쓰다듬었다.

"사랑의 묘약을 만드세요, 아나톨."

그녀가 지시를 내리고는 몸을 돌려 다시 우리 쪽으로 걸어왔다.

"전에, 내 생일 때, 달림플 왕자가 보석으로 장식된 칼을 보냈어요. 은으로 된 손잡이에 금이 한 줄 들어가 있는. 그리고 루비, 에메랄드……."

그녀는 갑자기 혼란스러워하며 말을 멈추었다.

"전에 이 이야기를 했던가요?"

"모르겠습니다. 공주님이 열두 살 때 하셨던 것 같기도 하고."

내 대답에도 툴리아는 석연하지 않았다.

"내가 물약을 마시는 걸 모두가 봐야 해요."

그녀가 말했다.

"하지만 내가 마시는 물약은 장미 가시가 들어간 물약은 아닐 거예요. 그 전에 당신이 다른 물약으로 바꿔 놓을 테니까. 삑삑이 왕자가 여기에 오면 나는 그가 원하는 대로 그에게 헌신하고 복종할 거예요."

그녀는 피토에게 고개를 돌리고는 한마디를 던졌다.

"난 연기 잘해."

나는 연기에 대한 평을 자제했다.

"그가 나를 데리고 놀다가 잠들면, 난 베개 밑에서 칼을 꺼낼 거예요, 아나톨. 그리고 당신이 시작한 일을 끝낼 거예요."

40
마르타

이틀 후, 디티에리가 약병을 가지고 내 작업실을 찾아왔다. 옥사타니아 대사와 소위 마법사라는 그트어드르도 함께 왔다. 그트어드르의 목적은 물약이 제대로 준비되었는지 확인하는 것이었다. 나는 너무나 어이가 없어서 모욕적이라고 느끼지도 않았다.

나는 그트어드르에게 가시를 떼어 낸 장미 줄기를 보여 주었다. 그는 양과 비율에 대해 물었고, 나는 수치를 지어내서 대답했다. 아무도 마시지 않을 물약이라 정확하게 만들 이유가 없었다.

"땀의 용도는 뭐죠?"

그트어드르가 물었다.

그것도 몰라서 물어보다니 놀라웠지만, 사실 새삼스레 놀랄 일도 아니었다.

"개인 표식 용도입니다."

그트어드르는 망연히 나를 바라보다가 이해했다는 듯이 고개를 끄덕였다. 대사는 그에게 내 물약에 대한 의견을 물었다. 그트어드르는 질그릇 냄비에 코를 대고 쿵쿵대더니 제대로 만들어졌다고 확인해 주었다.

그는 내 요강 냄새를 맡았어도 같은 결론을 내렸을 것이다! 그렇다고 내가 그의 평가에 불만이 있었다는 말은 아니다. 이제 위대한 옥사타니아 마법사의 인증을 받았으니, 나는 약병의 코르크 마개를 따고 달림플의 땀을 물약에 넣었다.

어떻게 공주를 설득해 약을 마시게 할 계획이냐고 대사가 물었다. 나는 아들을 낳을 수 있는 임신 물약이라고 말하겠다고 대답했다.

"하지만 그 물약의 용도는 공주님이 자발적으로 첫날밤을 치르도록 만드는 것이잖소?"

디티에리가 따져 물었다.

"그런데 왜……?"

그는 스스로 말을 멈추더니 이렇게 말했다.

"훌륭합니다, 아나톨."

지금은 한가로이 돌팔이라고 나를 비난할 때가 아니었다. 디티에리는 내가 어떤 구상을 하는지 정확히는 몰랐지만 우리 왕국의 안전이 이 물약에, 아니 이 물약의 효과에 대한 옥사타니아 대사의 믿음에 달려 있다는 것쯤은 알았다.

그들은 내가 냄비를 걸고 그 아래 별 모양으로 배치한 양초들에 불을 붙이는 모습을 지켜보았다.

몇 시간 뒤, 툴리아가 같은 냄비를 물끄러미 보며 말했다.

"그러니까 한 모금 마시고 그의 발 앞에 쓰러진다, 이거죠?"
"그런 셈입니다."
나는 해가 지기 전에 물약을 바꿔 놓겠다고 했다.
"공주님은 생강과 강황이 든 물약을 드시게 될 겁니다."
"아니에요. 끔찍한 맛이 나게 해 주세요."
그녀가 말했다.
"내가 약을 마시면서 괴로워하는 모습을 사람들이 보는 편이 좋겠어요."
나는 악취가 나는 풀로 물약을 만들겠다고 했다.
툴리아가 웃으며 말했다.
"완벽해요!"
그녀도 디티에리와 똑같은 질문을 했다.
"그런데 내가 왜 임신 물약을 먹고 싶어 해야 하죠? 어차피 난 그를 거부하고……."
"그냥 그게 제일 먼저 떠올랐습니다."
탁자 위에 체스판이 놓여 있었다. 그녀가 발 사이로 들어왔을 때 피토와 나는 체스를 두고 있던 참이었다.
그녀는 피토에게 자기의 훈수가 필요하냐고 물었다.
그는 코웃음을 쳤다.
"폰을 잡고 룩을 죽이는 게 도움이 된다고 생각하신다면, 됐습니다! 공주님의 실수를 유리하게 풀어낼 방법을 제가 찾아내긴 했습니다만."

그는 의기양양하게 말을 끝냈다.

"오, 네가 찾아냈다고? 흠, 그럼 가서 판을 끝내 봐. 내가 보고 있을 테니."

"그럴 필요 없습니다. 막 두기 시작했거든요."

내가 말했다.

"뒤 보라니까."

그녀는 물러서지 않았다.

"누가 둘 차례?"

내가 둘 차례였다. 나는 비숍을 집었지만, 툴리아가 고개를 살짝 가로저었다. 이번에는 퀸을 집어 보았지만, 또다시 그녀가 고개를 가로저었다. 그다음 나는 그녀의 눈길을 따라 폰을 집었고, 그녀가 아무 반응을 보이지 않는 것을 확인하고는 폰을 한 칸 앞으로 움직였다.

피토가 자기 기물을 움직이자, 툴리아는 또다시 눈짓과 고갯짓으로 내 기물의 움직임을 지시했다.

그렇게 몇 수가 오가자 피토는 자기 상대가 누구인지 깨달았다. 그는 정신을 더욱더 집중했다.

얼마 뒤 나는 툴리아에게 내 자리에 앉으라고 권했지만 그녀는 계속 구경만 하겠다고 했다.

"그냥 볼게요."

그녀가 천진하게 말했다.

"또 실수하고 싶지는 않아서요."

판세가 한층 복잡해졌다. 판에 남은 기물들은 모두 동시에 공격도 하고 방어도 하는 식으로 여러 역할을 하고 있었다. 기물들이 쓰러지기 시작하면 어떤 일이 벌어질지 나로서는 예측 불가였다.

내가 폰을 집었지만, 툴리아가 고개를 저었다. 승부수를 던질 순간이 왔다. 퀸이 싸움에 뛰어들 시간이었다. 나는 퀸을 천천히 한 칸, 그리고 또 한 칸 옮기며 그녀가 멈추라는 신호를 보내기를 기다렸다.

그때 작업실을 뒤흔드는 날카로운 비명이 울렸다. 그 바람에 나는 기물 몇 개를 쓰러뜨렸다. 고개를 돌려 보니, 마르타가 서 있었다. 그녀는 떨리는 손가락으로 피토를 가리켰다.

마르타가 뒷걸음질 쳤다.

툴리아가 그녀에게 가지 말고 자기 말을 들어 보라고 했다.

"네가 생각하는 그런 게 아니야."

겁에 질린 시녀가 뒤로 휙 돌아 작업실 문간으로 향했다.

"기다려!"

툴리아가 명령했다.

마르타가 검은 모래 더미를 밟고 휘청였다. 그녀는 넘어지지 않기 위해 뭐라도 잡으려고 손을 뻗었다. 질그릇 냄비에 손이 닿았고, 무릎이 땅에 닿으며 주저앉는 순간 냄비가 바닥으로 떨어졌다.

마르타는 문간에 달린 발 하나를 붙잡고 일어섰다. 발이 툭 떨어졌고, 그녀는 밖으로 뛰쳐나갔다.

툴리아는 계속 기다리라고 소리치면서 시녀를 쫓아 작업실 밖으로 나갔다가 금세 돌아왔다.

"마르타가 가 버렸어요."

피토는 여전히 의자에 앉아 있었다.

"여기서 나가야 해, 지금 당장!"

툴리아가 피토에게 말했다.

그는 꿈쩍도 하지 않았다.

"네가 발각되면 그들이 아나톨에게 무슨 짓을 할지 알잖아?"

피토는 갈 곳이 없었다.

내가 말했다.

"적당한 옷을 찾아서 피토에게 입혀 주면, 피란민들 사이에 숨을 수 있을 겁니다."

"시간이 없어."

툴리아가 피토의 팔을 잡았다.

"나랑 같이 가."

그녀는 팔을 당겨 피토를 일으켜 세웠다.

"비밀 통로가 있어."

툴리아의 손에 이끌려 문간을 나가려는 순간, 피토는 고개를 돌려 나를 보며 묘한 표정을 지었다.

질그릇 냄비는 산산조각 났고, 바닥에는 물약이 흥건했다.

41

피토를 찾는 수색

아무리 찾아도 가죽 장갑이 보이지 않았다. 피토가 원망스러웠다. 그가 청소하기 전에는 어디에 뭐가 있는지 훤히 꿰고 있었는데.

아마도 물약은 무해했을 것이다. 정확하게 측정하면서 만든 약이 아니었다. 귀찮아서 일지에 기록도 안 했을 정도니. 그래도 장갑도 안 끼고 질그릇 냄비 파편을 치우기는 꺼림칙했다. 얼마 안 남은 삶이라고 해도 달림플을 위해 희생하고 싶지는 않았다.

남는 질그릇 냄비는 많았다. 깨진 냄비는 버리고 새 냄비를 달면 그만이었다. 냄비 안에는 아무것이나 집어넣어도 상관없었다. 툴리아에게 줄, 악취 나는 풀을 넣은 물약은 나중에 아무 때나 끓여도 됐다.

마침내 지저분한 옷더미 속에서 장갑이 나왔다. 결국 내 잘못이었다.

내가 골방에서 나오는데, 코리나 왕비가 작업실로 들이닥쳤다.
"그자는 어디에 있지?"

디티에리와 경비병 예닐곱 명도 함께 왔다. 경비병들은 곧바로 작업실 수색에 들어갔다. 그중 한 명이 작은 수납장을 뒤졌다. 마치 피토가 그 속에 들어갈 수 있다는 듯이.

"누굴 말씀하시는 겁니까?"

"당신은 끝났어, 아나톨. 마르타가 그자를 봤어."

디티에리가 말했다.

"마르타가 대체 뭘, 누구를 봤다는 것인지 모르겠습니다."

내가 왕비에게 말했다.

"공주님과 제가 퀸 체스를 두고 있었는데, 마르타가 들어와서는 갑자기 비명을 지르더군요."

경비병은 수납장을 마구 휘저었다. 속에 있던 병을 비롯해 유리로 만든 물건들이 죄다 바닥으로 떨어졌다.

다른 경비병은 두 생쥐 우리를 점검하고 있었다.

"공주는 지금 어디 있지?"

왕비가 물었다.

"공주님은 마르타를 쫓아가셨습니다. 저도 공주님도 가여운 시녀를 걱정했습니다. 마르타는 히스테리가 있거든요."

경비병 둘이 밖으로 나갔다. 그들이 철제 난로 주변을 수색하는 모습이 문간을 통해 보였다

"그래서 이게 그 물약인가?"

왕비가 바닥에 흥건하게 고인 물약과 질그릇 냄비 파편을 보며 물었다.

"마르타가 히스테리를 부리다 철사로 매달아 놨던 냄비를 떨어뜨렸습니다. 작업실 발도 뜯어 버렸고요."

뒤에서 우지끈하는 소리가 크게 들렸다. 고개를 돌려 보니, 경비병이 생쥐 우리를 짓밟고 있었다.

밖에서 경비병들이 지하 저장고의 해치를 여는 모습도 보였다. 피토가 거기에 문제 될 만한 걸 남겨 두지 않았을지 생각해 보았지만, 그가 사용한 물건은 모두 내 것이었다.

작업실 안에서는 더 많은 수납장과 선반이 수색을 당해 비워졌다. 왜 그런 곳까지 뒤지는지 나는 이해할 수 없었다. 피토가 유령도 아니고 어떻게 단지나 쥐 우리 속에 숨겠는가.

"이걸 발견했습니다."

한 경비병이 작업실 안으로 들어오며 말했다. 손에 요강이 들려 있었다. 비울 때가 됐다는 것은 후각이 예민하지 않아도 알 수 있었다.

"실험의 일부입니다."

내가 설명했다.

디티에리는 웃었지만, 평소처럼 비웃는 태도는 아니었다. 아마도 내 해명이 그냥 재미있는 모양이었다.

왕비는 몸을 숙여 길고 뾰족한 질그릇 냄비 파편 하나를 집었다. 그러고는 앞으로 걸어 나와 내 목에 바싹 갖다 댔다.

"달림플 왕자가 내일 정오에 다리를 건널 것이오. 공주가 그를 반갑게 맞이하는 게 좋을 것이오!"

내가 대답하기도 전에 왕비가 갑자기 비명을 지르며 파편을 떨어뜨렸다.

손가락 끝에서 피가 나고 있었다. 그녀는 본능적으로 손가락을 입으로 가져갔다.

42
장애물 코스

나는 눈을 뜬 채 매트리스에 누워 천장을 바라보고 있었다. 호랑이 먹이가 되기까지 몇 시간이나 남았는지 알 수 없었다. 골방 시계도 다른 모든 물건처럼 부서졌다.

작업실 문간 양쪽에 경비병이 한 명씩 배치되었고, 철제 난로 옆에도 경비병 두 명이 서 있었다.

나는 마지막 차 한 잔조차 즐길 수 없었다. 수색 과정에서 차가 담긴 통들을 모두 비워 버렸기 때문이다. 찻잎들이 물고기 비늘, 말벌 날개, 시체꽃 꽃잎 등 버려진 다른 것들과 뒤섞인 채 바닥에 흩어져 있었다.

나는 빈 통 하나를 들고 골방 밖으로 나갔다.

"마지막 차 한 잔!"

나는 소리쳤다.

"그것도 안 되나?"

그러고는 빈 통을 작업실 출입구를 향해 던졌다.

하지만 통은 거기까지 날아가지 못하고 떨어져 옆으로 데구

루루 굴러갔다.

생쥐 우리는 둘 다 찌그러졌고, 루이지의 장애물 코스는 산산조각이 났다. 죽은 생쥐는 눈에 띄지 않는 것으로 보아 모두 무사히 탈출한 것이 확실했다.

의자를 바로 세워 거기에 앉았다. 탁자는 여전히 뒤집혀 있었다.

피토를 생각했다. 그가 지하 감옥에서 보여 준 기개와 처형을 앞두고 마음의 준비를 하는 모습을 떠올렸다. 나에게는 그런 강인함이 없었다. 고작해야 헛된 희망을 품을 수 있을 뿐.

무릎에 팔꿈치를 괴고 두 손으로 얼굴을 감싼 채 눈물을 흘렸다.

밖에서 소란스러운 소리가 들렸다. 고개를 들어 보니, 작업실로 들어오는 하웰이 눈물 사이로 흐릿하게 보였다. 눈물을 닦자 그의 손에 들린 곤봉이 눈에 들어왔다.

"따라오십시오."

그가 퉁명스럽게 말했다.

나는 순순히 일어섰다. 그런데 비참한 기분 속에서도 마음 한 구석에서 뭔가 이상하다는 느낌이 들었다.

"당신을 기다리는 분들이 계십니다."

나는 문간을 지나 그를 따라갔다. 출입구 앞 바닥에 경비병 둘이 쓰러져 있었다. 죽은 것 같기도 하고 기절한 것 같기도 했다. 나는 조심조심 그들의 몸을 넘어갔다.

우리는 복도를 따라 한참 걸어갔다. 하웰이 벽에 걸린 촛대 앞에서 멈추더니 양초를 집어서 내게 건넸다. 그러고는 양초를 받치고 있던 촛대의 가지 하나를 아래로 확 잡아당겼다.

그러자 촛대 아래쪽 벽에 커다란 틈이 생겼다.

"가십시오."

나는 두 손을 무릎에 짚었다. 틈 사이로 지나갈 수 있을지 확신이 서지 않았다. 그때 문득 뭔가를 깨달았다.

"혹시 자네, 소리를 들을 수 있나?"

큰 야수 같은 하웰이 미소를 지으며 말했다.

"하나도 안 들립니다."

나는 양초를 앞으로 쭉 내민 채, 옴지락거리며 틈새로 들어갔다.

통로가 나왔다. 어깨가 통로 벽에 자꾸 부딪혀 고개를 숙인 채 기어가야 했다. 뒤에서 벽이 닫히는 소리가 들렸다.

지그재그로 난 통로를 따라가고 있자니, 루이지가 떠올랐다. 장애물 코스를 달릴 때 이런 기분이었을까? 루이지는 중간중간 어느 쪽으로 갈지 선택을 해야 했지만, 나는 한길로만 갈 수 있었다. 몸을 틀 공간조차 없었다.

통로 끝처럼 보이는 곳에 다다랐을 무렵 무릎이 욱신거렸다. 길은 아무 데로도 이어지지 않는 듯했다. 나는 벽을 마주하고 있었다.

촛불을 머리 위로 높이 들고 나서야 통로가 위로 이어지는 것이 보였다. 나는 조심스럽게 몸을 일으켜 세웠다.

수직에 가까운 가파른 계단 몇 개를 겨우겨우 올라갔다. 계단을 오를 때는 양초를 입에 물었다. 계단을 한 단 오르기 위해서는 다리를 최대한 쭉 뻗어야 했고, 두 손으로 벽을 짚어 지지대로 삼아야 했다.

계단을 다 오르니 다시 기어야 했다. 그래도 아까보다는 공간이 넓었다. 이제 어깨가 통로 벽에 부딪히지는 않았지만, 머리를 찧지 않으려면 여전히 고개를 숙여야 했다.

이리저리 몇 번 모퉁이를 돌자, 보통 계단처럼 생긴 돌계단이 나왔다. 그런 뒤 다시 한번 두 손과 통증이 점점 더 심해지는 무릎으로 바닥을 짚어야 했다.

얼마 후 통로 끝에 빛 같은 것이 희미하게 보였다. 그쪽으로 기어가면서 보니, 빛이 통로 바닥 틈새로 올라오고 있었다.

틈은 내가 통과할 수 있을 만큼 넓었다. 나는 좀 더 가까이 기어가서 바닥에 몸을 딱 붙이고 틈 너머를 내려다보았다.

계단을 기대했건만, 계단은 없고 꽤 아래에 방이 보였다. 내려가는 길은 보이지 않았다.

『아서 왕과 원탁의 기사들』에 나옴 직한 방이었다. 하지만 이 방의 탁자는 네모나고, 기사는 두 명뿐이었다. 방패, 몽둥이, 구식 무기 등 다양한 기사 용품들이 널브러진 모습이 보였다.

내가 소리를 냈던 모양인지 두 기사가 동시에 고개를 돌려 나를 올려다보았다. 그중 한 명이 손을 흔들었다.

43
정오

인정한다. 여러분이라면 그 두 기사가 피토와 툴리아라는 사실을 훨씬 더 일찍 눈치챘을 것이다. 그러나 새삼 지적하는 바이지만 여러분은 나와 달리 호랑이에 대해 걱정할 필요가 없을 테니.

"여기서 어떻게 내려가지요?"

내가 큰 소리로 물었다.

툴리아가 갑옷의 얼굴 덮개를 들어 올리고는 손가락을 입술에 갖다 댔다.

"그 밧줄을 쓰세요."

그녀가 새된 소리로 속삭였다.

나는 밧줄을 찾지 못했다. 설령 찾았다 해도 그걸 잡고 내려갈 힘도 민첩성도 없었을 것이다. 나는 곡예사가 아니다.

"바로 밑에 있어요."

피토가 손가락으로 가리키며 속삭였다.

나는 틈새로 조심조심 머리를 내밀었다. 무서워서 현기증이 났다. 방이 저 아래에서 빙빙 도는 것 같았다.

이윽고 밧줄을 찾았다. 내 배 바로 아래 천장에 매달려 있었다. 하지만 손을 뻗어 잡을 방법이 없었다.

"할 수 있어요. 보기보다 쉬워요."

피토가 말했다.

나는 틈새로 어깨를 내밀었다. 조금만 더 내밀었다가는 떨어질 것 같았다.

"마법의 주문을 써 보세요."

툴리아가 말했다.

나는 다른 방향으로 접근해 보려고 틈새로 몸을 다시 끌어올리려 했지만, 힘이 달렸다. 그나마 있는 힘마저 지금 자세를 유지하느라 용을 쓰는 바람에 서서히 바닥나고 있었다.

나는 두 눈을 질끈 감고 두 발로 통로 벽을 박찼다. 배가 틈새에 걸릴 정도로 몸이 앞으로 쑥 나아갔다. 나는 한쪽 팔을 쭉 뻗었다.

나는 떨어지고 있었다.

어찌어찌 왼손으로 밧줄을 잡았다. 필사적으로 매달리려고 아등바등하는 동안 거친 밧줄에 살갗이 찢기는 것이 느껴졌다. 다른 손까지 뻗어 밧줄을 잡았고, 몸을 빙글 돌려 똑바로 설 수 있었다. 두 팔이 빠질 것 같은 느낌이 드는 순간 바닥에 세게 엉덩방아를 찧었다. 고개가 뒤로 젖혀져 머리가 바닥을 때렸고, 하마터면 뒤로 한 바퀴 구를 뻔했다.

가만히 누워 있는 나에게 피토와 툴리아가 황급히 다가왔다.
"일어날 수 있겠어요?"
"어디 부러진 데 없어요?"
나는 일어나 앉아 두 팔을 번쩍 들고 득의양양하게 함성을 질렀다!
툴리아가 웃으면서 손으로 내 입을 막고는 속삭였다.
"여기는 섭정실 바로 위예요."
두 사람은 내가 일어설 수 있도록 도와주었다.
"잘했어요, 아나톨."
피토가 한 손을 내밀었다.
툴리아는 악수 의례를 치르는 우리 모습을 보고는 황당해하면서도 흐뭇한 표정을 지었다.

내가 입을 갑옷도 있어서, 옷 위로 걸쳤다. 오늘날 골동품 가게에서 가끔 볼 수 있는 딱딱한 금속 갑옷이 아니었다. 서로 맞물리는 금속 고리로 두 팔과 두 다리가 덮여 있어서 자유롭게 움직일 수 있었다. 흉갑은 중요한 장기들을 잘 덮어 주었다.
화약이 세상을 바꾸기 전에는 전쟁 때 기사들이 말을 타고 육탄전을 벌였다. 민첩성이 보호 기능 못지않게 중요했다.
툴리아는 어렸을 때 이 비밀의 방을 발견했다고 말했다. 가끔 화가 날 때면 부모가 걱정하기를 바라며 온종일 여기 숨어 있었다고 했다.

"정작 내가 사라진 줄도 모르더라고요."

하웰을 시켜 나를 여기로 데려오자고 그녀에게 제안한 사람은 바로 피토였다. 그는 확신하지는 못했지만, 오래전부터 지하 감옥의 옥지기가 안 들리는 것도 말을 못 하는 것도 아니라고 의심했다.

그는 왕의 첩자예요. 피토는 그렇게 말했다.

툴리아는 처음에는 회의적이었다. 설령 그게 사실이더라도, 뭐하러 하웰이 너하고 아나톨을 돕겠어?

그는 우리를 좋아하니까요.

"그 말은 더 믿기 어려웠지요!"

툴리아가 농반진반으로 말했다.

나는 투구를 썼다.

"나토를 좋아한다는 건 충분히 이해할 수 있지만……."

툴리아는 피토를 힐긋 보았다.

피토는 툴리아를 보며 싱긋 웃었다.

나는 깃발이 두 개 달린 깃대를 받았다. 위쪽은 검은색과 초록색 바탕에 붉은 줄무늬가 있는 옥사타니아 깃발이었다. 아래에는 노란색 바탕에 에스콰베타를 상징하는 파란색 X가 그려진 깃발이 있었다.

피토는 긴 칼을 쥐고 있었다. 나의 유일한 무기는 갑옷 속 허리띠에 쑤셔 넣고 다닐 수 있는 작은 단검이었다. 나는 단검을 써야 하는 상황이 오지 않기만 바랄 뿐이었다.

무거운 갑옷을 입고 밧줄을 타고 다시 올라갈 생각을 하니 아득했다. 더구나 손은 살갗이 까지고 물집이 잡혀 있었다.

다행히 그럴 필요가 없었다. 툴리아가 벽에 어깨를 기대자 벽이 빙 돌면서 열렸다. 그녀는 양초를 손에 들고 우리를 다른 통로로 안내했다.

이 통로 역시 비좁았지만 기어갈 정도는 아니었다. 모퉁이를 여러 번 도는 동안 깃대를 잘 간수하기가 가장 큰 어려웠다. 투구가 머리를 보호해 주었지만, 그것 때문에 앞이 잘 안 보여서 이따금 낮은 대들보에 머리를 박곤 했다. 네 번째로 부딪혔을 때, 피토와 툴리아 중 하나가 킥킥 웃는 소리가 들렸다. 어쩌면 둘 다였을 수도 있다.

우리는 계단을 더 올라가야 했는데, 갑옷을 입어서 쉽지 않았다. 갈림길도 나왔지만 툴리아는 항상 어느 길로 가야 하는지 훤히 알았다. 얼마 후, 툴리아는 자신의 침실로 이어지는 통로를 가리켰다.

"마르타는 내가 침대에 누워서 **잘생긴 왕자님**을 기다리고 있는 줄 알아요."

툴리아가 여섯 살인가 일곱 살일 때, 비밀 통로를 탐험하는 방법에 대해 이야기했던 게 문득 생각났다. 나는 그 말을 별로 믿지 않았지만 아마도 미소를 지으며 고개를 끄덕였을 것이다. 그녀는 자신이 기사이고, 용을 죽였다고도 했다.

어제 성 투어에서 가이드는 이 성이 11세기에 지어졌다고 했다. 모든 돌은 건축가의 정밀한 설계 사양에 맞추어 가공되었다. 고고학자들이 건축가의 노트 중 일부를 발견했다. 노트에 쓰인 신비로운 기호들이 돌에도 똑같이 새겨져 있었다. 그 기호들이 돌 하나하나를 놓아야 할 정확한 위치를 나타낸다는 사실이 최근에 밝혀졌다.

또 가이드에 따르면, 애초 설계에는 비밀 통로가 있었지만 수세기에 걸쳐 성이 보수되고 확장되면서 그물망 같은 내부 통로들이 잊힌 지 오래라고 했다. 가이드가 몰랐던 것은 호기심 많고, 용감하고, 친구라고는 식물과 곤충을 연구하는 대머리 남자밖에 없는 외로운 여자아이가 이 통로를 다시 찾아냈다는 사실이었다.

우리는 아무것도 없는 평범한 벽처럼 보이는 곳으로 다가가고 있었다. 하지만 나는 걱정하지 않았다. 이제는 통로가 어떤 식으로든 계속 이어지겠거니 했다. 벽이 스르륵 열리거나 바닥이 열려 내려갈 수 있는 긴 계단이 나오거나.

그럼에도 나는 다시 한번 놀랐다.

툴리아는 양초를 입에 물고 거미처럼 곧장 벽을 기어오르기 시작했다. 피토도 그 뒤를 따랐다.

어떻게들 하는 건지, 나는 난감했다. 벽을 타고 오르던 피토가 도중에 멈추더니 팔을 뻗어 내 깃대를 잡았다. 그러고는 이미 내 시야를 벗어난 툴리아에게 깃대를 건넸다.

빛이 거의 들지 않아 나는 돌벽을 손으로 더듬으며 돌기와 홈을 찾아야 했다. 돌 하나만 더듬어서는 찾기가 어려웠다. 지정된 위치에 잘 배치되어 아귀가 잘 맞게 결합된 돌과 돌 사이에 타고 오를 때 도움이 되는 돌기나 홈이 있는 경우가 흔했다.

나는 가죽 장화의 앞코를 홈에 집어넣고 매끈하고 둥근 돌기를 잡았다. 이런 발판이나 손잡이는 눈에 보이지는 않아도, 건축가와 석공의 기술 덕분에 항상 내가 필요로 하는 바로 그 자리에 있어서 벽을 타고 오르기가 놀라울 정도로 쉬웠다.

내가 중간쯤 올라갔을 때 빛이 근처를 가득 채웠고, 찬 공기가 훅 밀려드는 것이 느껴졌다. 툴리아가 창문을 연 것이 틀림없었다!

투구 쓴 머리를 벽에 바싹 붙이고 있느라 고개를 들 수 없었기 때문에 피토와 툴리아의 발이 내 눈앞에 보일 때에야 이제 거의 다 올라왔음을 알 수 있었다. 피토가 팔을 뻗어 내가 그들이 서 있는 턱에 올라서도록 도와주었다.

툴리아가 내 깃대를 창문 밖으로 떨어뜨리는 모습이 보였다. 크기도 모양도 창문처럼 생긴 네모난 돌이 벽에 기대어 놓여 있었다. 툴리아는 그 돌 위로 올라가 창문 밖으로 나갔다.

다음 차례는 피토였다. 그는 창밖을 내다보고 이어 나를 바라보았다. 투구 얼굴 덮개가 닫혀 있어서 그가 겁을 먹었는지는 알 수 없었지만, **공주**가 할 수 있는 일을 자기가 못하는 상황은 절대로 용납하지 않으리라는 것은 확실했다. 그는 한쪽 다리를 휙 올리고, 이어 다른 쪽 다리를 창문에 걸쳤다. 그러고는 그도 사라졌다.

나는 조심조심 창문으로 다가갔다. 창문 밖을 내다보니 확실히 겁이 났다. 여태까지 얼마나 높이 올라왔는지 그제야 실감이 났다.

성벽 위에 서 있는 우리 병사들과 그 너머 옥사타니아 병사들의 야영지가 내려다보였다. 달림플이 도착한 것이 확실했다. 대포 하나가 나를 정통으로 겨냥하고 있는 것 같았다.

착각이었을 수도 있다. 초상화 갤러리에서 그림 속 눈들이 나를 좇는다는 느낌처럼 말이다. 나는 창문을 타고 올라 창턱에 앉아 안을 들여다보았다.

두 손으로 창문을 꽉 잡은 채로 다리 하나를 밖으로 내밀었다. 딱 필요한 곳에 발판이 있었다. 몸을 지탱할 돌기를 찾아 왼손으로 붙잡고, 다른 쪽 다리를 창문 밖으로 내렸다.

아래로 천천히 내려가는 동안 투구 속에서 심장이 두근거리는 소리가 메아리쳤다. 흉갑과 얼굴 덮개가 벽에 긁혔다. 아까 밧줄을 잡느라 살갗이 벗겨져 쓰라린 손이 돌기를 너무 꽉 잡는 바람에 부들부들 떨렸다.

찬 공기가 고마웠다. 더운 날이었다면 기절했을지도 모른다. 내가 무사히 내려올 수 있던 것은 나의 곡예 능력이나 마법 때문이 아니었다. 전적으로 11세기 건축가와 소위 암흑시대의 이름

없는 석공들 덕분이었다.

내 발이 단단한 땅에 닿자, 툴리아가 나를 반갑게 맞았다. 우리는 성 뒤쪽에 있었다. 피토가 내게 깃대를 건넸다. 한숨 돌릴 겨를도 없었다. 달림플은 당장이라도 다리를 건널 것이다.

일부 피란민들은 우리가 성벽을 타고 내려오는 모습을 틀림없이 보았을 것이다. 우리가 성 앞쪽으로 돌아가는 모습을 지켜본 이들도 있었다.

마구간을 지나면서 보니, 여전히 닫혀 있는 성문 앞에 사람들이 모여 있었다. 우리는 성문으로 향했다. 나는 깃발을 치켜들었다.

왕자의 도착을 기다리는 사람들 대열에 산드로 왕과 코리나 왕비가 보였다. 우리는 약간 옆으로 비켜나 차렷 자세로 섰다.

크룸호른 소리가 울려 퍼졌다. 병사들이 커다란 쇠밧줄 감개를 돌리자 성문이 천천히 내려왔다.

말을 탄 병사들이 맨 먼저 다리를 건넜고, 달림플 왕자와 경비병들과 고문단이 그 뒤를 따랐다.

산드로 왕과 코리나 왕비는 달림플 앞에서 고개 숙여 인사했다.

달림플은 그들을 보며 고개를 한 번 까딱이고는 계속 성안으로 전진했다. 왕과 왕비는 그를 뒤따라갔다.

모두가 한 방향으로 가고 있을 때, 기사 셋이 그들과 반대 방향으로 움직여 다리를 건넜다.

44
적병의 야영지 속으로

우리가 다가가자 병사들이 일렬로 서서 머스킷을 겨누었다. 다른 병사들은 칼을 뽑았다.
"동지들!"
피토가 큰 소리로 말했다.
"전쟁은 끝났습니다! 우리 두 위대한 왕국이 하나로 합쳐졌습니다!"
나는 깃대를 좌우로 흔들었다.
병사들은 우리를 반기지 않았던 만큼이나 이 소식을 반기지 않았다. 머스킷 총구는 내려가지 않았다.
지휘관으로 보이는 남자가 앞으로 걸어 나왔다.
"그런데 공주님은요?"
"공주님은 마음을 활짝 열고 두 팔을 활짝 벌려 왕자님을 환영하셨습니다."
내가 대답했다. 얼굴 덮개가 내려져 있어서 목소리가 잘 들리도록 힘주어 말해야 했다.

지휘관은 여전히 엄한 표정을 지었다. 뒤에 있던 병사들이 가까이 다가왔다.
"그리고 두 다리도 활짝 열었습니다!"
피토가 덧붙였다.
몇몇 병사가 웃음을 터뜨렸다. 지휘관은 미소를 지었다.
"왕자님이 공주님을 혼내 주셨나요?"
한 병사가 물었다.
"아주 혼꾸멍났지요!"
피토가 대답했다.
"기쁨에 겨운 공주님의 신음이 성을 온통 뒤흔들어 놨다니까요!"
웃음소리가 더 커졌다.
"절정의 비명이 여기까지 울려 퍼졌을 텐데, 못 들었다니 놀랍군요."
다시 피토가 말했다.
병사들이 무기를 내렸다. 몇몇 병사들은 공주의 소리를 들었다고 주장했다.
"발정 난 암고양이 소리 같았어!"
여자를 다루는 왕자의 절륜한 솜씨를 극찬하는 말들이 터져 나왔다. 최근에 왕자가 큰 의심을 산 부분이었다. 한 병사가 내가 든 깃대를 보며 옥사타니아 깃발이 에스콰베타 깃발 위에 있다고 지적했다.

"당연히 그래야지!"

"왕자님이 공주님 위에 있는 것처럼!"

나는 깃대를 더 높이 올리고 외쳤다.

"오늘은 옥사타니아의 경삿날입니다."

"만세!"라고 외치는 소리가 들렸다.

"그리고 에스콰베타의 경삿날입니다!"

내가 깃대를 좌우로 흔들며 외쳤다.

몇몇 병사는 이 말에도 가볍게 환호성을 질렀다.

"공주님에게는 생애 최고의 날입니다!"

피토의 외침에 가장 큰 함성이 터졌다.

우리는 계속해서 야영지를 누비면서 궁수, 포병, 기병 등 다른 병사들에게 차례차례 소식을 알렸다. 그들은 이미 전우들의 환호성을 들은 터라 우리를 환대했다.

피토는 아까 했던 말을 대부분 반복했고, '발정 난 암고양이'를 추가했다. 이런 말도 덧붙였다.

"하지만 왕자님은 곧 공주님을 새끼 고양이처럼 가르랑거리게 만들었습니다."

다른 부대 앞에서는 이런 말도 했다.

"공주님은 사흘 동안 못 걸으실 겁니다."

"못 걷는 게 뭐 대수야!"

누군가가 피토 말에 호응해 소리쳤다.

야영지 속으로 더 깊이 들어갈수록, 병사들은 더 지저분하고 무절제하게 행동했다. 우리를 너무 반기다 못해 같이 축하주를 마셔야 한다고 우겨 댔다.

피토는 다른 병사들에게 했던 말을 되풀이하며 그들의 주의를 자신에게 집중시키려고 최선을 다했다.

"못 걷는 게 뭐 대수야!"

그는 껄껄 웃고는 염소 가죽 주머니에 담긴 술을 벌컥벌컥 들이켰다.

성으로 간 사람들은 헌신적인 공주가 잘생긴 왕자를 기다리며 누워 있지 않다는 것을 알고 공주를, 나를, 어쩌면 피토까지 찾고 있을 것이다. 하웰이 내 작업실 입구에서 제압한 경비병 두 명을 잘 치웠을지 궁금했다. 지하 감옥에 숨겨 두었을지도 모른다. 누군가가 세 기사를 떠올리기까지는 얼마나 걸릴까?

나는 번들번들한 염소 가죽 주머니에 담긴 김빠진 에일을 마셨지만, 툴리아는 얼굴 덮개를 올리지 못했다. 내 친구가 함께 술을 마시지 않는다며 몇몇 병사가 성을 내자 나는 이렇게 설명했다.

"저 친구는 어젯밤에 진탕 마셔서 아침 내내 토했어요."

휘어진 칼과 곧은 칼, 두 개의 칼을 든 병사가 툴리아에게 다가갔다. 내가 가진 것은 단검뿐이었고, 그마저도 꺼내려면 시간이 좀 걸릴 것이었다.

그 병사는 내 친구가 술을 한 잔은 반드시 마셔야 한다며 한사코 고집을 부렸다. 그는 툴리아의 얼굴 덮개를 올리고는 염소 가죽 주머니를 입 쪽으로 들이밀었다.

하지만 그는 키가 툴리아보다 30센티미터도 넘게 커서 그녀의 얼굴을 볼 수는 없을 것 같았다.

그녀가 놀라울 정도로 오래 술을 들이켜자 모두 환호성을 내질렀다.

"내 이럴 줄 알았다니까!"

병사가 툴리아의 등을 찰싹 치며 말했다.

몇몇이 노래를 부르기 시작했고, 몇 분 지나지 않아 모두가 노래를 불렀다.

내가 깃발을 흔들어 마지막 인사를 한 후, 우리는 재빨리 자리를 떴다. 길고 황량한 들판을 가로질러 가는데, 몸이 뜨거워지고 어질어질한 느낌이 들었다. 마침내 긴장과 피로가 한계에 다다랐다. 투구를 벗었다. 한결 나았다. 투구를 손에 들었다. 다른 손은 여전히 깃대를 들고 있었다. 멀리서 옥사타니아 병사들의 끔찍한 노랫소리가 들려왔다. 나는 피토와 툴리아와 보조를 맞추려고 애쓰느라 비트적거리면서도 멈추지 않고 숲 가장자리까지 걸어갔다.

그러고는 쓰러졌다.

피토가 내 갑옷을 벗겨 자기 갑옷과 함께 어딘가에 숨겼다. 그가 땀에 젖은 채로 돌아왔을 때, 나는 땅바닥에 등을 대고 누워 지붕처럼 우거진 나뭇잎들을 올려다보고 있었다.

그가 내 옆에 앉더니, 두 팔을 벌려 쭉 뻗고는 신선한 공기를 만족스레 깊이 들이마셨다.

"진실을 말해 주세요, 아나톨. 제가 정말로 성 밖에 있습니까? 아니면 지하 감옥에 갇혀 꿈을 꾸는 겁니까?"

나는 웃으며 그가 자유롭다고 말했다.

툴리아도 미소를 지으며 우리 쪽으로 다가왔다. 그녀의 파란 눈이 반짝였다. 툴리아 역시 갑옷을 벗은 상태였다. 그녀의 머리칼이 얼굴 양쪽에 달라붙어 있었다.

아, 그들의 땀이 얼마나 부럽던지!

툴리아는 피토 앞에 멈춰 서더니, 왼쪽 무릎을 꿇고 오른손을 그의 어깨를 향해 뻗었다. 그러고는 피토의 뺨을 때렸다. 보는 내가 다 따가움을 느낄 정도로 인정사정없이.

45

진흙탕 속 개 두 마리

물론 툴리아는 피토가 왜 자기에 대해 그렇게 상스러운 말을 했는지 이해했다. 그렇다고 해서 그가 따귀를 맞을 만하지 않다는 뜻은 아니었다.

그게 공주다운 처신이에요.

피토도 그런 툴리아를 이해했다.

나는 아주 오래 쉴 필요는 없었다. 주변 공기가 훨씬 더 차가워졌고, 몸을 짓눌렀던 갑옷을 벗으니 기분이 한결 나아졌다. 우리는 계속 움직여야 했다.

병사들이 맨 먼저 수색할 곳이 바로 이 숲이고, 정찰병들은 별 어려움 없이 우리의 흔적을 찾아낼 것이다. 툴리아는 자취를 남기지 않고 나무 사이를 민첩하게 움직일 수 있을지 모르지만, 나는 민첩함과는 거리가 멀었다.

하지만 나에게도 한 가지 장점은 있었다. 이 숲의 모든 길과 개울을 꿰뚫고 있었다. 이 숲에 있는 나무를 전부 안다고 해도 과언이 아니었다. 나는 어렸을 때부터 식물과 벌레, 이끼, 균류를 공부했다. 바베트와 내가 단 한 번의 키스를 나눈 곳도 바로 이 숲이었다.

우리는 동쪽, 즉 옥사타니아 쪽으로 향했다. 그들이 미처 예상하지 못할 방향이었다.

내 계획은 옥사타니아를 지나 북쪽으로 방향을 틀어 프랑스를 통과해 네덜란드, 즉 낮은 땅으로 가는 것이었다. 듣자 하니 그곳 시민들은 많은 자유를 누린다고 했다.

우리는 실개천보다 조금 더 큰 개울을 따라가고 있었다. 하지만 이 개울을 따라가다 보면 작은 폭포까지 있는 꽤 깊은 못이 나온다는 사실을 나는 알았다.

"성을 떠나지 말았어야 했어요."

툴리아가 단호하게 말하고는 튜닉 속에서 평생 내가 본 중에 가장 눈부신 보석을 꺼냈다.

피토는 그저 멍하니 바라볼 뿐이었다.

그녀가 우리에게 말한 적 있는 바로 그 칼이었다. 달림플이 생일 선물로 준 칼.

은과 금으로 만든 손잡이에 루비, 에메랄드, 오닉스, 이렇게 세 개의 큼지막한 보석이 박혀 있었다. 그리고 이 세 보석을 자잘한 보석들이 둘러싸고 있었다. 루비 주위에는 오닉스, 에메랄드 주위에는 루비, 오닉스 주위에는 에메랄드가 박혀 있었다.

"뒤에 남아서 그의 목을 베야 했어요."

그녀는 아름다운 칼로 허공을 베었다.

피토는 두 손을 들고 뒤로 물러섰다. 칼날이 별로 가까이 오지도 않았는데도.

"왜 바베트 애길 나한테는 한 번도 안 했어요?"

툴리아가 물었다.

시간이 조금 흐른 뒤였고, 피토는 볼일을 보러 가고 없었다.

"공주님이 태어나시기도 전의 일입니다."

"피토한테는 말했잖아요! 내가 진즉 알았다면 달림플과 결혼하는 데 동의하지 않았을 거예요."

나는 대연회에서 왕자를 만나기 전까지는 그가 달림플인 줄 몰랐다고 해명했다.

"나한테 말했어야죠. 그 이야기를 **피토한테** 들어야 하다니!"

나는 그녀가 화난 이유가 정확히 무엇인지 헷갈렸다. 바베트에게 일어난 일 때문일까? 아니면 그 사실을 피토가 자기보다 먼저 알았기 때문일까?

내가 목표했던 곳에 도착해 보니, 얕은 흙탕물 웅덩이만 보였다. 폭포는 물이 말라 있었다.

우리는 실망하며 웅덩이를 바라보았다.

나는 어렸을 때 여기서 목욕을 했다고 말했다. 툴리아가 느닷없이 깔깔 웃었다. 나의 어린 시절 모습이 상상이 안 된다고 했다.

"그때는 머리카락도 있었지요."

이 말에도 그녀는 깔깔 웃었다. 그러고는 피토에게 고개를 돌려 이렇게 말했다.

"네 말이 맞아. 나는 공주처럼 생겼어."

나는 피토가 그런 말을 하는 것을 들어 본 적이 없었다.

툴리아는 보석이 박힌 칼을 바위에 올려놓고는 흙탕물로 첨벙 뛰어들었다.

그리고 고개를 물 밖으로 쳐들고 깔깔 웃었다.

이에 질세라, 피토도 물에 뛰어들었다.

두 사람은 서로에게 물을 튀기고 진흙을 한 주먹 쥐어 던졌다. 그 모습을 보고 있자니 서로를 향해 으르렁거리고 이빨을 딱딱거리며 나뒹구는 개 두 마리가 떠올랐다. 둘이 싸우는 건지 노는 건지 알쏭했다.

툴리아가 못에서 나왔을 때, 그녀는 더 이상 공주 같아 보이지 않았다.

피토도 뒤따라 나왔다. 그녀가 그를 돌아보며 말했다.

"아나톨은 너무 멀끔하지 않아? 그렇지?"

"아무도 농부라고 생각 안 할 것 같네요."

피토가 맞장구쳤다.

두 사람은 사악한 미소를 지으며 지저분한 손을 쳐들고는 내게 달려들었다. 나는 피할 도리가 없었다.

"머리를 잘라야겠어."

툴리아가 딱 잘라 말했다.

피토는 기꺼이 그녀의 이발사가 되겠다고 나섰다.

해 질 녘이었다. 우리는 세찬 바람을 맞으며 걸어가던 참이었다. 무성했던 숲에 남은 것이라고는 군데군데 보이는 관목처럼 생긴 작은 참나무류와 노간주나무뿐이었다. 옷에 묻어 굳은 진흙이 바람과 추위를 막아 주는 유일한 보호막이었다.

툴리아가 나무 그루터기에 앉았고, 피토는 내 단검을 들고 그녀 뒤에 섰다. 그가 머리카락을 한 움큼 쥐자, 그녀는 움찔했다.

단검으로 머리카락을 자르려니 시간이 좀 걸렸다. 그녀가 투덜거리자 그는 진흙탕에서 놀기 전에 머리를 자르지 않은 것은 그녀의 잘못이라고 했다.

그녀는 더 날카로운, 보석이 박힌 칼을 써 보라고 했지만, 피토는 "아나톨의 단검으로 충분"하다고 했다.

그는 툴리아의 귀중한 칼을 만지기가 두려웠던 것 같다.

피토가 머리카락을 다시 한 움큼 쥐고 뒤로 당겨 단검으로 잘랐다.

"아파."

툴리아가 불평했다.

"정말 죄송합니다, 공주님."

피토가 말했다.

"당신의 비천한 종을 너른 마음으로 용서해 주시옵소서."

그 후로 그녀는 불평하지 않았다.

"내가 공주인 건 맞아."

툴리아가 피토에게 말했다.

"하지만 어찌 보면 나도 감옥에 갇힌 신세였어. 비단 시트가 깔린 깃털 침대에서 잔다고 해서—."

그녀가 말을 뚝 멈추고 두 눈을 질끈 감았다. 머리카락이 단검에 찢기듯 잘려 나갔다.

갑작스러운 상황에 피토는 순간 균형을 잃었다. 하지만 곧 머리카락을 한 움큼 또 쥐었다.

"지금 이게 재밌지? 그치?"

"예."

툴리아는 피토의 바보스러운 미소를 볼 수 없었다. 피토는 툴리아의 반짝이는 파란 눈을 볼 수 없었다.

"거기가 어디더라……."

툴리아가 기억을 떠올리려고 애썼다.

"섬이야. 왕도 없고 왕비도 없는 섬. 모든 사람이 평등해."

"유토피아."

피토가 말했다.

"너도 들어 본 적 있어?"

피토는 확신이 서지 않는 듯했다.

"틀림없이 들어 본 것 같기는 한데……."

툴리아는 천천히, 또박또박 다시 한번 말했다.

"유-토-피-아. 그리스어 같아. 아마 네가 본 고대 문헌에 나왔을 거야."

피토는 어깨를 으쓱이고는 말했다.

"어쩌면요."

그녀는 나에게 유토피아를 아느냐고 물었다.

내가 어떻게 대답할까 고민하는 사이, 피토가 다시 머리카락을 한 움큼 잡아당겼다. 공주는 소리를 빽 질렀다.

46
옥사타니아

 밤에 옷 속에 흙과 나뭇잎을 쑤셔 넣었지만, 우리는 너무 추워 잠을 잘 수가 없었다. 나는 차디찬 땅바닥에 누워 이가 딱딱 부딪치는 소리를 들으며 몸을 덜덜 떨었다.
 여명의 기미가 보이자마자 우리는 다시 길을 떠났다. 최소한 걷는 동안에는 몸에 온기가 좀 돌았다. 마침내 해가 지평선에 모습을 드러냈을 때 어찌나 반갑던지!
 툴리아의 머리에 남은 것이라고는 덤불처럼 삐죽빼죽 뭉친 머리칼뿐이었고, 그마저도 머리통에 바싹 붙을 정도로 짧았다.
 "속상해요. 왜 끝까지 내 눈에 아무것도 안 해 주겠다고 고집을 부리는 거예요?"
 툴리아가 툴툴댔다.
 나는 그런 고집을 부린 적이 없었다. 그저 마법 주문을 거는 것이 내가 하는 일이 아니라는 사실을 거듭 말하고, 눈 색깔을 바꿀 수 있는 나뭇잎이나 벌레의 조합 같은 것은 모른다고 설명했을 뿐이었다.

"파란색이든 갈색이든 어떤 색이든 괜찮다니까요. 그냥 둘이 똑같기만 하면 돼요!"

그녀가 끈질기게 말했다.

우리는 국경을 넘어 옥사타니아로 들어갔다. 폭이 좁고 길이가 긴 밭들이 같은 크기와 모양으로 반듯하게 줄지어 있었다. 이곳에서 일하는 농부들의 오두막집들도 밭과 직각을 이루며 일렬로 늘어서 있었다.

에스콰베타의 밭은 모양과 방향이 제멋대로였다.

당시에 쟁기는 무겁고 방향을 틀기가 매우 번거로웠다. 밭이 좁고 길어서 옥사타니아인들은 더 효율적으로 농사를 지을 수 있었다. 온종일 한 방향으로만 쟁기를 밀면 되니까.

우리가 에스콰베타에 있었다면, 밭에서 수확하고 남은 농작물 찌꺼기를 조금이나마 찾을 수 있었을 것이다. 옥사타니아인들은 뭐든 절대로 낭비하는 법이 없었다.

피토가 먹을 것을 구하러 몇몇 오두막집에 가 보았지만, 가지고 돌아온 것은 물렁한 당근 두 개, 시든 채소, 오래되고 딱딱한 빵 껍질이 전부였다. 옥사타니아인들은 자급자족하며 사는 것을 자랑스러워했고, 다른 사람들도 그렇게 하기를 기대했다.

너무 좋게만 말한 것 같아 덧붙이자면, 이 농부들은 수확물 중 소량만 가질 수 있었다. 나머지는 감독관에게 갔고, 감독관은 대부분을 남작에게 넘겼으며, 남작은 왕에게 최대한 많은 양을 갖다 바쳤다. 이 점에서는 옥사타니아와 에스콰베타가 다르지 않왔다.

우리가 어느 마을 어귀에 도착한 것은 오후 서너 시쯤이었다. 배가 고팠지만 마을 안으로 들어갈 수는 없었다. 여러 정황상 실종된 공주의 소식이 옥사타니아 이 지역까지 전해진 것이 확실해 보였기 때문이다. 게다가 우리는 돈이 없었다. 가진 것이라고는 보석으로 장식된 칼뿐이었다. 이 칼은 지나치게 값비쌌다. 팔려고 하다가는 더 큰 위험에 처할 수 있었다.

"칼을 저한테 줘 보세요."

피토가 툴리아에게 말했다.

"단검도요, 아나톨."

그는 땅바닥에 앉아 툴리아의 칼을 자기 앞에 내려놓았다. 그러고는 내 단검을 끌처럼 사용해 보석에 대고는 돌로 계속 내리쳤다. 잠시 후 작은 루비 하나가 떨어져 나왔다.

그는 마을로 향했다.

그가 걸어가는 모습을 나와 함께 지켜보던 툴리아가 말했다.

"진짜 제멋대로라니까요. 강도를 만나서 죽어도 다 자기 잘못이지, 뭐!"

삼십 분이 넘게 지나도 그가 돌아오지 않자 툴리아의 말투가 누그러졌다.

"그냥 우리를 도와주려던 거겠죠."

그리고 한 시간 후에는 그가 혼자 마을에 들어간 것이 용감한 행동이라고 인정했다.

"멍청하다니까요."

그러고는 한마디 덧붙였다.

"어쨌든 용감하긴 해요."

그녀는 점점 더 불안해졌고, 나도 마찬가지였다.

"피토를 찾으러 가야겠어요."

그녀가 결연하게 말했다.

"아무도 나를 못 알아볼 거예요. 계속 눈을 감고 있으면 돼요."

그게 왜 불가능한지 내가 지적하려는 순간, 피토가 보였다. 그런데 정확히 우리를 향해 오는 것이 아니라 대충 우리 쪽으로 방향만 맞춰 오고 있었다.

그는 멈춰 서서 주위를 두리번거렸다. 그러고는 반대 방향으로 걸어갔다.

툴리아가 웃으며 말했다.

"길을 잃었네! 바보!"

피토는 멈춰 서서 다시 주위를 둘러보더니 또 방향을 바꾸었다.

나는 툴리아에게 그는 우리가 있는 곳을 정확히 알지만 미행당할까 봐 조심하는 것이라고 말했다.

그녀는 왜 피토 변명을 해 주느냐며 나를 힐난했다.

"맨날 그러잖아요!"

마침내 피토가 우리가 있는 곳으로 왔다. 염소 가죽 주머니 세 개를 목에 걸고, 검은 빵 한 덩어리와 치즈 바퀴라고 부르는 커다란 원통형 치즈 반 토막을 손에 들고 있었다.

"오, 아직 따뜻하네."

툴리아가 빵을 받아들며 말했다.

"여인숙에 방도 하나 구해 놨습니다."

피토가 말했다.

툴리아는 이미 빵 한 덩이를 입에 쑤셔 넣고 있었는데, 삼키는 데까지는 시간이 좀 걸렸다.

"멍청이!"

이윽고 그녀가 소리쳤다.

"우리는 자다가 살해당할 거야! 루비가 하나 있다는 건 틀림없이 더 있다는 뜻이니까."

피토는 그녀를 보며 빙긋이 웃었다.

"왜? 뭐?"

그녀가 다그쳤다.

"오늘 거기서 자자는 것이 아닙니다."

피토가 말했다.

"산적들이 나를 미행해 여기까지 오는 것보다 여인숙에서 우리를 기다리는 게 낫지 않겠어요?"

그는 나에게 치즈 바퀴를 건넸고, 나는 단검으로 치즈를 잘랐다.

툴리아는 한동안 아무 말도 하지 않았다.

아마도 다음 날을 위해 음식을 남겨 두는 것이 현명했을 것이다. 낮은 땅까지는 아주 먼 여정이 될 것이고 칼에 박힌 보석의 수는 한정되어 있으니. 하지만 다음 날이 되면 빵은 따뜻하지 않을 터였다.

"아껴 먹을 필요 없어요. 오늘 먹든 내일 먹든 우리가 먹는 영양분의 양은 똑같으니까."

툴리아가 말했다.

피토와 나는 기쁜 마음으로 그녀의 논리를 지지했다.

염소 가죽 주머니에는 물보다 안전한 에일 맥주가 들어 있었다. 사람들은 강을 하수구와 쓰레기장으로 썼다. 우리는 박테리아에 대해 몰랐지만, 발효의 이점은 알았다.

또다시 매우 추운 밤이었다. 우리는 바싹 붙어서 누웠다. 내 양옆으로 각각 툴리아와 피토가 누웠다.

"이불을 사면 되잖아요!"

툴리아가 투덜댔다.

나는 오전이 다 가도록 덜덜 떨다 정오가 되자 열이 날 지경이 됐다. 옥사타니아의 햇볕은 더 뜨거웠다. 미지근한 에일은 별 위안이 되지 못했다.

우리는 부채선인장과 쐐기풀이 자라는 바위 지대를 지나 먼지 많은 좁은 길을 한 줄로 서서 걷고 있었다. 나는 후미에서 피토와 툴리아에게 너무 뒤처지지 않으려고 계속 걸음을 재촉해야 했다.

금방이라도 현기증이 날 것 같았지만, 멈춰 서서 몸을 식히기보다는 계속 이렇게 걸어야 몸이 열을 비축해 나중에 다시 추워질 때 도움이 될 거라고 마음을 다잡았다.

피토와 툴리아를 따라잡으려고 안간힘을 쓰는 와중에 다시 한번 개 두 마리가 생각났다. 둘 다 무리를 이끌고 싶어 했다. 뒤에 선 개는 티 내지 않으려고 애쓰며 끊임없이 앞으로 나아갈 기회를 노렸다.

앞장서 가고 있던 툴리아가 우뚝 멈춰 섰다.

"저게 뭐지?"

그녀를 앞지를 기회였지만 피토 역시 멈춰 섰다.

저 멀리 희미하게 어둑한 형체가 보였다. 내가 피토와 툴리아를 따라잡았을 때쯤에는 사람들과 마차를 알아볼 수 있었다. 그들은 우리를 향해 오고 있었다.

"병사들일까요?"

툴리아가 물었다.

우리는 가만히 기다려서 확인하고 싶은 마음이 전혀 없었다.

피토는 조금 전에 지나온 도랑을 떠올렸다. 나도 그 도랑이 기억났지만, 조금 전에 지나왔다고 할 수 있는 거리는 아니었다.

툴리아는 이미 뛰기 시작했고, 피토도 그리 멀지 않게 뒤따르고 있었다. 나는 허겁지겁 그들을 쫓아갔지만 갈수록 뒤처졌다. 머리가 점점 어지러워지면서 몸이 좌우로 흔들렸다.

마침내 피토가 나를 돌아보았다. 그가 뭐라고 소리쳤지만, 나는 알아들을 수가 없었다. 툴리아도 멈추더니 나를 돌아보았다. 두 사람의 형체가 흐릿하게 보이는가 싶더니 빙빙 도는 연기 속으로 사라졌다.

쓰러지는 것은 느꼈지만, 땅에 부딪힌 기억은 없다.

47
후드를 쓴 사람들

땅거미가 지고 나서야 나는 깨어났다. 움직임이 느껴졌다. 나는 펠트 자루와 상자에 둘러싸여 있었다. 힘을 주어 고개를 들어 보려 했지만, 통증이 너무 심했다.

내가 있는 곳이 마차 안이라는 것을 깨달았다. 후드를 쓴 사람이 마차 옆에서 걸어가고 있었다. 그는 내가 깨어난 것을 알아차리고는 염소 가죽 주머니를 내밀었다.

나는 간신히 한 모금 마셨다. 에일이 아니라 물이었다.

검정 후드 아래로 보이는 남자의 얼굴이 투명하다 싶을 정도로 창백했다.

"바베트 일은 미안합니다."

나는 혼란스러웠고, 내가 죽은 것이 틀림없다고 생각했다. 후드를 쓴 이는 내 영혼을 내세로 데려가는 죽음의 천사가 분명했다. 그가 바베트 일을 사과하는 것이 조금 이상하기는 했지만.

"그녀를 다시 만날 수 있을까요?"

내가 힘없이 물었다.

그는 대답하지 않았다. 그가 마차에서 멀어지는 것을 보면서 나는 미안하다는 말이 상상이었나 하고 생각했다. 물을 한 모금 더 마셨지만, 마차가 덜커덩거리는 바람에 사레가 들려 물을 내뿜고 말았다.

다시 깨어났을 때는 사방이 어두웠고, 마차는 움직이지 않았다. 죽음의 천사를 만난 것은 아무래도 꿈인 듯했으나, 옆에 염소 가죽 주머니가 있다는 게 의아했다.
피토가 염소 가죽 주머니를 사 온 기억이 났지만, 거기에는 에일이 가득했다. 나는 한 모금 더 마셔 보았다. 확실히 물이었다. 나는 다시 잠들었다.

마차가 또 덜거덕거려서 몸을 들썩이며 잠에서 깼다. 속이 메스껍더니, 마차 밖으로 몸을 내밀기도 전에 토하고 말았다.
"좀 어떠십니까, 신부님?"
내가 익히 아는 목소리였다. 툴리아는 죽음의 천사처럼 후드가 달린 검정 로브를 입고 있었다.
"공주님도 죽은 건가요?"
툴리아가 몸을 숙이고 속삭였다.
"당신의 이름은 갈렌이에요. 저는 당신의 딸 이폴리타고, 피토는 마르쿠스예요."
후드를 쓴 다른 사람이 가까이 다가왔다. 나는 피토일 거라고 짐작했지만 피토도 죽음의 천사도 아니었다.

이 새로운 사람은 동그란 얼굴에 환한 미소를 짓고 있었다. 이십 대 중반쯤 되어 보였다.

"갈렌, 배고프십니까?"

그가 물었다.

"절인 양배추가 당신을 죽음에서 되살려 줄 겁니다."

나는 이 말이 은유적인 표현이라고 생각했다.

남자는 이름이 모르타무스이고 카푸친 수도회의 수도사라고 자신을 소개했다. 지금은 일행들과 함께 성지 순례를 마치고 수도원으로 돌아가는 길이라고 했다.

몇몇 수도사는 침묵의 서원을 수행 중이었기에, 모르타무스는 대화를 나눌 사람이 생겨서 기뻐하는 듯했다. 우리 둘이 대화를 나눌 때 그가 주로 말했고, 나는 그것이 편했다.

나는 어지럼증을 느끼지는 않았는데도 모르타무스가 하는 말을 모두 이해하지는 못했다. 그는 한 주제에서 다른 주제로 쉼 없이 옮겨 다니는 열정적인 대화법을 구사했다. 내가 모르는 것을 안다고 전제하고 말하기도 했다. 예를 들면, 나의 몰락을 초래한 비극적인 상황 같은 것 말이다. 그는 내가 큰 충격을 받아서 자기 말을 제대로 알아듣지 못한다고 생각하는 듯했다.

내가 이런저런 이야기 조각들을 모아 파악한 나의 비극적인 상황은 다음과 같았다. 내 이름은 툴리아가 말해 준 대로 갈렌이었다. 나는 의사였고, "간질이 있는 정신박약" 환자를 진료하기 위해 멀리 떨어진 마을로 왕진을 갔다. 환자의 뇌전증과 지적 장애는 잘 치료된 것 같았다.

집으로 가는 길에 나의 두 자식인 이폴리타와 마르쿠스를 만났다. 아이들은 우리 오두막집에 불이 났고, 아내 바베트—두 아이의 어머니—가 집 안에 갇혔다고 내게 알려 주었다.

나는 충격과 슬픔에 정신을 잃었다.

마녀도 등장했다. 그녀는 나를 사랑해 바베트를 질투했다.

"불을 지른 사람이 그 여자라고 생각하세요?"

모르타무스가 내게 물었다.

"아마도요."

나는 이 모든 이야기가 툴리아와 피토가 자꾸자꾸 기이한 상황과 사건을 꾸며 내 하나씩 보탠 결과임을 짐작할 수 있었다. 갈수록 터무니없는 내용이 덧붙었으리라. 두 사람이 협력해서 합리적인 이야기를 만들어 낸다는 것은 불가능해 보였다. 둘 사이에는 모든 것이 경쟁이었다.

툴리아가 왜 이폴리타라는 이름을 골랐는지는 모르지만, 마르쿠스는 피토가 지하 감옥에서 여러 번 인용했던 로마 철학자 마르쿠스 아우렐리우스의 이름에서 따온 것이 분명했다. 그는 로마의 황제이기도 했으나 피토가 존경한 것은 그의 철학이었다.

내 이름도 피토가 지어낸 것이 확실했다. 갈렌은 고대 그리스 시절 의사였지만, 살레르노와 볼로냐의 명문 의대들은 아직도 그의 저서를 다뤘다. 피토는 아마도 의대생의 책을 필사한 적이 있었을 것이다.

여러분도 알다시피 아리스토텔레스는 세계가 네 가지 원소, 즉 흙, 공기, 불, 물로 이루어졌다고 보았다. 여러분은 비웃을지 몰라도 아리스토텔레스의 원소는 현대 원소 주기율표만큼이나 참인 동시에 거짓이다. 다만 분류하고 범주화하는 방법에 차이가 있을 뿐이다.

갈렌은 사람의 몸도 아리스토텔레스가 말한 네 가지 기본 요소로 이루어졌다고 가르쳤다. 살과 뼈는 흙이다. 우리의 호흡은 당연히 공기이다. 혈액, 정자, 담즙은 물이다. 우리의 정신 또는 의지는 불이다. 갈렌에 따르면, 질병은 이 원소들의 균형이 깨졌을 때 발생한다. 적절한 균형을 회복시키는 것이 바로 의사의 역할이다.

여러분이 거만하게 깔깔 웃을 수도 있지만, 모든 세대는 자신들이 현대에 산다고 여긴다는 걸 상기해 주기 바란다. 미래 세대는 21세기에 진리라고 믿었던 것들을 알게 되면 황당하다는 듯이 눈알을 굴리며 거만하게 깔깔 웃을 것이다.

내가 살았던 시대를 르네상스라고 부른 것은 후세의 역사학자가 아니었다. 우리 스스로 그렇게 불렀다! 그리고 그전의 천 년을 암흑시대라고 명명했다.

거만하려면 이 정도는 되어야 하지 않을까?

48
나의 카푸친 로브

나도 로브를 받았지만, 선물이라기에는 애매했다. 툴리아가 나에게 자기 칼을 보여 주었다. 큰 루비는 없어지고, 주위의 자잘한 오닉스들만 있었다.

툴리아가 루비를 주고 우리 옷을 산 것은 아니었다. 그랬다면 터무니없었을 것이다. 루비는 바베트를 위한 면죄부를 사는 데 썼다.

그녀가 어떤 바베트를 염두에 두었는지는 확실치 않았다. 나의 바베트를 위해서였을까, 아니면 그녀의 황당한 이야기에 신빙성을 더하기 위해서였을까? 아마도 둘 다 생각했을 것 같다.

면죄부를 파는 것은 교회의 관행이었다. 사람들은 면죄부를 사면 영혼이 천국에 들어가기 전 연옥에 머무르는 시간을 줄일 수 있다고 믿었다.

면죄부는 교회의 큰 수입원이었다. 아동 사망률이 높은 시대였다. 죄 없는 자식의 영혼을 구해 준다는데, 어느 슬픔에 잠긴 어머니가 마지막 한 푼까지 긁어모으는 것을 마다하겠는가?

나는 로브를 뒤집어쓰듯이 머리부터 넣어서 입었다. 허리띠는 새끼줄이었다. 로브의 양모는 뻣뻣하고 까슬까슬했다.

시간이 흐르면 양모는 부드러워진다. 하지만 내가 이 로브를 얼마나 오래 입게 될지 그때는 알 도리가 없었다.

여행 둘째 날, 나는 다리를 절뚝거리기는 했어도 마차에서 내려 다른 사람들과 함께 걸을 수 있었다. 기절했을 때 무릎이 접질렸던 것 같다.

우리는 에스콰베타로 돌아가고 있었다. 수도원은 클로비스산에 있었다. 상자와 자루에는 겨울을 나기 위한 물품이 가득했다.

나와 내 두 자식을 포함해 수도사는 총 열두 명이었다. 말 한 마리가 마차를 끌었고, 남은 짐은 당나귀 한 마리가 지고 갔다.

우리는 몇 시간마다 멈춰서 기도를 올렸다. 나의 죽음의 천사 도노반 신부가 처음부터 끝까지 라틴어로만 기도문을 낭독했다. 그의 창백한 얼굴을 보면 아직도 소름이 끼쳤다.

"마녀?"

내가 피토에게 물었다.

"툴리아의 아이디어예요."

"그럼 간질에다 박약인 환자는?"

"그건 제 생각이었습니다."

뇌전증에 걸린 사람은 지적 장애가 있기는커녕 경험에 비추어 보건대 대부분의 사람들보다 더 똑똑한 편이라고 나는 말했다.

"다만 좀 더 예민할 뿐이야."

식사로는 렌틸콩과 모르타무스가 아주 좋아하는 절인 양배추를 먹었다. 그의 말이 맞았다. 신맛과 신선함의 조합이 내가 기력을 되찾는 데 도움이 되었다.

"맛있죠? 그렇죠?"

내가 먹는 모습을 보면서 모르타무스가 물었다.

나는 웃으며 고개를 끄덕였다.

옥사타니아와의 전쟁 가능성에 대해 그가 아는 게 있을까 싶어 나는 넌지시 알아내려고 애썼다. 그는 아무것도 모르는 것 같았지만, 도노반 신부가 우연히 우리 이야기를 들은 모양이었다. 그는 우리 쪽으로 와서 모르타무스에게 되새겨 주듯 말했다.

"우리는 세속적인 문제에는 관심을 두지 않습니다."

셋째 날, 클로비스산 외곽에 있는 산기슭에 다다랐을 때 지평선에 말을 타고 오는 사람들이 보였다. 우리를 향해 오는 게 아니라고 애써 믿고 싶었지만 그들은 점점 더 가까이 다가왔다.

나는 걷는 동안 체온이 너무 오를까 봐 벗었던 후드를 다시 썼다. 툴리아도 똑같이 했다.

여자 수도사는 없었다. 로브는 남성용이라 툴리아에게 너무 컸다. 그녀는 투덜거렸지만, 지금은 그 덕분에 몸을 감추기가 더 용이했다.

말을 타고 온 남자들이 말에서 내렸다. 네 명이었다. 나는 허리띠에 찬 단검을 뽑았다. 로브 위에 두른 새끼줄이 아니라 로브

속에 찬 허리띠에서. 그들이 병사인지 산적인지 알 수 없었으나, 어느 쪽이든 별 차이는 없었다. 그들은 모두 칼을 지니고 있었다.

그들을 맞기 위해 앞으로 걸어 나간 도노반 신부를 그들은 곧바로 밀쳐 냈다. 나는 주먹을 쥐어 소매 속에 숨긴 단검을 꽉 잡았다.

남자들이 우리 쪽으로 다가오자, 툴리아는 그들을 피해 고개를 살짝 돌렸다. 눈은 후드 그림자에 가려져 있었다.

남자 중 하나가 디에고 수도사에게 다가가 우리가 어디로 가는지, 어디에서 왔는지, 마차 안에 무엇이 있는지 물었다.

디에고는 남자를 똑바로 바라보기만 할 뿐 아무 대답도 하지 않았다. 남자가 칼을 들어 디에고의 목을 겨누었다.

"디에고는 침묵의 서원을 수행 중입니다."

도노반 신부가 말했다.

다른 남자가 코웃음을 쳤다. 그런데 웃음소리를 들어 보니, 그는 성인 남자가 아니라 소년이었다. 기껏해야 열네 살쯤 될 듯했다.

"혀를 잘라 버려요! 어차피 쓰지도 않을 텐데."

소년이 재촉했다.

피토가 디에고 옆으로 가서 차분하고 당당하게 말했다.

"서원은 예수 그리스도께 한 약속입니다."

이 말에 병사는 잠시 멈칫했다. 그는 칼을 내렸다가 다시 피토를 겨누었다.

"그런데 당신은 왜 이렇게 말이 많지?"
"우리는 각자의 방식으로 신에 대한 헌신을 표현합니다."
"그렇다면 당신은 방식은?"
"공부와 기도입니다."
만약 내가 피토를 잘 몰랐다면, 그가 평생을 수도사로 지낸 사람이라고 생각했을 것이다.
"배고픈 분들과 음식을 나누게 되어 기쁩니다."
도노반 신부가 말했다.
말을 타고 온 사람들이 웃었다.
"나눠 주겠다니 좋네!"
그들 중 한 사람이 말했다.
이 와중에 한 남자가 천천히 돌아다니면서 수도사들의 얼굴을 하나하나 확인하고 있었다. 그는 이제 모르타무스 앞에 와 있었다.
내가 다음 차례일 것이고, 그다음은 툴리아였다.
모르타무스는 자기를 빤히 보는 남자를 향해 얼빠진 듯한 미소를 지었다.
나는 그들이 병사라고 결론 내렸다. 산적이라면 우리 얼굴을 그렇게 자세히 볼 필요가 없었다.
남자의 눈길이 모르타무스의 몸을 따라 천천히 내려오다가 발에서 멈추었다.
다른 수도사들은 수수한 샌들을 신었는데, 모르타무스는 부드럽고 질 좋은 가죽으로 공들여 만든 장화를 신고 있었다. 병사의 신발이 내 눈에 들어왔다. 낡은 장화의 너덜너덜해진 가죽에 뚫린 구멍으로 시커먼 발가락이 삐져나와 있었다.

다른 세 남자는 마차에서 가져온 물품들을 말 안장에 달린 주머니에 넣기 바빴다. 무슨 명령이 있었는지 어쨌는지, 그들은 우리를 거의 신경 쓰지 않았다.

결국 네 남자는 우리에게 아무런 해도 입히지 않고 떠났다. 우리는 도노반 신부의 인도 아래 기도를 올렸다. 라틴어 기도라 우리를 안전하게 지켜 준 주님께 감사하는 것인지, 아니면 우리를 위협한 사람들을 불쌍히 여겨 달라고 간청하는 것인지 나로서는 알 수 없었다.

모르타무스의 발은 그의 얼굴처럼 분홍빛이고 살이 통통했다.
"그래도 절인 양배추는 안 가져갔네요."
내가 그에게 말했다.

모르타무스는 웃었다. 자신의 가죽 장화가 공주의 목숨을 구했다는 사실을 모르는 채.

49
산중의 기적

눈발이 조금씩 날리기 시작했다. 나는 모르타무스에게 마차를 타고 가는 편이 낫겠다고 제안했지만, 도노반 신부가 나서서 대신 대답했다.

"육신의 고통은 영혼을 정화합니다."

클로비스산을 오를수록 기온이 떨어지고 눈이 더 많이 내렸다. 로브 덕분에 몸은 따뜻했다.

나는 산을 오르면서 수도원에 도착해 유용하게 쓸 만한 것들을 닥치는 대로 모았다. 나뭇잎은 이미 떨어졌지만, 가시나무 껍질, 차가버섯, 당귀 뿌리, 아니스 씨앗 등을 구할 수 있었다.

피토는 도노반 신부와 조용히 토론하며 많은 시간을 보냈다. 가파른 구간에서 툴리아가 나를 도와주었을 때, 나는 그녀에게 피토가 이폴리타라는 이름을 어디서 따왔는지 아느냐고 물었다.

"피토랑은 상관 없어요."

툴리아가 대답하며 잡고 있던 내 팔을 놓았다.

나는 발을 헛디뎌 비탈 아래로 미끄러졌다.

툴리아는 손을 허리춤에 짚고 잠시 쏘아보더니, 나를 데리러 내려왔다.
"이름이 예쁜 것 같더라고요."
툴리아가 나를 일으켜 세우며 말했다.
"이름이 꼭 그리스식이나 로마식일 필요는 없잖아요!"
나도 이폴리타라는 이름이 예쁘다는 데 동의했다.

피토는 자기 신발을, 아니 원래 내 것이었던 신발을 모르타무스에게 주었다.
"저하고 번갈아 신으면 됩니다."
수도사가 된 지 넉 달도 채 안 되는 모르타무스는 이 제안을 거부했다. 그는 도노반 신부에게 자신의 가치를 증명하고 싶어 했다. 그래도 식사나 기도를 위해 멈춰 섰을 때 툴리아가 자기 발을 주물러 주는 것은 마다하지 않았다. 나는 동상에 효과가 있는 뿌리, 나무껍질, 씨앗 등을 계속해서 찾아보면서도, 어쩌면 절단이 그에게는 최선일지도 모른다는 걱정이 들었다.
수도원까지 가려면 먼저 수도원보다 더 높이 올라갔다가 다시 내려와야 했다. 수도원은 눈 덮인 들쭉날쭉한 산봉우리들에 둘러싸인 작은 산골짜기에 있었다. 아래를 내려다보니 큰 회색 석조 건물 두 채와 작은 건물 몇 채가 보였다. 눈이 그쳤고, 하늘은 파랗고 햇빛은 환했다. 도노반 신부가 마침내 마음을 바꾸어 모르타무스가 마차에 타도록 허락했다.

내리막길에서 나는 발을 헛디뎌 비탈 중간쯤까지 미끄러졌다. 침묵의 서원도 웃음은 금하지 않는 모양이었다.

눈 덮인 목초지를 가로질러 가자, 다른 수도사들이 우리를 맞으러 나왔다. 나는 너무 지친 데다 드디어 목적지까지 왔다는 안도감에 젖어 이 수도사들이 우리의 도착을 축하해 주는 낌새가 아님을 조금 늦게 깨달았다. 이틀 전에 수도원에 큰 재앙이 닥친 듯했다.

쌓인 눈 때문에 제대로 보이지 않았지만, 수도원은 엉망진창이었다. 곰들, 그것도 술 취한 곰들의 공격을 받았다. 곰들이 수도원에 와서 맨 먼저 덮친 것이 하필 포도주 통이었다.

곰들은 이어 치즈를 보관하는 동굴, 헛간, 염소 우리 등을 부순 다음 주요 건물 두 곳으로 진격했다. 건물 한 채에는 예배당과 공동 숙소가, 다른 한 채에는 원장실과 도서관이 있었다.

최악의 참사가 벌어진 곳은 도서관이었다. 양가죽을 좋아하는 곰이 5세기 성 아우구스티누스의 희귀한 필사본을 먹어 치우려고 했다. 하지만 모두 먹어 치우지는 못했다.

홀리스터라는 수도사가 술 취한 곰의 입에서 필사본을 빼내려다 몸이 찢기는 중상을 입었다. 내가 홀리스터를 보러 갔을 때 그는 이미 죽음을 준비하는 마지막 의식들을 치른 상태였다.

나는 차가버섯과 당귀 뿌리로 습포제를 몇 개 만들어 그의 상처 부위에 붙여 주었다. 한편 곰들의 난동으로 꽤 많은 빵이 눈에 묻혀 버렸는데, 그 빵들에서 벌써 곰팡이가 피어났다.

수도사들은 꿀벌도 키웠다. 평소에 천연 밀랍으로 양초를 만들고 발효한 꿀로 밀주를 빚었다.

나는 빵 곰팡이 수프를 끓였다. 수프가 끓는 동안, 냄비에 밀랍을 녹인 다음 두 종류의 나무 곰팡이, 나무껍질 간 것, 아니스 씨앗, 안젤리카 뿌리 등을 집어넣었다.

모르타무스는 따뜻한 밀랍에 발을 담그고는 만족에 겨운 한숨을 내쉬었다.

"느낌이 진짜 좋습니다."

밀랍은 식으면서 딱딱하게 굳어, 발의 동상을 치료하는 효과를 발휘할 것이다.

이폴리타는 염소 몰이를 거들었다. 그녀가 나중에 나한테 말하길, 염소들이 다른 수도사들한테서는 도망쳐도 자기한테는 왔다고 했다.

"내가 여자라서 그런 것 같아요."

나는 이유가 그것만은 아니었을 것이라고 말했다.

아버지의 인정을 받자 이폴리타는 빙그레 웃었다.

이틀 후, 나는 예배당을 나서다 수도원장인 바르톨로메 신부가 도노반 신부에게 하는 말을 들었다. 수도원장은 길가에서 우연히 우리를 발견했다는 사실이 믿기지 않는다고, 우리는 하느님이 그곳에 있게 하신 기적이라고 했다.

수도원장은 의사로서의 나의 능력이나 이폴리타가 염소와 친밀하게 지내는 재주에 대해서는 일언반구도 하지 않았다. 진정한 기적은 도서관에서 일어나고 있었다.

그곳에서 나의 아들 마르쿠스가 곰이 씹다 남긴 작은 양피지 조각들을 모두 모아 정리하는, 불가능해 보이는 작업에 착수했다. 새 양피지에 필사하는 일도 시작했다.

곰이 먹어 치워 사라진 글들을 마르쿠스가 어떻게 복원하는지 도노반 신부가 수도원장에게 묻자, 바르톨로메 신부는 "하느님께서 주신 영감" 덕분이라고 답했다.

50

일상의 힘

바르톨로메 신부는 단조로운 일과의 초월적인 힘을 믿었다. 수도원의 일과를 깨달음이 꽃피는 토양이라고 생각했다.

이 수도원에서는 특정 시간에 기도를 올리는 시간 전례가 매일 열 차례 있었다. 그 첫 번째 새벽 기도는 자정 직후에 열렸고, 마지막은 해가 진 후에 거행되었다. 식사는 하루 두 끼였다. 기도하거나 식사하지 않을 때는 일을 했다.

의사로 일하는 시간 외에 내 업무는 정원 돌보기였다. 겨울이라 식물이 자라지 않았지만 봄맞이를 위해 해야 할 일이 많았다.

염소들과 함께 지내게 된 이폴리타는 매일 아침 염소젖을 짜고 치즈 만드는 일을 도왔다. 염소들의 분뇨를 수레에 가득 실어 내게 가져다주기도 했다.

수도원은 기본적으로 여성을 받아들이지 않았다. 심지어 방문객으로도 올 수 없었다. 큼지막한 루비 덕분에 툴리아는 수도원에 머물 권리를 얻었다. 마르쿠스가 오빠인 것도 도움이 되었다. 하지만 수도원장은 봄이 오고 산길이 다시 뚫리면 그녀를 수녀원으로 보내겠다고 예고했다. 열심히 일하는 일꾼인 데다 춥고 눅눅한 겨울에 로브에 파묻힌 채 염소 냄새를 풀풀 풍기는 그녀를 다른 수도사들이 여자라고 생각했을 것 같지는 않았다.

그럼에도 나는 경계를 늦추지 않았다. 이폴리타의 매트는 구석에 있었고, 나는 그녀 발치에서 비스듬히 누워 잤다. 누군가가 밤에 감히 그녀에게 접근하려 한다면 먼저 나를 지나쳐야 했다. 수도사들도 로브 속은 남자였다.

새벽 기도 시간이 되면 우리는 예배당으로 난 계단을 터덜터덜 내려갔고, 바르톨로메 신부나 도노반 신부가 라틴어로 기도문을 읊조리는 동안 졸지 않으려고 애썼다. 나는 종종 산을 가르며 불어 대는 울부짖는 듯한 바람 소리를 들었다.

마르쿠스는 수도사 공동 숙소가 아니라 시트와 베개를 갖춘 도서관 침대에서 잤다. 예배당 미사에도 참석할 필요가 없었다. 수도원장에 따르면 그의 일은 "기도의 한 형태"였으며, 그가 휴식을 잘 취해 맑은 정신을 유지하는 것이 무엇보다 중요하다고 했다. 깃펜이 한 번이라도 미끄러지면 일주일 치 노고가 허사가 될 수 있었다.

하루의 주식은 정오 기도 후에 나왔다. 뿌리채소와 콩 또는 렌틸콩을 넣고 끓인 스튜를 절인 양배추나 오이와 함께 먹었다. 모든 음식은 트렌처 빵 위에 담겨 나왔다. 트렌처 빵은 음식을 담을 수 있도록 접시처럼 둥글고 딱딱하게 만든 빵이다. 도토리는 가루를 내 다른 곡물과 섞어 먹었다. 식사가 끝날 무렵에는 스튜의 국물 덕분에 트렌처 빵이 씹을 수 있을 정도로 녹진녹진해졌다. 나는 대개 그 빵을 모르타무스에게 주었다.

내 친구의 발은 다 나았다. 발가락 하나만 빼고. 홀리스터의 죽음을 앞둔 의식은 시기상조였던 것으로 판명되었다.

마르쿠스는 우리와 함께 먹는 경우가 드물었고 주로 원장실에서 바르톨로메 신부와 도노반 신부와 함께 식사했다. 그는 그 식사에 대해 나나 여동생에게 많은 말을 하지는 않았고, 딱 한 번 특별히 불평한 적이 있었다. 꿀이 어찌나 끈끈한지 손에 묻으면 닦아 내기가 너무 힘들다는 것이었다. 일 때문에 손을 정결히 해야 한다고 설명하는 마르쿠스를 이폴리타는 째려보았다.

"M을 제대로 쓰려면 열두 획을 정확히 써야 해."

"꿀이라고!"

이폴리타가 소리쳤다.

"지금 꿀을 먹었다고 불평하는 거야?"

나중에야 나는 그가 부드럽고 따뜻한 빵에 염소 치즈와 살구 잼을 곁들여 먹는다는 것을 알게 되었다. 이 사실을 그의 여동생에게는 말하지 않았다.

어느 오후, 나는 툴리아가 가져온 모락모락 김이 나는 거름 수레에 손을 녹이고 있었다. 그녀의 손은 염소 똥 속에 파묻혀 있었는데, 따뜻하기로는 거기가 한 수 위였다. 얼어붙은 우리 얼굴 아래에서 둘의 입김이 섞이며 작은 구름이 만들어졌다.

툴리아는 한 번도 불평하지 않았다. 얼굴은 장밋빛으로 빛나고, 갈색 눈은 파란 눈만큼이나 환하게 반짝였다. 그녀가 그렇게 행복해하는 모습을 보는 것은 참으로 오랜만이었다.

나도 행복했다. 바르톨로메 신부가 정한 지루한 일과에서 어떤 깨달음을 얻지는 못했지만, 일종의 영적 만족감을 느꼈다.

그래도 차 한잔을 마실 수 있다면 영혼도 팔았을 것이다!

"우리 오빠가 오시네!"

수레를 보고 있던 이폴리타가 고개를 들며 말했다. 오빠라는 말에 담긴 은근한 조롱을 나는 감지할 수 있었다.

마르쿠스는 정원 문 앞에 멈춰 서더니, 두 팔을 쭉 뻗으며 안으로 들어왔다.

"상쾌한 공기만큼 활력을 북돋아 주는 건 없지."

"더 써야 할 M이 없나 보지?"

툴리아가 물었다.

마르쿠스는 휴식이 필요하다고 말하고는, 함께 수도원 경내를 빠른 걸음으로 한 바퀴 돌자고 우리에게 제안했다.

나는 함께 가고 싶었지만, 안타깝게도 전날 삽을 밟아 오른쪽 발목을 삐었다.

툴리아도 거절했다.

"난 염소똥을 더 삽질해야 해서. 오빠도 한번 해 봐. 활력이 막 샘솟을 거야!"

멀어져 가는 피토를 지켜보면서 툴리아가 말했다.

"대체 누가 공주인지 모르겠네."

51
치즈 바퀴

목욕은 일주일에 한 번 했다. 목욕통 네 개로 수도사 사십 명이 씻어야 했다. 각 통은 세 사람이 들어갔다 나와야 따뜻한 새 물로 갈 수 있었다. 비누는 재와 잿물로 만들었다.

피토는 항상 처음 들어가는 네 사람 중 한 명이었다. 나는 깨끗하고 따뜻한 물을 차지하려고 최선을 다했다. 줄을 잘 살펴보고 세 명씩 나눈 다음, 남몰래 앞이나 뒤로 한 칸 이동했다. 하지만 어찌 된 영문인지 계산이 맞아떨어지는 때가 드물었다.

이폴리타는 늘 맨 마지막에 목욕했다. 다른 수도사들이 모두 자리를 뜬 후에야 차갑게 식은 더러운 물로 씻었다. 나는 보초를 섰다. 날씨가 따뜻해지고 그녀의 머리카락이 길어지면서 목욕통을 힐끔힐끔 돌아보는 수도사가 점점 늘어났다. 이폴리타의 아버지로서 염소 냄새가 완전히 씻기지 않는다는 사실이 오히려 다행스러웠다.

그녀의 머리카락은 아직도 퍽 짧았지만 보드랍고 풍성해졌다. 피토의 난도질에도 불구하고 머리카락이 그럭저럭 고르게 자란 듯 보였다.

햇살 아래에서 일할 때 이폴리타는 언제나 후드를 눌러 썼고, 나는 틈만 나면 머리카락을 감추라고 말했다.

"내가 여자라는 거 다들 알아요!"

나는 여성적인 매력으로 사람들의 시선을 끄는 게 아무 도움도 되지 않는다고 차분하게 말했지만, 그녀는 수 세기 동안 열여섯 살 소녀들이 아버지들에게 해 왔던 말로 받아쳤다.

"나한테 이래라저래라 하지 마세요!"

눈이 녹았다. 정원의 흙을 뚫고 푸른 새싹이 고개를 내밀었다. 황량한 겨울 내내 고생한 끝에 이제 곧 나의 노력이 말 그대로 열매를 맺으리라는 기대에 가슴이 설렜다. 매화, 무화과, 살구나무에 꽃이 피기 시작했다. 이폴리타가 염소 떼를 몰고 다니던, 무릎까지 눈이 쌓여 있던 목초지가 이제 곧 곡물과 야생화로 뒤덮일 것이었다.

달콤한 산 공기를 길게 들이마셨다. 아, 안타깝게도 꽃이 만발한 목초지나 과일과 채소가 자라는 정원을 나는 결코 볼 수 없으리라. 산길이 뚫리면 수도원은 우리에게 더 이상 안전한 곳이 될 수 없었다. 실종된 공주에 대한 소식이 여기까지 퍼지는 것은 시간문제였다. 바르톨로메 신부가 한동안 수녀원에 대해 언급하지 않았지만, 이폴리타를 더 오래 머물게 해 줄 것이라고 기대할 이유는 없었다.

치즈 동굴에서 나오는 이폴리타가 보였다. 후드를 푹 눌러 쓴 채로 머리에 인 치즈 바퀴의 균형을 잡으려 애쓰고 있었다.

멀리서 봐도 그녀가 엄청나게 집중하고 있음을 알 수 있었다. 혹시 치즈가 떨어지면 잡으려고 두 팔을 머리 쪽으로 올렸다가 자신감이 생기면 천천히 두 팔을 다시 내려놓기를 되풀이했다.

그 모습을 지켜보는 사람이 나만은 아니었다. 경내 곳곳에서 후드를 쓴 머리들이 그녀 쪽으로 향해 있었다.

마르쿠스도 그녀를 지켜보고 있었다. 도서관 일을 하다가 잠시 쉬는 중이었을 것이다. 그는 조용히 정원으로 가서 문 옆에 웅크리고는 달려들 준비를 했다.

이폴리타는 천천히 부엌으로 가고 있었다. 두 손은 연신 치즈를 향해 올라갔다가 다시 내려가기를 반복했다. 그녀가 정원 문을 지나는 순간, 마르쿠스가 벌떡 일어나 와락 소리쳤다.

이폴리타는 비명을 내질렀다. 치즈 바퀴가 머리에서 떨어졌다. 가장자리부터 땅에 닿은 치즈 바퀴는 놀랄 정도로 멀리 굴러간 끝에야 옆으로 쓰러졌다.

"곰인 줄 알았지? 응?"

마르쿠스가 웃으며 말했다.

이 모든 것을 지켜보던 다른 수도사들도 대부분 웃었다.

툴리아는 웃지 않았다.

"아니, 당나귀인 줄 알았는데!"

그녀가 쏘아붙이듯이 말했다.

"오빠가 엄청 공들여서 M을 쓸 때 내가 지금처럼 놀라게 하면 좋겠어?"

"그러든지 말든지 할 것 같은데? 나야 늘 감정을 완벽하게 다스리고 사니까."

그는 땅에 떨어진 치즈 바퀴를 주우러 갔다.

"온전히 당나귀 한 마리도 아니야."

그녀가 그를 향해 외쳤다.

"당나귀 엉덩인 줄 알았어!"

마르쿠스가 치즈를 주워 돌아오다가 뚝 멈춰 섰다. 그러고는 치즈를 머리 위에 조심스럽게 얹었다.

이폴리타가 소리 내어 웃었다.

"두 발짝도 못 걸을걸!"

마르쿠스는 한 발을 다른 발 앞으로 살짝 내디뎠다.

"한 발짝 움직였어."

"그건 반 발짝도 안 돼."

마르쿠스는 반대쪽 발을 움직였다.

"두 발짝."

"한 발짝."

이폴리타가 그에게 다가가며 말했다.

"세 발짝."

마르쿠스가 조금 움직이며 말했다.

"한 발짝 반."

"네 발짝."

이폴리타가 마르쿠스에게 바싹 다가가 그의 얼굴에 대고 으르렁거렸다. 치즈는 조금도 흔들리지 않았다.

"나는 늘 감정을 잘 다스린다니까."

마르쿠스는 이폴리타에게 그렇게 말하고는 다시 한번 작은 발걸음을 내디뎠다.

"다섯 발짝."

"난 관심 없어."

이폴리타는 그에게서 등을 돌리더니, 갑자기 다시 뒤로 휙 돌아 소리를 빽 질렀다.

"여섯 발짝."

마르쿠스가 말했다.

이폴리타는 마르쿠스 주위를 폴짝폴짝 뛰고, 두 팔을 휘젓고, 야생 원숭이처럼 깩깩거렸다.

"중요한 건 집중이야."

그는 그녀의 익살스러운 방해 공작에도 아랑곳하지 않았다.

"일곱 발짝."

이폴리타가 마르쿠스 가까이 몸을 숙였다. 나는 그녀가 그의 귀에 대고 버럭 소리를 지를 것이라고 짐작했다. 하지만 그녀는 그의 귀에 짧게 입을 맞추었다.

치즈 바퀴가 떨어졌다.

"내가 그랬지? 못 할 거라고."

그녀가 승리의 기쁨에 겨워 말했다.

마르쿠스의 얼굴은 모르타무스의 얼굴보다 더 빨개졌다.

얼마 후, 매일 하던 대로 손수레에 염소 분뇨를 싣고 온 툴리아는 후드를 푹 눌러 쓰고 있었다.

"당신 말이 맞아요, 아나톨. 후드를 쓰고 다녀야겠어요."

그녀의 달라진 태도에 나는 깜짝 놀랐다.

"무슨 일이 있었습니까? 혹시 수도사 중에 누가……."

"피토 때문이에요."

"마르쿠스."

내가 조용히 이름을 바로잡아 주었다.

"피토가 나를 사랑해요."

그녀는 아련하게 한숨을 쉬었다.

나는 그가 무슨 말을 했는지, 어떤 행동을 했는지 물었다.

"말이나 행동은 필요 없어요. 여자는 알아요. 불쌍한 피토. 그가 본능적인 충동을 잘 다스릴 수 있기만 바랄 뿐이에요."

툴리아의 파란 눈이 반짝였다.

52
속삭임

수도원으로 이어지는 산길은 둘이다. 우리는 동쪽 산길을 통해 왔다. 듣자 하니 서쪽 산길은 훨씬 위험하다고 했다. 내가 정원에서 완두콩 덩굴이 타고 오를 격자를 만드느라 막대기와 기둥을 묶고 있을 때 서쪽에서 풀밭을 가로질러 오는 사람이 보였다. 그는 수도사 로브 차림이 아니었다.

내가 줄곧 두려워했던 일이었다. 산길이 뚫렸다. 이 남자가 수도원에 맨 먼저 온 사람일지는 모르지만, 마지막 사람은 아니리라는 것은 자명했다.

더 가까이 다가온 그는 평범한 농부처럼 보였다. 나는 그가 사라진 공주에 대해 아무것도 모를 것이라고 애써 믿었다. 그는 누더기를 입고, 샌들을 한 짝만 신고 있었다.

나는 염소 우리를 힐끗 보았다. 이폴리타도 그 남자를 본 듯했다. 그녀는 후드를 쓴 채 그를 등지고 서 있었다.

바르톨로메 신부가 원장실에서 나와 방문객의 어깨를 안으며 따뜻하게 맞았다. 수도원장이 쓰는 방을 청소하고 그가 먹을 음식을 준비하는 침묵의 수도사 디에고가 방문객에게 염소 가죽 주머니를 건넸다.

낯선 남자는 물을 한참 마시다가 마지막 한 모금은 입안에서 오물오물하다 뱉었다. 바르톨로메 신부는 방문객을 원장실로 안내했다. 디에고가 몇 걸음 뒤에서 따라갔다.

얼마 뒤, 더 놀라운 일이 벌어졌다. 수도원의 변함없던 일과가 바뀌었다. 오후 기도가 취소되었다. 그리고 홀리스터가 정원으로 오더니 수도원장이 원장실에서 나를 보고 싶어 한다고 했다.

내가 경내를 가로질러 수도원장의 숙소로 향하고 있을 때, 모두가 나를 지켜보며 등 뒤에서 수군대는 느낌이 들었다. 나는 내가 경건한 수도사이고 이곳에서 예수 그리스도를 섬긴다고 스스로 상기한 다음 노크했다.

디에고가 나를 들여보냈다.

나를 반갑게 맞이하는 바르톨로메 신부의 얼굴에 악의나 의심의 기색은 전혀 보이지 않았다. 굳이 말하자면 뉘우치는 듯한 기색에 가까웠다.

"갈렌, 제가 당신의 능력을 이분께 과장해서 말한 것 아닌지 모르겠습니다."

신부는 그렇게 말하고는 나를 방문객 브루노에게 소개했다.

브루노가 내게 미소를 지으며 말했다.

"저는 기적만을 바랄 뿐입니다."

브루노는 서쪽 산길을 올라오다 많은 상처를 입었고, 그 상처들을 치료하라고 나를 부른 것이었다.
내가 말했다.
"오직 하느님만이 기적을 행하십니다. 저는 도구일 뿐입니다."
"마르쿠스는 갈렌의 아들입니다."
수도원장이 말했다.
브루노가 도서관과 통할 것으로 짐작되는 문을 힐끔 보고는 말했다.
"아주 대단한 젊은이더군요. 자랑스러우시겠습니다."
브루노의 상처 중 심각한 것은 없었다. 감염 징후도 보이지 않았다.
겨우내 나는 수도사들을 치료해 주었다. 대개는 대수롭지 않은 부상이었다. 나는 정원 창고에 비축해 둔 연고와 약용 크림을 가지러 갔다. 또다시, 수도사들이 나를 지켜보다 나와 눈이 마주치면 시선을 피하는 느낌이 들었다.

알고 보니 브루노는 농부가 아니라 토르텔루가 출신의 부유한 해상 무역 상인이었다. 그는 해마다 마대로 만든 거친 옷을 입고 샌들을 신은 채 클로비스산에 올라 "영혼에서 돈의 악취를 씻어 내기 위해" 수도원 예배당에서 기도했다. 나는 그가 수도원에 상당한 금액을 기부했을 것이라는 인상을 받았다.
그의 온몸이 문질리고 긁힌 상처투성이라 어디서부터 손을 대야 할지 난감했다. 나는 두피에서 시작해 아래로 내려갔다.

"갈렌?"

그가 호기심이 묻어나는 목소리로 물었다.

"고대 그리스의 유명한 의사?"

나는 어깨를 으쓱했다.

"부모님이 지어 주신 이름입니다."

"이름이 직업하고 아주 딱입니다."

나는 원장실을 나와 곧장 염소 우리로 향했다. 이폴리타는 염소를 빗질하고 있었다. 내가 나무와 가시철사로 만든 담장을 넘으려 끙끙대고 있는데, 그녀가 나를 보며 말했다.

"반대편에 문이 있잖아요."

그건 나도 알았다. 다만 이 방법이 더 빠를 것이라고 생각했을 뿐. 로브가 가시철에 걸리지 않았다면 내 생각대로 되었을 것이다.

가시철사에서 벗어나려고 아등바등하는 내 모습을 보면서 툴리아는 머리를 절레절레 저으며 웃었다.

"조심하세요."

겨우겨우 가시철에서 로브를 떼어내자마자 나는 옆구리부터 땅으로 떨어졌다.

이폴리타가 후다닥 뛰어와 나를 일으켜 세웠다. 빗질을 받던 염소가 머리를 낮추고는 나를 흘겨보았다.

"떠나야 해요."

내가 말했다.

나는 툴리아에게 새로운 계획을 세웠다고 말했다. **낮은 땅**까지 걸어가려던 계획은 어리석은 생각이었다.

23 대 7 대 1이라는 잘 알려진 비율이 있었다. 걸어서 23일이 걸리는 거리는 말을 타고 가면 7일이 걸린다. 그리고 같은 거리를 배를 타고 가면 단 하루 만에 도착할 수 있다. 물론 이 수치에 영향을 미치는 변수들이 있겠지만, 대충은 맞다고 여겨졌다.

"우리는 서쪽 산길을 따라 토르텔루가로 갈 겁니다."

내가 말했다.

"그곳에서 보석을 조금 주면 앤트워프로 가는 배의 승선권을 살 수 있을 겁니다."

앤트워프는 **낮은 땅**에 있는 항구 도시로, 이탈리아반도의 여느 항구 못지않게 활기찬 곳이었다. 서쪽 산길이 가파르고 위험하다고 알려진 것은 나도 인정했지만, 바로 그 이유로 맞은편에서 올라오는 병사들을 만날 가능성은 적었다.

"왜요? 난 여기가 좋은데."

"산길은 갈 만할 겁니다. 이곳은 이제 안전하지 않아요."

"그 사람은 그냥 농부잖아요. 우리한테 아무런 해도 입히지 않을 거예요."

나는 브루노가 포폴로 그라소라고 말했다. 하지만 중요한 것은 그게 아니었다.

"그가 이곳에 온 뒤로 다른 수도사들이 계속 우리를 주시하고 있습니다."

그녀는 건물을 둘러보았다.

"아무도 안 쳐다보는데요."

"공주님이 볼 때야 안 쳐다보겠죠."

그녀가 여전히 내 말을 믿지 못하는 것 같아 나는 바르톨로메 신부가 그녀를 수녀원으로 보내겠다고 한 말을 상기시켰다.

그녀는 어깨를 으쓱하고는 말했다.

"수도원장이 마음을 바꿨을 수도 있잖아요."

그녀는 염소들에게 돌아갔다. 나는 문을 통해 정원을 나갔다.

저녁 식사 시간에는 침묵 서원 중인 수도사들조차 수화로 나에 대해 속삭이는 듯했다. 예전에 모르타무스가 수도사들이 팔과 손, 손가락의 정교한 움직임을 이용해서 그들만의 소통 방식을 개발했다고 설명해 준 적이 있었다. "소금 좀 주세요." 같은 말부터 누구누구는 일할 때 다른 수도사들처럼 열심히 하지 않고 몸을 사린다는 뒷말까지 못 하는 말이 없다고 했다.

"심지어 농담도 한답니다!"

모르타무스는 그렇게 주장했다. 손과 손가락으로 농담을 하다가 웃음을 터뜨리는 장면을 목격한 적이 있다고 했다.

"그런 식으로 이야기를 나눌 수 있다면, 침묵 서원이 무슨 의미가 있지요?"

나는 원장실에서 침묵을 지키며 일하는 디에고를 생각했다. 하웰과의 경험을 통해 나는 말하지 않는 사람을 무시하기란 얼마나 쉬운 일인지 잘 알았다. 피토와 함께 지하 감옥에 있을 때, 나는 가끔 하웰이 바로 옆에 있다는 사실조차 잊곤 했다.

아마도 디에고는 브루노가 바르톨로메 신부에게 비밀리에 한 이야기를 들었을 것이다. 한쪽은 갈색 눈, 한쪽은 파란색 눈인 공주에 관한 이야기를.

그날 저녁, 우리는 평소처럼 공동 숙소에서 쉬고 있었다. 자정이 조금 지났을 때, 이폴리타와 나는 다른 수도사들을 따라 새벽 기도를 위해 예배당으로 내려갔다. 그사이 나는 한숨도 자지 못했다.

작은 예배당에는 여럿이 앉을 수 있는 기다란 의자가 아홉 개 뿐이다. 이폴리타와 나는 뒤쪽에 앉았다. 아마도 마르쿠스는 요도 있고 이불도 있는 아늑한 침대에서 푹신한 베개를 베고 편하게 자고 있었을 것이다.

처음 두 기도문은 도노반 신부가 낭송했다. (둘이라는 건 내 생각이었다. 기도가 언제 끝나고 언제 시작하는지는 확실치 않았다.) 그다음, 바르톨로메 신부가 자리에서 일어나 새벽 기도를 이어 갔다.

"산드로 왕의 영혼을 위해 기도하겠습니다."

그는 에스콰베타어로 말했다.

잠들지 않으려고 용을 쓰던 이폴리타가 갑자기 허리를 곧추세우고 앉았다.

"오늘 저는 사랑하는 우리 국왕께서 지난겨울에 돌아가셨다는 소식을 들었습니다."

이폴리타의 손이 내 손목을 꽉 잡았다.

기도는 라틴어로 올렸지만, 기도가 끝나자 수도원장은 다시 모국어로 말했다.

"이제 코리나 왕비님을 위해 기도하겠습니다."

이 기도 역시 라틴어였다. 이폴리타의 떨리는 손 때문에 내 팔도 같이 떨렸다.

하지만 왕비는 죽지 않았다. 새벽 기도가 끝나자 바르톨로메 신부는 왕비가 "엄청난 슬픔에도 불구하고" 왕국을 위해 재혼했다고 말했다.

이어 수도원장은 새 국왕을 위해 기도를 드렸다. 그는 국왕이 "속삭여 말하기만 할 정도로 겸손한 사람"이라고 했다.

53
도서관 탁자

밤새도록 툴리아가 흐느끼는 소리가 들렸다. 그녀는 태어난 순간부터 아버지에게 실망스러운 존재였고, 그 후 십육 년 동안도 마찬가지였다. 어렸을 때 그녀는 아버지가 드물게 베푼 다정함을 하나하나 소중히 여겼다. 그 다정함을 추억하고 있었을까? 아니면 실제 아버지가 아니라 자신이 언제나 바라던 모습의 아버지를 생각하며 울었을까?

새벽이 되어서야 그녀의 눈물이 그쳤다. 다른 수도사들이 일출 전 예배를 위해 줄지어 나올 때, 그녀는 나를 뒤로 끌어당기고는 전날 내가 했던 말을 똑같이 했다.

"떠나야 해요."

계단을 내려갈 때 우리는 일부러 다른 수도사들 뒤에서 조금 떨어져 걸어갔다. 그들 가운데 누구도 우리를 돌아보지 않았다는 사실이 그들이 돌아보았을 때보다 더 많은 것을 시사했다.

예배당에 다다랐을 때, 우리는 뒤로 돌아 바깥으로 향했다. 어둠 속에서 나는 양동이를 발로 걷어찼다. 양동이는 기둥에 부딪

했지만, 생각보다 소리가 크지 않았던가 보다.

아무도 우리를 쫓아 밖으로 뛰어나오지 않았다.

나는 원장실 문을 열었다. 탁자 위에 놓인 양초 하나에 불이 켜져 있었다. 열린 문 너머로 바르톨로메 신부의 소박한 침실이 보였다.

우리는 닫혀 있는 문으로 갔다.

피토가 깜짝 놀라며 우리를 쳐다보았다. 그는 기나긴 탁자 뒤에 앉아 일하고 있었다. 한 손에는 작은 양피지 조각을 들고, 다른 손으로는 그 양피지 조각 가까이에 촛불을 대고 있다. 우리를 보자 그는 양피지와 촛불을 내려놓았다.

"아버지 일은 참 안됐습니다."

"그는 내 아버지가 아니었어."

간밤에 흐느끼던 감정은 조금도 내보이지 않으며 툴리아가 말했다.

"산드로 왕이었지."

가까이 다가가서 보니, 수백, 아니 수천 개는 될 것 같은 양피지 조각이 탁자에 가득했다. 그 많은 조각이 어떤 기준에 따라 분류한 듯이 깔끔하게 정돈되어 있었다. 큰 축에 속하는 조각들은 반 페이지 정도 크기였고, 작은 것들은 글자 한두 개, 심지어 글자의 일부만 보이는 경우도 있었다. 피토가 이미 필사를 끝낸 양피지도 한 무더기 쌓여 있었다.

"곰이 먹어 치운 부분은 어떻게 하지?"

내가 물었다.

"성 아우구스티누스의 마음을 떠올리려고 노력합니다. 단어들이 떠오르지 않더라도 이미지가 보입니다."

필사를 끝낸 더미 맨 위의 양피지에 작은 그림이 보였다. 볼타로가 자기 자리를 빼앗길까 봐 전전긍긍했던 것도 이해가 되었다. 피토의 그림은 가히 예술 작품이라 할 수 있었다. 얼핏 보면 매우 단순해 보이는 그림이라, 르네상스 이전 시대의 작품처럼 보였다.

나는 그에게 토르텔루가에서 앤트워프까지 배를 타고 갈 계획이라고 말했다. 그러자 툴리아가 남은 보석을 팔아 피토에게 필경사 가게를 차려 주겠다는 구상을 이야기했다.

그는 걸어가는 것보다는 훨씬 좋은 계획이라고 했다.

"우리는 당장 가야 해. 여기는 이제 안전하지 않아."

툴리아가 말했다.

"당신은 가야겠지요."

피토가 말했다.

툴리아는 피토가 우리가 아니라 당신이라고 말한 것을 흘려들었다. 에스콰베타어 대명사는 현대 영어보다 다소 모호했다. 그래도 나는 그의 목소리에서 그가 뜻하는 바를 읽을 수 있었다.

"여기서는 자네도 안전하지 않아."

내가 말했다.

"제 일은 너무나도 중요합니다."

그가 말했다.

"그들은 저를 찾지 않을 겁니다. 피토는 전염병으로 죽었으니까요."

"넌 안 가겠다고?"

툴리아는 이제야 상황을 파악했다.

"지금 하는 일을 끝내고 앤트워프에서 만나면 됩니다."

"얼마나 걸리는데? 오 년? 십 년? 사십 년?"

툴리아가 따지듯 묻자, 피토가 대답했다.

"평생 처음으로 삶의 목적이 생겼습니다."

툴리아는 뒤로 홱 돌아 도서관을 나가며 문을 꽝 닫았다.

피토가 탁자 앞으로 나왔다.

"감사합니다, 나의 친구."

우리는 악수했다.

문이 벌컥 열리며 툴리아가 다시 들어왔다. 그녀는 우리를 지나 성큼성큼 걸어가더니, 한쪽 팔의 풍성한 옷소매로 기다란 탁자를 한쪽 끝에서 다른 쪽 끝까지 싹 쓸어 버렸다.

양초와 깃펜, 작은 남색과 빨간색 잉크 두 병이 바닥으로 떨어지는 것을 피토는 묵묵히 지켜보았다.

툴리아는 피토 쪽으로 눈길 한 번 주지 않고 도서관을 떠났다.

54

서쪽 산길

나는 바르톨로메 신부에게 이폴리타를 베로나의 수녀원에 데려다주고 돌아오겠다고 했다. 그가 내 말을 믿은 것인지, 아니면 내 속셈을 알고도 속아 준 것인지는 모르겠다.

"우리는 세속적인 문제에 대해서는 관심을 두지 않습니다."

그가 말했다. 그러고는 마르쿠스는 안전할 것이라며 나를 안심시켰다.

"이폴리타의 로브는 돌아와서 반납하시면 됩니다. 날이 차니 필요할 겁니다."

그는 신선한 물을 가득 채운 염소 가죽 주머니 두 개와 치즈 바퀴 한 덩이 그리고 트렌처 빵 두 개를 나에게 건넸다.

성대한 환송식은커녕 다른 수도사들과 작별 인사를 나눌 기회조차 없었다. 바르톨로메 신부는 이미 흐트러진 수도원의 일과를 더는 깨뜨리고 싶어 하지 않았다.

목초지를 가로질러 가면서 툴리아는 딱 한 번 뒤를 돌아보았다. 바위투성이 산비탈에 다다랐을 때, 나는 곧바로 양손이 자유로워야 할 필요성을 느꼈다. 로브를 벗고 치즈 바퀴와 트렌처 두 개를 튜닉 속으로 집어넣었다. 그러고는 흘러내리지 않도록 허리띠를 아래쪽에 단단히 묶었다.

툴리아는 나를 지켜보며 역겹다는 표정을 짓다가, 내가 땀을 흘리지 않는다는 것을 상기시키자 눈만 굴려 댔다.

툴리아는 다시 로브를 입으려고 머리부터 집어넣어 낑낑대는 나를 도와주었다. 우리는 다시 발걸음을 옮겼다. 나는 나뭇가지, 나무줄기, 바위의 작은 틈새 등 잠깐이라도 몸을 지탱할 수 있는 것이라면 뭐든 계속 붙잡으며 걸었다.

넉 달 전이라면 나는 이 등반을 시도할 생각조차 못 했을 것이다. 하지만 그때는 내가 피토를 용감하게 구출하고, 비밀 통로를 지나가고, 밧줄을 잡고 내려가고, 성 외벽을 타고 내려가기 전이었다!

비교적 평평한 곳에 다다랐을 때, 툴리아가 말했다.

"좀 쉬셔야 할 것 같아요."

나는 숨이 가빴지만 괜찮다고 했다.

"기절해서 산에서 떨어지면 어쩌려고요!"

툴리아는 나에게 몸을 좀 식히라고 했다.

나는 씩씩대며 흙바닥에 퍼질러 앉아 버렸다. 내 몸은 뜨겁지 않았다. 아직 해도 뜨기 전이었다. 그렇게 앉아 있자니 툴리아가 나한테 쉬라고 한 다른 이유가 있을지도 모른다는 생각이 들었다. 혹시 피토가 마음을 바꾸기를 바라는 것은 아닐까?

"하! 그럴 줄 알았어!"

그녀가 거들먹거리듯이 말했다.

수도원은 여전히 시야에 있었고, 목초지를 가로질러 뛰어오는 후드 쓴 사람이 보였다. 그는 두 팔을 머리 위로 흔들고 있었다.

"흠, 혹시 피토가 나를 생각……."

말을 시작했던 툴리아가 금세 입을 닫았다.

후드를 쓴 사람은 이제 우리 바로 아래까지 와 있었다. 후드를 벗자, 모르타무스의 둥글고 붉은 얼굴이 드러났다.

툴리아가 일어섰다.

"꾸물거릴 시간 없어요."

그녀는 몸을 돌려 산길을 걸어갔다.

나는 손을 흔들어 나의 친구에게 작별 인사를 하고는 재빨리 툴리아를 뒤쫓아 갔다.

"피토가 아닐 줄 알았어요."

툴리아가 말했다.

"당신이 피토의 목숨을 구해 줬다고 해서 그가 작별 인사를 하러 올 거라고 기대한 건 아니죠? 그러기엔 그가 하는 일이 너무 중요하잖아요!"

나는 피토와 이미 작별 인사를 나누었지만, 툴리아의 말을 바로잡아 줄 만큼 눈치가 없지는 않았다.

이제 수도원과 계곡은 우리 시야에서 벗어났다. 언젠가 산사태가 일어난 모양인지 우리는 엄청나게 큰 바위들이 줄줄이 있는 곳을 기어 올라가야 했다. 가끔은 툴리아가 먼저 바위 위로 올라간 다음 손을 뻗어 나를 도와주어야 했다.

그녀가 나를 바위 위로 끌어당기며 말했다.

"피토는 건방지다고 내가 말했잖아요."

그러고는 내 손을 놓았다.

기민하게 힘과 민첩성을 발휘한 덕분에 나는 다행히 뒤로 넘어지지 않았다.

"게다가 이기적이기도 하고!"

내가 바위 끝까지 올라갔을 때 그녀가 덧붙였다.

얼마 후, 엄청나게 큰 바위가 우리 앞을 가로막았다. 우리는 로브에 맨 새끼줄 허리띠 두 개를 풀어 하나로 묶어야 했다. 다른 허리띠 하나는 여전히 로브 속에 있었다.

툴리아가 바위 꼭대기에 먼저 올라가서 엎드린 채로 새끼줄을 내 쪽으로 늘어뜨렸다. 나는 바위 아래쪽 커다란 틈의 삐죽빼죽한 모서리에 발을 디딘 채 버둥거리고 있었다.

"당신이 그렇게까지 그를 도와줬는데!"

툴리아는 마치 나를 탓하듯이 화를 냈다. 나는 그저 그녀가 밧줄을 놓지 않기만을 바랐다.

바위들은 산꼭대기까지 계속 이어진 듯 보였다. 하지만 그렇게 높은 곳까지 오를 필요가 없다는 사실을 깨닫고서 나는 안도

했다. 산 중턱에서 우리는 휴식을 취했다. 이제 서쪽 산길 입구에 다다랐고, 여기서부터는 내리막길이었다.

산길이 어찌나 좁은지 나는 한 발 한 발 조심히 걸어야 했다. 몸 반쪽은 산에 들러붙다시피 하고, 다른 반쪽은 가파른 낭떠러지 밖에 떠 있는 경우도 종종 있었다.

툴리아는 별 어려움이 잘 가고 있었지만, 여러분도 알다시피, 그녀는 나보다 훨씬 날씬했다.

"다른 사람 글을 베끼는 게 뭐 그리 대단한 의미가 있다고?"

피토가 하는 일은 단순히 베껴 쓰는 것 이상이라고 나는 말했다.

"그는 예술가예요."

"본인도 그렇게 생각하더라고요."

*

현재 호랑이성이라고 불리는 이곳을 관광하고 이 카페에 오기 전에, 나는 세계에서 가장 오래된 도서관 중 하나인 이탈리아 베로나에 있는 비블리오테카 카피톨라레를 방문했다.

이 도서관은 5세기에 제작된 성 아우구스티누스 필사본을 소장하고 있었다. 보호 유리 케이스 속에 전시 중인 필사본은 책상에 앉아 깊은 생각에 잠긴 성 아우구스티누 그림이 보이도록 펼쳐져 있었다. 이 그림을 그리고 필사본의 일부를 복원한 사람은 익명의 수도사인 것으로 알려져 있다.
"안녕, 친구."
나는 큰 소리로 인사했다.

55
피토의 책

"자기가 똑똑하다고 여기는 만큼의 반만 똑똑해도 다른 사람이 쓴 걸 베끼는 대신 당연히 자기 책을 썼을 거예요."

툴리아가 말했다.

우리는 산길에 앉아 있었다. 툴리아는 가파른 산비탈 너머로 다리를 대롱대롱 늘어뜨리고 있었다. 나는 그렇게 산비탈 가까이 앉기가 무서워 산길 쪽으로 다리를 뻗었다.

그녀는 내가 기절해 산에서 떨어지는 불상사를 막으려면 자주 쉬어야 한다고 계속 우겨 댔다. 내가 어지러운 것은 체온이 올라서가 아니라 고소공포증 때문이라고 나는 꽤 확신하고 있었다.

어쨌든 아픈 관절과 근육을 쉴 수 있어서 좋았다. 가장 큰 문제는 일어서서 다시 출발하기가 점점 더 어려워지는 것이었다.

그녀가 진심으로 나를 걱정하는 것인지, 아니면 피토가 우리를 뒤쫓아 오리라는 희망을 아직도 품고 있는 것인지 알쏭했다. 물론 감히 물어볼 수는 없었다. 그랬다가는 툴리아가 나를 산에서 밀어 버릴지도 몰랐다.

나는 손에 쥐가 나지 않도록 연신 손가락을 흔들고 주먹을 쥐었다 폈다 했다. 배가 고팠지만 빵과 치즈를 꺼내겠다고 이 좁은 산길에서 로브를 벗기는 두려웠다.

"난 절대 안 읽을 거예요!"

내가 무례하게 뭘 읽으라는 제안이라도 한 양 툴리아가 쏘아붙였다.

우리는 계속 산길을 걸었다. 내가 한 걸음 한 걸음 정신을 집중하는 동안 툴리아는 피토의 책을 절대로 읽지 않을 이유를 구구절절 읊어 댔다.

"재미없고…… 지루하고…… 잘난 체하고……. 도대체 뭣 때문에 자기가 책을 쓸 수 있다고 생각하는 거야? 잘난 척도 적당히 해야지!"

크고 평평한 바위가 낭떠러지 밖으로 돌출된 곳에 다다랐다. 너비가 3미터 정도인 바위 대부분이 낭떠러지 너머 허공에 떠 있었다. 툴리아는 "자연 발코니"라고 부르고는 앉아서 뭘 먹기에 딱 좋은 곳이라고 했다.

나는 보기만 해도 오금이 저려 그녀에게 안전하지 않은 것 같다고 말했다.

그녀는 바위 위로 올라가더니 바깥쪽 끝까지 서슴없이 걸어가 두세 번 폴짝폴짝 뛰었다.

"안전해 보이네요."

그녀는 잔뜩 겁먹은 나를 보며 웃었다.

나는 바위로 올라가서 산 쪽으로 최대한 붙어 앉았다. 툴리아는 아래에 보이는 광활한 숲 위로 두 다리를 늘어뜨리고 앉았다.

나는 로브를 벗느라 낑낑댔다. 로브를 머리 위로 올렸는데, 소매가 꼬여서 팔을 빼기가 어려웠다. 팔을 빼내려고 용을 쓸수록 소매는 점점 더 꼬였다. 서서 벗으면 더 쉬웠겠지만, 잠시라도 앞을 보지 못하는 채로 바위 위에서 비틀거리고 싶지 않았다.

머리 위에서 툴리아의 목소리가 들렸다.

"가만히 있어요."

그녀는 로브를 확 당겨서 벗겼다.

바로 그때, 곰이 나타났다.

산길을 따라 우리를 향해 어슬렁어슬렁 걸어오고 있었다. 툴리아는 쥐고 있던 로브를 떨어뜨렸다.

"빨리 주문을 걸어요."

그녀가 속삭였다.

곰이 우뚝 멈춰 서서 우리를 노려보았다. 곧이어 내가 밟고 있는 바위가 떨리는 느낌이 들 만큼 큰 소리로 포효했다. 실제로 떨린 것은 바위가 아니라 내 몸이었지만. 곰이 입을 쩍 벌려 훤히 드러난 길고 뾰족한 이빨이 내 눈길을 사로잡았다.

나는 튜닉 속에서 치즈 바퀴를 꺼내 조심스럽게 굴렸다. 치즈 바퀴는 바위에서 산길로 굴러 내려갔고, 자갈에 부딪혀 살짝 튕겨 오르더니 곧장 곰을 향해 굴러갔다. 내려갈수록 점점 더 속도가 붙었다.

곰은 호기심 어린 눈으로 굴러오는 치즈를 지켜보다가, 치즈가 가까이 오자 거대한 앞발로 후려쳤다.

치즈 바퀴가 옆으로 쓰러진 채 미끄러져 가더니, 어찌 된 일인지 다시 똑바로 섰다. 그러고는 산길 밖으로 굴러떨어져 가파른 산비탈을 타고 숲 쪽으로 내려갔다. 곰이 그 뒤를 쫓아갔다.

"당신이 해냈어요, 나토!"

툴리아는 기뻐서 어쩔 줄을 몰랐다.

"곰에게 마법을 걸었군요!"

내가 뭐라고 감히 공주의 말에 토를 달겠는가?

56
사탄의 사자

"재미없고, 멍청하고, 같은 이야기를 하고 또 하고……."
우리는 산길에서 가장 가파른 지대를 벗어나 경사가 완만한 숲을 걷고 있었다. 아마도 높은 산 위에서 봤던, 바로 그 숲이었을 것이다. 빛이 별로 없었다. 나는 우리가 산길을 제대로 가고 있는지 자신이 없었다. 툴리아는 별생각이 없는 듯했다. 피토의 책을 비판하는 데 온 정신이 팔려 있었으니.
"독창적? 고대 그리스와 로마 철학이 뭐 그리 대단히 독창적이라고!"
내리막길을 내려가고 있는 한 제대로 가고 있는 것이라고 나는 생각했다. 문제는 숲을 가로질러 계속 능선과 계곡 들이 나왔기 때문에 그때마다 어느 내리막길로 가야 맞는지가 확실하지 않다는 점이었다.
"내가 앤트워프에서 기다릴 거라고 생각하나 본데……."
툴리아가 또 푸념했다.
"사십 년? 나는 하루도 안 기다릴 거야!"

나는 손을 뻗어 그녀를 제지했다. 무슨 소리가 들린 것 같았다.

"그 사람은 내 어머니와 결혼했는데, 뭐 하러 나를 원하겠어?"

피토가 아니라 달림플 이야기라는 것을 나는 뒤늦게 깨달았다.

"나보다 더 예쁜데."

뭔가 탁탁거리는 소리가 들렸다. 누군가 나무 사이로 오고 있었다.

"게다가 두 눈 다 같은 색깔이고."

"쉿!"

"뭐죠?"

부스럭대는 소리가 점점 커지더니 사람 목소리가 들렸다. 툴리아도 소리를 들었다.

"저 사람들이 먹을 것을 가지고 있을지도 몰라요."

그녀가 속삭여 말했다.

우리는 여태 아무것도 먹지 못했다. 트렌처 빵은 내 단검으로 자르기에는 너무 딱딱했다.

소리가 더 커졌다. 툴리아가 그쪽을 바라보더니 몸을 돌리며 외쳤다.

"도망쳐요!"

그녀는 이미 뛰기 시작했고, 나는 그녀를 쫓아가다가 우뚝 멈추었다. 툴리아는 우리를 쫓는 사람들에게서 벗어날 만큼 빨랐다. 나는 그들을 그녀에게로 이끄는 짓만큼은 하고 싶지 않았다.

나는 몸을 돌려 다른 방향으로 뛰었다.

나는 죽기만 하면 되지만 툴리아는 훨씬 더 몹쓸 짓을 당할 수도 있었다.

왼발에 뭔가 걸렸다. 아마도 나무뿌리였을 것이다. 먼저 두 손이 땅을 때렸고, 얼굴이 뒤따랐다.

방향 감각을 되찾는 데 시간이 조금 걸렸다. 고개를 들었을 때, 나는 포위되어 있었다.

"수도사잖아!"

한 남자가 혐오스럽다는 듯이 말하고는 내 옆 땅바닥에 침을 뱉었다.

총 일곱 사람 가운데 나는 내 머리 위로 도끼를 들고 있는 이에게 집중했다. 하웰만큼은 아니어도 나와 비교도 안 되게 덩치가 큰 사람이었다.

그는 돈이 되는 물건이 있으면 모두 내놓으라고 했다.

"저는 가난의 서원을 했습니다."

나는 피토가 한 말을 떠올리며 이렇게 덧붙였다.

"서원은 예수 그리스도께 한 약속입니다."

내가 하니까 그 말도 별 효과가 없었다. 그는 도끼를 들어 올렸다. 그런데 한 사람이 기다리라며 제지했다.

"저 로브를 갖고 싶어. 피가 하나도 안 묻은 상태로."

도끼 든 남자는 그를 노려보다, 이어 나를 노려보았다.

"벗어!"

앉아서 벗는 것도 힘든 판에 벌러덩 누운 채로 벗기란 더더욱 힘들었다. 겁먹고 빨리 벗으려고 해서 힘들었던 것은 아니다.

"아나톨?"

툴리아가 큰 소리로 나를 불렀다.

그녀가 나를 찾으러 돌아왔다.

머리가 로브에 끼었지만, 목 부분 구멍으로 빼낼 수 있었다. 등껍질 밖으로 머리를 내미는 거북이 된 기분이었다.

내 위에는 도끼를 든 사람만 남아 있었다. 다른 사람들은 모두 조금 떨어진 곳에서 툴리아를 붙잡아 그녀의 로브를 벗기려고 애쓰고 있었다.

"내 것도 좀 챙겨 줘!"

도끼를 든 남자가 그들에게 외쳤다. 그는 더 기다리지 않았다. 피가 나든 말든 상관없었다. 도끼가 내려왔다.

도끼가 내 가슴을 치는 순간 쿵 하는 충격이 느껴졌다.

그런데 도끼가 내 가슴팍에서 그대로 멈추었다.

나를 공격한 자와 나는 서로를 멀뚱멀뚱 쳐다보았다. 둘 다 내가 아직 살아 있다는 사실에 놀랐다.

와 하는 함성이 들렸다. 툴리아를 붙잡고 있던 남자들이 로브를 벗기는 데 성공했다.

이제 그녀의 두 손이 자유로워졌다.

툴리아의 칼이 번뜩였다. 그녀를 공격하던 남자 중 하나가 순식간에 쓰러졌고, 다른 한 명은 고통스럽게 비명을 지르며 천천히 무릎을 꿇었다.

그게 바로 공주다운 처신이에요.

내 위에서 남자가 다시 도끼를 쳐들었지만, 곧바로 헉하며 도끼를 떨어뜨렸다. 피토가 밧줄로 그의 목을 조르고 있었다.

남자는 손톱으로 밧줄을 긁으며 버둥댔지만, 결국 숨이 끊어져 내 옆으로 고꾸라졌다.

"금, 은, 보석."

툴리아가 주위에 있는 남자들을 조롱했다.

"와서 뭐든 다 가져가 봐."

녀석들은 이제 네 명만 남았다. 한 녀석이 용기를 내어 그녀에게 다가왔지만 툴리아가 휙 돌아 칼을 휙 휘두르자 뒷걸음질 칠 수밖에 없었다.

피토가 도끼를 집어 들었다. 나는 단검을 꺼냈다.

우리가 녀석들에게 다가갔을 때, 목이 베인 채 죽어 있는 남자가 보였다. 무릎을 꿇은 남자는 한 손을 움켜쥔 채로 신음했다.

다른 녀석들은 우리를 보고 한 발짝 물러섰다.

"당신들이 수도사인 줄 알았다면……."

"우리는 수도사가 아니야."

피토가 말했다.

"우리는 지옥에서 온 사탄의 사자다."

네 남자 모두 줄행랑을 쳤다.

무릎을 꿇은 남자는 힘겹게 일어나 비틀거리며 그들을 쫓아갔다. 그가 떠난 자리에 손가락 두 개가 보였다.

57
마법의 주문

피토와 나는 시체 두 구를 골짜기로 끌고 갔고, 툴리아는 그 시체들 옆에 손가락 두 개를 툭 떨어뜨렸다. 그녀와 나는 기도 시간에 들은 기억이 있는 라틴어 단어와 구절을 이것저것 끌어 모아 기도를 올렸다.

라틴어를 아는 피토는 고개를 절레절레 흔들며 빙긋이 웃기만 했다.

"그럼 네가 기도해 봐!"

툴리아가 쏘아붙였다.

"말은 중요하지 않아요."

피토가 대꾸했다.

피토는 우리를 다시 만나기 전에 수도원장과 도노반 신부, 브루노와 함께 점심 식사를 했다. 그때 브루노는 동쪽 산길로 내려갈 것이라고 말했다. 토르텔루가가 반대쪽에 있는데도 말이다. 서쪽 산길이 험준하기 때문만은 아니었다. 이번에 운 좋게 살아

남기는 했지만 서쪽 산길로 해서 수도원으로 오다가 산적들의 공격을 받았다고 했다.

"아나톨이랑 나는 너 없이도 아무 문제 없었어. 도서관으로 돌아가서 그 대단한 글씨나 쓰셔."

피토는 툴리아의 두 손을 맞잡았다. 그리고 두 눈을 마주치며 말했다.

"너를 그냥 떠나보낼 수 없다는 걸 깨달았어."

툴리아의 분노가 사르르 녹아내렸다. 갈색 눈동자는 깊어지고 파란 눈동자는 반짝였다.

"아나톨에게 참 미안하더라고."

피토가 말했다.

"너 같은 골 때리는 골칫거리하고 단둘이 있게 하는 게."

피토는 하하 웃었다.

*

여러분이 혹시 '골 때리는 골칫거리'가 너무 현대적인 표현이라고 생각한다면, 맞는 생각이다. 그때 피토가 실제로 한 말은 "간질간질한 치질"이었다. 하지만 그 말을 그대로 옮기면 여러분이 듣기에 너무 흉측할까 봐 염려되었다. 그것은 피토가 의도한 바가 아니었다.

이것이 내가 속어와 비속어를 되도록 쓰지 않는 이유를 잘 보여 주는 예이다. 피토는 그저 농담으로 '간질간질한 치질'이라고 말했을 뿐이다. 툴리아는 웃지 않았지만.

*

우리는 경사진 숲을 따라 계속 내려갔다. 도끼에 맞아 옷에 작은 구멍이 났다. 트렌처 빵 하나는 두 동강 났지만, 다른 하나는 움푹 들어간 정도였다.

툴리아와 나는 작은 빵 조각을 하나씩 입에 넣고는 씹을 수 있을 만큼 부드러워지기를 애타게 기다렸다. 피토는 배가 고프지 않다고 했다.

사방이 무척 어두웠지만 우리는 계속 움직여야 했다. 산적들이 보석 박힌 칼을 잊을 리 없었다.

하지만 그런 상황도 내 체온이 너무 오르지 않도록 멈춰서 쉬자고 우겨 대는 툴리아의 고집을 꺾지는 못했다. 내가 쉴 필요없다고 해도 그녀는 중간중간 쉰 덕분에 내 목숨을 구할 수 있었다고 말했다.

"그건 모르는 겁니다."

내가 말했다.

"우리가 안 쉬었으면 피토가 우리를 따라잡지 못했을 거예요."

그녀가 말했다.

나는 그녀의 논리에서 오류를 지적했다.

"제가 땀을 못 흘리는 것과 산적의 공격을 받은 것은 아무 상관이 없습니다."

그녀는 내가 비논리적이라고 주장했다.

피토가 웃자 툴리아는 그를 쎼려보았지만, 적어도 그가 내 목숨을 구했다는 점만은 기꺼이 인정했다.

우리는 밤새 걸었고, 아침에 개울을 발견했다. 얼음처럼 차가운 물에 손발을 씻었다. 눈이 녹은 물이라 마셔도 안전했다. 염소 가죽 주머니에 다시 물을 채웠다.

툴리아는 피토에게 곰과 맞닥뜨린 사건에 대해 이야기하면서 모든 등장인물을 연기했다. 때로는 내가 되고, 때로는 자기 자신이 되고, 때로는 곰이 되었다. 손가락을 구부려 발톱을 만들고 두 팔을 공중으로 쳐들면서 어찌나 큰 소리로 포효하던지 피토가 움찔할 정도였다.

그녀는 내가 곰에게 치즈 바퀴를 굴리기 전에 주문을 걸었다고 주장하면서, 말도 안 되는 주문을 읊어 댔다. 그 주문 때문에 치즈에서 빛이 났다고도 했다. 그러고는 나인 척하며 치즈를 바위 아래로 굴렸다.

이어 다시 곰이 되어 치즈를 내리쳤다. 그녀의 설명에 따르면, 곰은 마법에 걸린 치즈를 만지자마자 까불대는 강아지로 변해 버렸다. 그녀는 멍멍거리고 깽깽거리면서 산비탈을 굴러 내려가는 치즈를 신나게 뒤쫓았다.

나는 피토가 비꼬는 말을 할 것이라고 예상했지만 그는 개울가 바위에 앉아 특유의 바보스러운 미소를 지으며 그녀에게서 한시도 눈을 떼지 않았다.

만약 마법의 힘을 가진 사람이 있다면, 그 사람은 바로 툴리아였다.

"앤트워프에 도착하면 넌 필경사 가게를 열 수 있을 거야."
툴리아가 피토에게 말했다.
"누군가가 다른 성 아우구스티누스의 원고를 가져와서 필사해 달라고 할지도 몰라."
툴리아와 피토는 나란히 걷고 있었다. 나는 도끼를 들고 뒤에서 따라갔다.
피토는 예전에 내게 했던 말을 그녀에게 하고 있었다. 새로운 인쇄기가 필경사를 쓸모없게 만들 것이라고.
툴리아는 기계로 찍어 낸 종이는 결코 아름다운 손글씨 원고의 예술성을 대체할 수 없을 것이라고 주장했다.
"그건 네 안에 있는 공주가 말하는 것 같네. 책의 예술적 가치는 서체가 아니라 그 안에 담긴 생각이야."
피토가 말했다.
툴리아는 한참 아무 말도 하지 않았다. 공주라는 말에 모욕감을 느꼈던 것 같다. 피토의 목소리에 평소처럼 비꼬는 느낌도 없었건만.
툴리아가 다시 입을 연 것은 십 분이 지난 후였는데, 그녀의 마음속에는 시간이 정지된 것 같았다.

"그럼 네가 직접 책을 써 봐. 어제 아나톨한테도 내가 똑같은 말을 했어."

그녀는 돌아서서 나를 마주 보았다. 피토도 나에게 고개를 돌렸다.

"피토가 책을 써야 한다고 내가 말했죠?"

내 트렌처 빵 조각이 충분히 말랑해졌다. 나는 조용히 빵을 씹었다.

58
토르텔루가!

수도원을 떠난 지 사흘 만에 우리는 가져온 트렌처 빵을 모두 먹어 버렸다. 토르텔루가 외곽에 도착하기까지 하루 반이 더 걸렸다. 그사이 나는 기껏해야 일곱 시간밖에 자지 못했다.

우리는 지칠 대로 지쳤다. 툴리아는 한동안 자기 마음속 어딘가로 사라지는 것처럼 보이는 경우가 여러 번 있었지만, 그때마다 알 수 없는 신비로운 에너지를 가지고 다시 나타나 낄낄거리고 엉뚱한 말을 늘어놓곤 했다. 피토는 특유의 바보스러운 방식으로 반응하곤 했다. 나는 미친 듯이 웃는 소리에 귀를 기울이기는 했지만, 무엇이 그리 재미있는지 전혀 이해할 수 없었다.

토르텔루가의 오래되고 낡은 성벽에 닿기 훨씬 전부터 나는 냄새로 토르텔루가에 가까워졌음을 알 수 있었다. 너무 많은 사람들이 밀집해 살면서 풍기는 쓰레기와 하수 그리고 고약한 부패의 악취만이 아니었다. 바다 냄새와 머나먼 이국에서 온 보물 냄새가 느껴졌다. 모험의 냄새였다.

"난 네가 생쥐인 줄 알았어!"

툴리아가 외쳤다.

"아닌데. 난 토끼야."

또다시 둘은 발작 같은 웃음을 터뜨렸다. 그런데 갑자기 툴리아가 심각하게 내게 물었다.

"왜 피토한테 실험을 했어요?"

피토도 낄낄거리는 것을 멈추고는 진지한 표정으로 나를 바라보았다.

나는 두 사람의 바보스러움을 흉내 내면서 피토의 귀를 "토끼처럼!" 길게 만들려는 실험이었다고 했다.

그들은 내 말을 믿지 않았다. 그들은 진실을 원했지만 나는 판도라의 상자를 열지 않았다. 상자 속에서 어떤 혼돈이 튀어나올지 누가 알겠는가?

그 대신에 전염병 치료제를 연구하고 있었다고 했다. 나는 피토에게 겉으로 푸른 죽음 증상을 보이되 실제로는 무해한 물약을 주어야 했다고 설명했다.

"그러니까 피토를 구하기 위해 실험한 게 아니군요?"

"맞습니다."

툴리아의 파란 눈에는 실망감이, 갈색 눈에는 허탈감이 역력했다.

토르텔루가의 고대 성벽이 바로 앞에 펼쳐져 있었다. 피토와 툴리아는 아직 성벽을 보지 못했다.

그들은 반원을 그리며 서로 반대 방향으로 걷다가, 곡선을 그리며 서로를 향해 다가가 부딪쳤다. 그러고는 다시 멀어졌다가 또다시 서로를 향해 달려들었다.

"그만해!"

"너나 그만해!"

그러고는 둘 다 원을 그리며 튕겨져 나갔다가 다시 가까워졌다.

"똑바로 걸어."

툴리아가 명령조로 말했다.

"난 똑바로 걷고 있어. 네 고개가 삐뚤어진 거지."

툴리아는 웃음을 터뜨렸다. 그때 성벽이 그녀의 눈에 들어왔다.

"토르텔루가!"

그녀가 크룸호른 같은 소리로 외치고는 성벽 쪽으로 뛰어갔다. 그러다 성벽에 닿기 직전에 넘어져 땅바닥에 얼굴을 처박았다. 피토가 그녀에게 뛰어갔고, 나도 뒤처지지 않으려고 힘겹게 따라갔다. 내가 두 사람을 따라잡았을 때, 툴리아는 이미 일어나 앉아 웃고 있었다. 나는 도끼를 내려놓고 — 수도사는 도끼를 가지고 다니지 않는다 — 피토와 함께 툴리아를 일으켜 세웠다. 낡은 성문을 통과할 때도 우리는 툴리아가 또 넘어질까 봐 팔을 하나씩 붙들었다.

무너져 가는 이 성벽은 로마 시대에 지어졌다. 오랜 세월 동안 토르텔루가는 한적한 어촌 마을이었지만, 르네상스 시대에 에스콰베타에서 가장 활기차고 번영하는 도시로 변모했다. 새 건물을 짓는 데 사용한 석재 대부분은 로마 시대의 오래된 성벽에서 가져왔다.

이제 우리는 언덕 비탈에 있었고, 분홍색과 주황색으로 물든 하늘과 바다로 뉘엿뉘엿 지는 해를 볼 수 있었다. 피토와 툴리아는 바다를 본 적이 있을까. 나는 딱 한 번 본 적이 있었다.

우리가 너무 피곤하고 배고프지 않았다면 언덕에 서서 해가 바닷속으로 가라앉는 모습을 지켜보았을 것이다. 하지만 어두워지기 전에 여인숙을 찾아야 했다. 더구나 저 아래 어딘가에서 유혹적인 냄새가 솔솔 올라오기 시작했다. 나의 예민한 후각이 굳이 필요없는 강렬한 냄새였다. 툴리아와 피토도 그 냄새에 끌렸다.

우리는 냄새를 따라 어지러이 얽힌 좁고 가파른 골목길을 걸어갔다. 석양빛으로 물든 건물들이 기묘한 방식으로 서로 맞물려 있었다. 누구네 집 앞 계단이 누구네 집 지붕이 되는 식이었.

광장에 다다랐다. 한 노점상 주위에 사람들이 몰려 있었고, 철제 양푼에서 연기가 피어올랐다. 툴리아가 피토의 팔을 잡고 속삭였다.

"감자야!"

피토는 멍하니 그녀를 바라보았다.

감자는 살구보다 올리브에 더 가까운, 속이 꽉 찬 과일이라고 그녀는 설명했다. 그리고 남아메리카의 산에 있는 나무에서 자란다고 했다.

"감자는 사실 식물 감자의 뿌리입니다."

내가 남아메리카 식물상에 대한 해박한 지식을 뽐내며 말했다. 툴리아는 나를 향해 눈살을 찌푸렸다. 그녀는 누가 자기 말을 바로잡는 것을 좋아하지 않았다.

"순무처럼요?"

피토가 물었다.

"내가 나중에 알려 줄게."

툴리아가 환한 표정을 지으며 말했다.

광장 가장자리에 그리스 신들의 조각상이 줄줄이 서 있었다. 피토가 한 조각상 아래에 앉아 칼에 박힌 자잘한 루비 중 하나를 빼내려 했다. 툴리아와 나는 로브 자락으로 피토를 가려 주었다.

이것이 어리석고 무모한 행동이라는 것은 우리 셋 다 알았다. 하지만 개의치 않았다. 차라리 먹을 것과 잠잘 방이 있는 여인숙을 찾는 게 나았겠지만, 군감자의 유혹을 뿌리치기에는 배가 너무 고팠다.

루비가 칼에서 튕겨 나와 꽤 멀리까지 포석 위를 굴러갔다. 툴리아가 쫓아가 루비를 줍더니 곧장 감자 장수에게 뛰어갔다.

맞다, 피토나 내가 사러 가는 게 나았을 것이다.

질서 있는 줄 같은 것은 없었다. 너도나도 노점상 주위로 몰려가 앞다투어 동전을 내밀고 있었다. 그들은 감자를 담을 접시와 그릇, 바구니를 직접 챙겨 왔다.

우리는 한편에 비켜서서 툴리아가 노점상의 관심을 끌려고 애쓰는 모습을 지켜보았다. 노점상은 기다란 집게로 숯불에서 작은 황금빛 감자를 네 개 꺼내더니, 눈에 띄는 아무 그릇에나 내려놓았다. 그러고는 에스파냐산 올리브유와 아프리카산 소금, 동인도제도산 후추를 획획 뿌렸다.
 툴리아가 주먹을 내밀었다. 노점상이 자기 쪽으로 눈길을 돌리자, 그녀는 주먹을 폈다가 재빨리 다시 오므렸다.
 주먹 속 물건을 본 노점상은 기쁜 마음으로 자기 바구니를 건네고는 바삭한 군감자를 한가득 주었다.
 우리는 아도니스 조각상 아래서 게걸스럽게 감자를 먹으면서, 숯 검댕이 묻어 까매진 서로의 손가락과 입술과 혀를 보며 웃었다. 내 평생 뭔가를 그토록 맛있게 먹어 본 적은 그 전에도 그 후에도 없었다.

59
굴뚝새와 꿀새

우리가 여인숙을 찾아나섰을 때는 이미 해가 진 후였고, 달빛도 별로 밝지 않았다. 토르텔루가의 법에 따라 모든 시민은 거리로 난 창문마다 양초를 켜 두어야 했다. 덕분에 거리가 아주 깜깜하지는 않았다.

허기가 가시자 나는 우리가 얼마나 위험한 행동을 저질렀는지 깨달았다. 정신이 번쩍 들었다. 툴리아와 피토는 우리가 어떤 위험에 빠져 있는지 전혀 모르는 눈치였지만, 나는 미행이 없는지 확인하려고 수시로 뒤를 돌아보았다.

그렇게 잔뜩 경계하다가 뭔가를 밟고 미끄러졌다. 개똥이기를 빌었다. 개였다면, 아주아주 큰 개였을 것이다.

피토와 툴리아는 예의를 차리느라 큰 소리로 웃지는 않았지만, 내 사고를 재미있어하는 티가 역력한 눈빛을 주고받았다. 그들은 내가 일어서도록 도와주었고, 내가 돌바닥에 신발 바닥을 긁는 동안 코를 쥐어 잡았다.

우리는 최소 일주일, 어쩌면 이 주 정도 머물 곳을 찾아야 했다. 여러 선장에게 접근하는 위험을 감수하느니 브루노가 수도원에서 돌아올 때까지 기다리는 것이 가장 안전할 것 같았다. 브루노가 동쪽 산길로 내려온 다음 클로비스산을 돌아 이곳까지 오려면 오래 걸릴 것이다. 우리는 그의 배 중 한 척을 타고 앤트워프로 갈 수 있기를 바랐다.

여인숙을 찾는 건 의외로 어려웠다. 열심히 길을 찾을수록 점점 더 길을 잃었다. 토르텔루가의 건물들은 질서나 규칙 없이 제멋대로 배치되어 있는 듯했다. 감자를 먹고 얻은 활력은 금세 무기력으로 변해 버렸다.

피토가 오는 길에 성당을 본 것을 떠올렸고, 우리는 첫날밤은 그곳에서 자고 아침에 여인숙을 찾아보기로 결정했다. 수도사들이 성당 바닥에 누워 있거나 잠긴 성당문 앞에서 잠들어 있다 해도 수상한 일은 아닐 터였다.

우리는 왔던 길로 되돌아가려 했지만 그마저도 쉬운 일이 아니었다. 툴리아와 피토는 어느 길로 가야 할지를 놓고 또다시 티격태격했다.

"바로 이 길이야!"

자신 있게 말하는 툴리아를 따라갔지만 아무리 봐도 내 눈에는 처음 가는 길 같았다. 길을 계속 따라가 보니, 놀랍게도 성당이 아니라 마주 보고 있는 여인숙 두 집이 나왔다.

"내가 말했잖아!"

툴리아는 우리가 찾던 곳이 성당이라는 사실을 까맣게 잊은

듯 의기양양하게 말했다.

두 여인숙 앞에는 간판을 비추는 등불이 하나씩 걸려 있었다. 한 곳은 이름이 **굴뚝새**였고, 다른 하나는 **꿀새**였다.

두 집 모두 사 층 높이로 보였고, 일 층보다 위층들이 더 넓은 구조였다. 두 건물의 지붕은 사이에 둔 골목길 한가운데쯤에서 거의 맞닿아 있었다. 마치 술주정뱅이 둘이 서로에게 등을 기대고 있는 듯한 모양새였다.

피토와 툴리아는 어느 여인숙으로 갈지를 두고 또 입씨름을 벌였다. 우리를 여기까지 데려온 사람이 툴리아인 셈이라, 우리는 그녀의 선택을 따랐다.

피토가 문을 여는 순간, 굴뚝새에서 노랫소리가 쏟아져 나왔다. 행색과 체취로 보아 노래를 부르는 이들은 어부였다. 기다란 탁자에 앉아 있던 그들은 우리가 들어가자 목청을 더 높였고, 우리가 수도사처럼 보이자 상스럽고 저속한 대목을 더욱더 힘주어 불렀다.

한 남자는 기절해 탁자에 얼굴을 처박고 있었다. 또 다른 남자는 맥주와 토사물이 흥건한 바닥에 뻗어 있었다.

피토가 여인숙 주인이 어디 있느냐고 물었다. 노랫소리 때문에 악을 써야 했다.

노래를 부르던 사람 중 하나가 바닥에 쓰러져 있는 남자를 손으로 가리켰다.

쥐 한 마리가 내 발 가까이로 쪼르르 지나갔다.

"꿀새로 가 보시오!"

또 다른 사람이 제안했다.

"주교도 이 도시에 오면 거기서 묵으니까!"

그 말에 어부들이 모두 웃음을 터뜨렸다.

두 여인숙이 별반 다를 것 같지는 않았지만 최소한 주인은 똑바로 앉아 있을 성싶었다. 우리는 골목으로 나가 꿀새로 들어갔다.

차이는 놀라울 정도였다.

노래를 부르는 사람은 딱 한 명뿐이었다. 온몸에 색색 베일을 여러 장 걸친 여인이었다. 그녀가 테이블 사이를 지나갈 때, 나는 베일 속에 감춰진 윤곽을 설핏 보았다. 노래하는 여인을 뚫어지게 바라보는 남자들 사이사이에도 몸에 베일만 걸친 여자들이 앉아 있었다.

노래하는 여인이 몸을 살짝 흔들자, 빨간색 베일과 파란색 베일이 순간적으로 교차했다. 남자들은 휘파람을 불고 환호성을 질렀다. 보일 듯 말 듯한 베일 속보다 더 관능적인 것은, 이 고혹적인 여인이 가장 금기시되는 색인 보라색 옷을 입은 것 같은 환상을 불러일으켰다는 점이었다.

"부끄러워하지 마세요."

키가 작고 통통하고 다른 여자들보다 나이가 많아 보이는 여인이 우리 쪽으로 걸어오며 말했다. 그녀는 베일 차림이 아니었다.

"영적인 충만감 이상을 필요로 하는 수도사가 당신들이 처음은 아니니까요."

그녀는 에스콰베타어로 운율이 잘 맞고 — 안타깝게도 다른 언어로 번역해 놓으니 운율감은 사라지고 난삽하고 어색하게 들린다 — 위트 있는 이행시를 읊었다.

"꿀새의 입은 지저귀는 소리를 낼 수 없다."

여기서 당신의 비밀은 안전하다.

피토가 말했다.

"일주일이나 이 주일 동안 묵을 방이 필요합니다."

그는 주먹을 펴서 작은 에메랄드 하나를 보여 주었다.

여인숙 주인은 보석을 보고도 시큰둥했다.

"이 주씩이나!"

그녀가 큰 소리로 외쳤고, 다른 여자들은 까르르 웃었다.

"수도원에 아주 오래들 계셨나 보네요."

이 층으로 올라가는 계단 아래에도 베일을 걸친 꿀새들이 여럿 앉아 있었다. 그중 하나가 일어서서 천천히 내게 걸어왔다. 키가 크고 날씬했다. 그녀가 내 옆에 섰다. 내 눈높이에 그녀의 목이 있었다. 재스민 향이 났다.

그녀의 손이 내 머리를 부드럽게 어루만지더니, 로브 앞자락을 타고 내려가 튜닉 속으로 들어갔다.

"아도니스 같네요."

그녀가 내 가슴에 손을 얹으며 말했다.

다른 꿀새 둘이 웃었다. 툴리아도 웃었다.

아도니스 같다는 말이 내가 그리스 신화에 나오는 미소년 같은 몸매를 가졌다는 뜻 — 나도 이렇게 믿고 싶은 심정이기는 하지만 — 은 아니었을 것이다. 대머리라서 광장의 대리석 조각상처럼 머리가 매끈하다는 뜻이었다면 모를까.

여인숙 주인은 툴리아에게 더 관심이 많았다.

"여자 수도사가 있다는 말은 못 들어 봤는데."

"저 로브는 우리가 준 겁니다."

피토가 나서서 말했다.

"우리가 발견했을 때, 저분은 춥고 굶주린 상태였지요."

여인숙 주인은 툴리아의 후드를 벗기고 얼굴을 찬찬히 뜯어보았다.

"정말 예쁘네요."

그녀는 툴리아의 머리카락을 부풀리듯 어루만졌다.

"좀 더 화려한 옷을 더 좋아할 것 같은데?"

"손 떼세요!"

피토가 단호하게 말하고는 여인숙 주인의 팔을 홱 잡아챘다.

어디에서 왔는지, 느닷없이 한 남자가 나타났다. 그는 순식간에 한 팔로 피토의 목을 조르고 다른 팔로 피토의 팔을 잡아 등 뒤로 비틀었다.

에메랄드가 떨어져 바닥에서 굴러갔다.

여인숙 주인이 발로 에메랄드를 밟았다.

"우리는 방 없어요."

그녀가 퉁명스럽게 말했다.

"굴뚝새로 가 보세요."

위층에서 큰 비명이 들려왔다.

나는 계단으로 고개를 돌렸다. 맨발이 보였고, 곧이어 계단을 비트적비트적 내려오는 털이 수북한 두 다리가 보였다. 남자가 조금 더 아래로 내려오자 그의 나머지 모습이 드러났다. 그는 허리에 주황색 베일만 두른 알몸을 계단 난간에 기댔다.

"바다의 시간은 그토록 더디더니……."

그가 한탄했다.

"육지의 시간은 이토록 덧없도다."

"내 거잖아요!"

한 여인이 그를 쫓아 내려오며 소리쳤다. 그녀의 흐트러진 베일들은 감추는 것이 별로 없었다. 그녀는 깔깔 웃으면서 남자가 허리에 두른 주황색 베일을 향해 달려들었다.

남자는 뒤로 물러나 잠시 팔을 휘젓다가 계단 아래로 굴러떨어졌다.

머리가 바닥에 세게 부딪혔다.

나는 서둘러 그에게 뛰어갔다.

그는 한 발을 계단의 맨 아래 단에 걸친 채 벌러덩 누워 있었다. 흐트러진 베일을 걸친 꿀새는 손으로 입을 가린 채 걱정스레 남자를 지켜보고 있었다. 나는 그가 아직 숨을 쉬는지 확인해 보려고 몸을 숙였다.

여인숙 주인이 내 뒤로 다가오더니 커다란 잔에 담긴 에일을 남자의 얼굴에 확 끼얹었다. 에일이 나에게도 조금 튀었다.
남자는 에일을 퉤퉤 뱉으며 눈을 떴다. 그러고는 나를 물끄러미 보고는 당황했다.
"아나톨?"
나의 벗이자 위대한 에스콰베타의 탐험가인 마리오 쿠비오를 보며 나는 빙긋이 웃었다.

60

인어 소년

다시 기절하기 전에, 쿠비오는 여인숙 주인에게 술주정하듯이 자기 친구 아나톨이 "전 세계에서 가장 뛰어난 대머리"라고 떠벌렸다. 그러고는 자신은 "세계 구석구석"을 직접 탐험했기 때문에 확실한 사실이라고 강조했다.

덕분에 우리는 여인숙 주인으로부터 쿠비오의 방에서 하룻밤을 보내도 좋다는 허락을 받았다. 하지만 유명한 선장에 대한 그녀의 존경심은 거기까지였다. 그녀는 대가로 에메랄드를 챙겼다.

나는 쿠비오의 손을, 피토는 발을 잡고 들어 층계참이 두 개인 긴 계단을 올라 쿠비오를 이 층으로 옮겼다. 피토를 때려눕혔던 남자가 얇은 매트리스 세 개를 오른쪽 어깨에 메고 우리를 따라왔다.

우리는 쿠비오를 침대에 내려놓고, 셋이 어디서 어떻게 잘지 고민했다. 비좁은 방은 침대 하나, 탁자 하나 그리고 쿠비오의 커다란 트렁크가 겨우 들어갈 정도밖에 되지 않았다.

"너무 피곤해 서서 잘 수도 있을 것 같아요."

툴리아가 말했다.

피토의 매트리스는 트렁크와 침대 사이에 꼭 끼게 놓았다.

툴리아는 창문 가까이에서 잤고, 나는 몸 대부분을 탁자 아래에 구겨 넣다시피해서 잤다.

"신발에서 고린내가 나요!"

피토가 나에게 투덜댔다.

"냄새는 오직 너의 마음속에만 있어."

내 말에 피토가 웃으며 대꾸했다.

"아니요. 그 냄새는 살아 있어요!"

냄새는 신발 한 짝에서만 났지만, 툴리아가 와서는 두 짝을 모두 집어 문밖으로 내던졌다.

나는 끔찍한 트림 소리에 잠에서 깼다. 눈을 뜨자마자 내가 맨 먼저 본 것은 쿠비오의 털북숭이 엉덩이였다. 그는 창밖으로 몸을 숙이고 있었다. 주황색 베일은 밤중에 벗어 던진 모양이었다. 창문으로 환한 햇살이 쏟아져 들어왔다.

쿠비오는 마지막으로 한 번 토하고는 뒤돌아서다 툴리아에 걸려 휘청했다.

그녀는 휘둥그레진 눈으로 그를 올려다보았다.

그는 그녀를 내려다보더니, 아직 자고 있는 피토를 보고, 마지막으로 나를 보았다. 그러고는 두 손으로 얼굴을 가리고 끙끙 앓는 소리를 냈다. 잠시 후, 그는 손가락 사이로 빼꼼히 나를 보앉다.

"아나톨, 대체 나한테 무슨 짓을 한 건가?"

한 시간 후, 우리 넷은 탁자에 둘러 앉았다. 두 개밖에 없는 의자에는 툴리아와 내가 앉았다. 쿠비오는 침대 가장자리에, 피토는 트렁크에 앉았다.

여인숙 주인이 달걀, 양고기, 빵, 과일로 구성된 아침 식사를 올려 보냈다. 차 한 주전자도 있었는데, 그것만으로도 에메랄드 값을 했다. 마지막이 언제였는지 기억도 안 날 만큼 오랜만에 마시는 차였다.

나는 차를 입에 오래 머금고 따스한 기운을 한껏 느낀 다음 삼켰다. 훈연 향이 났지만, 전에 마셔 본 다른 훈연 차들과 달리 목넘김이 깔끔했다. 뒷맛은 깨꽃과 비슷했다.

"아나톨!"

쿠비오가 소리쳤다.

아까부터 나를 부르고 있었던 것 같았다.

"차를 마시고 있을 때는 말도 못 붙인다니까요."

툴리아가 말했다.

"당신들이 지금 얼마나 위험한지 아시오? 여기는 안전하지 않아요."

"어디로 가면 안전할까요?"

툴리아가 물었다.

쿠비오는 그녀를 보면서 천천히 고개를 가로저었다.

"안전한 곳은 없습니다."

선장은 바닥에서 자신을 올려다보던 툴리아의 눈을 보자마자 그녀가 공주라는 것을 알아차렸다.

"달림플은 어머니와 결혼했어요. 그런데 왜 나를 찾겠어요?"

대답할 필요가 없는 질문이었다. 우리 모두 그 이유를 알았고, 툴리아도 마찬가지였다. 복수. 앙심. 그녀가 고통받는 것을 보는 즐거움.

"어머니는 공주님을 보호하지 않을 겁니다."

쿠비오가 말했다.

"아버지 산드로 왕을 죽인 사람이 바로 그분이니까요."

툴리아의 얼굴이 살짝 떨렸다. 겉으로 보인 반응은 그것이 전부였다.

그녀에게 내 탓도 조금은 있을지 모른다고 말할까 생각했다. 그녀의 어머니가 단지 파편에 손가락을 찔린 일은 한 번도 언급한 적이 없었다.

"놀랍지도 않네요."

툴리아는 쿠비오에게 그렇게 말하고는, 낮은 땅으로 갈 계획으로 화제를 돌렸다. 그녀는 보석 장식이 박힌 칼을 보여 주었다.

세상을 돌아다니며 별의별 것을 다 본 이 유명한 선장은 웬만한 것에는 감탄하지 않았다. 그런데 칼을 보고 감탄했다.

"혹시 브루노를 아세요? 상인이요."

툴리아가 묻고는 그가 수도원에서 돌아오기를 기다리는 이유를 설명했다.

"아주 잘 압니다."

쿠비오가 말했다.

"세상 사람 다 믿어도 그 사람은 믿으면 안 된다는 걸 알 정도로 잘 알지요. 브루노는 새 국왕에게 잘 보이기 위해 그 칼을 빼앗고 공주님을 달림플에게 넘길 겁니다. 그자의 영혼에서 나는 악취를 모두 없애려면 수도원을 천 번도 더 가야 할 겁니다."

툴리아는 실망했지만, 실망이 오래가지는 않았다.

"다른 선장들을 많이 알고 계시죠? 믿을 만한 사람이 없을까요?"

쿠비오가 곰곰이 생각해 보고는 대답했다.

"없습니다. 죄송합니다. 제가 도울 수 있으면 좋겠지만."

"그럼 도와주세요!"

그녀가 소리쳤다.

"배를 가지고 있잖아요. 우리를 앤트워프로 데려다주세요."

쿠비오는 앓는 소리를 냈다. 그리고 머리를 움켜쥐면서 내게 숙취 해소약을 가지고 있느냐고 물었다.

"우리는 로브 말고는 가진 게 아무것도 없네."

내가 대답했다.

"그냥 닻을 올리고 앤트워프로 갈 수는 없는 노릇이야."

쿠비오는 툴리아가 아니라 나를 보며 말하고 있었다.

"이 주 후에 아메리카대륙으로 출발해야 하네. 아마 마지막 탐험이 될 거야. 달림플은 더 이상 항해에 자금을 댈 이유가 없다고 생각하니까. 내가 금 자루를 가져오거나 땅을 정복하지 않으니."

"꼭 앤트워프로 갈 필요는 없어요. 함께 배를 타고 아메리카로 가도 괜찮아요."

툴리아의 말에 쿠비오는 한숨을 쉬었다.

"공주님이 고집이 대단하시네. 안 그런가?"

"안 될 이유가 있나요?"

툴리아가 집요하게 물었다.

"너무 위험하니까."

피토가 나서서 대답했다.

"여기도 위험하기는 마찬가지야. 저분이 아까 그렇게 말했잖아."

틀리아가 말했다.

"죄송하지만, 선객을 태울 공간이 없습니다. 선원들도 간신히 타는 처지입니다. 잠 잘 공간도 부족해서 선원들이 삼교대로 자야 할 판입니다."

"지금까지도 충분히 잘해 주셨습니다. 방도 함께 쓰게 해 주시고. 정말 감사합니다. 앤트워프로 가는 방법은 저희가 찾아보겠습니다."

피토가 말했다.

"방을 함께 쓰게 해 준 게 아니야! 술에 완전히 취해서 우리가 이 방에 있는 줄도 몰랐어!"

툴리아가 쏘아붙였다.

쿠비오는 웃으면서 툴리아의 말이 맞다고 인정했다.

"우리가 꼭 선객으로 배에 타라는 법은 없어요. 우리도 선원이 되면 되잖아요."

"배에서 일해 보신 적 있습니까, 공주님?"

그 말에 툴리아의 파란 눈이 반짝였다.

피토가 대신 대답했다.

"아니요. 해 보신 적 없지요. 우리 셋 다 마찬가지입니다. 우리는 방해만 될 겁니다."

툴리아가 피토를 째려보며 물었다.

"너 도대체 왜 그러는 거야?"

"바다에 대한 두려움."

쿠비오가 말했다.

"전에 저 표정을 본 적이 있습니다."

"두렵지는 않아요. 그냥 현실적인 거죠."

쿠비오의 말에 피토가 대꾸했다.

"앤트워프로 배를 타고 가는 것은 안 두려워했잖아?"

툴리아가 피토에게 따졌다.

"그것하고는 다르지요. 안 그런가?"

쿠비오가 피토에게 물었다. 그러고는 툴리아에게 말했다.

"앤트워프는 해안만 따라가면 갈 수 있습니다."

"그런데요?"

"아메리카는 광활한 대양을 건너가야 합니다."

쿠비오는 피토에게 고개를 돌리고 물었다.

"무엇을 두려워하는 건가?"

피토는 어깨를 으쓱하고는 대답했다.

"폭풍우요."

"그래, 폭풍우가 치지."

쿠비오가 고개를 끄덕이고는 내처 말했다.

"하지만 그보다 더 끔찍한 것은 바람 한 점 없는 날이 끝없이 이어지는 거야."

쿠비오는 툴리아의 이해를 돕기 위해 한마디를 덧붙였다.

"그래서 노련한 선원들이 필요한 겁니다."

"해적도 있지요."

피토가 조용히 말했다.

"어딘가에 있겠지. 아까 말했듯이, 광활한 대양이니까."

"거대한 소용돌이도 있잖습니까. 배를 바다 밑바닥까지 빨아들이는."

"그런 현상은 경험해 본 적 없네."

"바다 괴물은요?"

피토가 또다시 물었다.

"있을지도 모르지. 바다는 온갖 신비한 것을 품고 있으니."

"인어공주도요?"

피토의 질문에 툴리아와 나는 웃었고, 선장은 놀란 표정으로 피토를 물끄러미 보았다.

"인어가 대체 왜 무섭지?"

피토는 눈을 아래로 깔면서 대답했다.

"아름다움과 감미로운 노래로 선원들을 유혹해 배 밖으로 뛰어내리게 하지 않습니까."

"나라면 그렇게 돼도 나쁘지 않을 것 같은데!"

쿠비오는 껄껄 웃었다.

"이 친구는 책을 많이 읽는다네."

내가 피토를 변호했다.

툴리아가 의자에서 일어나 탁자를 돌아 피토에게 가더니 그의 팔에 손을 얹었다.

"걱정 마. 내가 그 사악한 인어들로부터 널 지켜 줄게."

피토는 몸을 흔들어 그녀의 손을 뿌리쳤다.

나는 피토가 안쓰러웠다. 두려워하거나 당황하는 피토의 모습은 처음 보았다. 중압감을 조금 덜어 주기 위해 내가 가진 두려움을 털어놓았다.

"세상의 끝에서 떨어질까 봐 두려운 건 아니네."

나는 차분히 이야기를 시작했다.

"지구가 둥글다는 건 알아. 어떻게 그럴 수 있는지는 이해하지 못해도."

나는 또한 지구 반대편에 물구나무서서 걷는 사람들이 있다는 사실도 받아들였다. 하지만 어쨌든 그들은 **육지**를 걸었으며, 육지는 견고했다.
 "그런데 배는 어떻게 물에서 물구나무서듯이 항해할 수 있지?"
 이것은 피토가 공감하지 않은 유일한 두려움이었다.
 "우주에는 위도 아래도 없습니다, 아나톨."
 피토가 말했다.
 "우주를 하나의 장소로 생각하지 마세요. 하나의 과정이라고 생각해 보십시오."
 그것은 내 능력 밖이었고, 쿠비오도 그 말을 이해했는지는 모르겠지만 피토를 바라보는 그의 눈빛에 생긴 확연한 변화를 나는 감지했다.
 툴리아도 그 변화를 눈치챘던 것이 틀림없다. 그녀는 이 기회를 잽싸게 이용했다.
 "피토는 뛰어난 작가예요. 항해 연대기를 쓸 수 있어요. 수백 년 동안 전 세계 사람들이 용감하고 영웅적인 쿠비오 선장의 모험담을 읽게 될 거예요!"
 "연대기 작가 같은 건 필요 없습니다."
 쿠비오가 말했다.
 "그리고 저는 아첨에 넘어가는 사람이 아닙니다."
 "피토는 새 언어를 배우는 데도 능숙해. 야만인들과 소통하는 데 도움을 줄 수 있을 거네."
 내가 끼어들었다.

이 역시 잘못된 말이었다.

"그들은 야만인이 아니야!"

쿠비오가 화난 목소리로 말했다.

"그들은 수학을 이해하고, 별을 연구하고, 수로를 건설하고……."

그는 슬픈 표정으로 고개를 가로젓고는 내처 말했다.

"우리가 야만인이네, 아나톨."

그는 두 손으로 머리를 쓸어 올리며 끙끙거렸다.

"배에 의사가 있으면 유용하겠지."

그가 나에게 말했다.

"괴혈병 때문에 좋은 사람들을 너무 많이 잃었어. 하지만 자네는 다른 일도 해야 할 거야. 요리, 청소, 이발……."

"그럼 저 두 사람은?"

내가 물었다.

"뱃사람들은 매우 거칠다네. 오랫동안 바다에 나가 있어야 하는데, 나는 공주님을 보호할 자신이 없어."

"내 몸은 내가 지킬 수 있어요."

툴리아가 말했다.

"맞아. 수도원에서도 제일 열심히 일하셨지."

내가 말했다.

"배하고 수도원은 달라. 선원은 수도사가 아니야."

쿠비오가 말했다.

"툴리아는 겁이 없네. 폭풍우가 몰아쳐도 가장 높은 돛대에 올라갈 거야. 그리고 피토는 뭐든 빨리 배우지. 필요한 일이라면 돛줄 조종하는 일이든, 육분의를 보는 것이든, 뭐든 잘 해낼 거네."
그때, 내가 마침내 제대로 먹히는 말을 했다.
"체스에서 자네를 이길 수도 있고."
"정말 나를 이길 수 있을 것 같은가?"
쿠비오가 피토에게 물었다.
피토는 한쪽 어깨를 으쓱하며 미소를 지었다.
쿠비오는 웃으면서 선장실에 체스 세트가 있다고 했다. 그러고는 툴리아를 보며 말했다.
"만약 인어 소년이 이기면, 공주님도 선원으로 받아들이겠습니다."

61
삼각형

"같은 변장을 두 번은 하지 마시오."

쿠비오가 큰 몸집으로 작은 방을 서성거리며 단호하게 말했다. 이제 우리는 그의 배를 탈 사람들이니, 그가 대장이었다. 그는 공주가 목욕하고 옷을 갈아입도록 준비해 주었다.

"가십시오!"

그가 그녀에게 큰 소리로 말했다.

그녀는 시키는 대로 했다.

내 신발은 아직 문밖에 있었지만, 더 이상 고린내가 나지 않고 아주 깨끗하게 닦여 있었다. 에메랄드의 대가에 포함된 것이었다.

쿠비오는 트렁크를 열어 피토가 입을 만한 옷이 있는지 찾아보았다. 그러다 몸을 숙이니 어지러운지, 침대에 걸터앉았다.

"배까지 가는 길에 시장이 있어."

그가 두 손으로 머리를 감싸며 말했다.

"아나톨, 필요한 것은 뭐든 있을 거네. 제발 숙취 해소 약 좀 만들어 보시게나."

그는 끙끙 앓는 소리를 내고는 이렇게 덧붙였다.

"인어 소년의 뱃멀미 약으로 쓸 것도 좀 구해 보고. 우리 둘 다 정신 바짝 차려야 할 거야."

"저는 뱃멀미 안 합니다."

피토가 말했다.

"아직은 그렇겠지."

선장이 말했다.

"툴리아와 겨뤄 보는 건 어떻습니까? 저보다 체스를 더 잘 두거든요."

피토는 그렇게 말하고는 얼른 한마디를 덧붙였다.

"제가 말했다고는 하지 마십시오."

쿠비오가 웃으며 말했다.

"그렇게 쉽게 빠져나갈 수는 없지. 내 상대는 자네야, 인어 소년. 체스는 단순히 전술과 전략만 가지고 두는 게 아니야. 상대의 의지를 짓밟아야 해. 무자비하게. 내가 공주님께 그럴 수는 없지."

"툴리아는 공주가 아닙니다."

피토가 말했다. 칭찬으로 하는 말이었다.

쿠비오는 피토에게 금색 단추가 달린 빨간색 실크 셔츠를 주었다. 피토가 셔츠를 입으려 하자, 선장은 목욕부터 하라고 했다.

"내 셔츠 중에 제일 좋은 거야. 솔직히, 자네 몸에서 좀 고약한 냄새가 나."

그는 트렁크에서 겉옷과 삼각모도 꺼냈다.

내가 물약에 필요한 재료들을 구하는 동안 쿠비오는 시장에서 내가 입을 선원복을 좀 사겠다고 했다. 나는 수도사 로브를 계속 입는 수밖에 없었다. 그 옷 말고는 대머리를 감출 옷이 없었다.

"우리는 숨어 다니지 않을 거네. 사람들이 가장 붐비는 14시에 출발해 산책로를 따라 당당하게 걸어갈 거야."

그가 단호하게 말했다.

문 두드리는 소리가 들렸다.

피토와 나는 얼어붙었지만, 선장은 침착하게 문을 열었다.

몸에 베일을 두른 툴리아가 들어왔다. 피토는 툴리아에게서 눈을 떼지 못했다

툴리아가 피토를 보며 말했다.

"뭐? 왜?"

"그만 얼빠진 듯이 보고 당장 내려가!"

선장이 명령했다. 피토는 여전히 얼빠진 듯이 그녀를 보면서 문 쪽으로 걸어갔다.

"옷 가져가야지!"

침대 위의 새 옷들을 집으면서도 피토의 눈은 계속 툴리아에게 붙박여 있었다. 그는 옆걸음으로 문간으로 갔고, 뒷걸음으로 계단으로 향했다.

쿠비오가 문을 꽝 닫았다.
"이래야 저 녀석이 계단에서 안 굴러떨어질 것 같아서."
쿠비오는 껄껄 웃었다. 그러고는 툴리아에게 물었다.
"그 여자가 초록색 베일을 주던가요?"
툴리아가 손에 초록색 베일을 쥐고 있었다.
갑자기 선장의 눈이 반짝였다. 그는 문을 확 열어젖히고 계단 꼭대기로 후다닥 달려가 아래를 향해 소리쳤다.
"조심해! 목욕물에 인어가 있을지도 몰라!"
그는 낄낄거리며 돌아와 꽤 흡족한 표정을 지었다.
"난 저 친구가 마음에 들어."
"나도요."
툴리아가 조용히 맞장구쳤다.

교회 탑의 종이 열네 번 울렸고, 우리는 꿀새를 떠났다. 쿠비오가 앞장서 걸었다. 그의 뒤에서, 약간 옆쪽으로 비켜선 채 툴리아가 피토와 팔짱을 끼고 따라갔다. 얼굴은 초록색 베일로 가리고 있었다. 나는 훨씬 더 뒤에서 좁은 골목의 반대편에 붙어 걸어갔다.
부둣가로 가는 길은 미로처럼 복잡했지만, 쿠비오는 거침없이 걸어갔다.
"우리가 찾던 성당이 바로 저기 있네요!"
툴리아가 소리쳤다.

쿠비오는 매서운 눈빛으로 그녀의 입을 다물게 했다. 우리는 서로 모르는 사이인 척해야 했다.

산책로에 들어서자, 우리는 더 멀찍이 떨어져 걸었다.

우리를 지나치는 남자들마다 툴리아를 힐끗힐끗 훔쳐보기는 했지만, 가장 주목을 받은 이는 단연 쿠비오였다. 누구나 유명한 선장을 알아보았다. 그의 이름을 외치며 손을 흔드는 이들에게 그도 손을 흔들어 화답했다. 아이들은 그에게 달려들어 코트를 한번 만지고는 냅다 도망쳤다.

한 남자가 아마존 여자들은 키가 정말로 8브라치오냐고 물었다.

"10브라치오!"

쿠비오는 누구를 실망시키는 법이 었었다.

다른 사람은 날아다니는 원숭이에 대해 알고 싶어 했다.

쿠비오는 날아다니는 원숭이가 몸집은 작지만 "벌떼처럼 몰려들었다"고 말했다.

나는 사실상 거의 보이지 않는 존재처럼 느껴졌다. 내가 지나갈 때 사람들은 대부분 눈길을 돌렸다. 수도사와 눈을 마주치기에는 자신의 죄와 흠결을 너무 잘 알았기 때문이리라.

나는 항구 너머를 응시하며 짭짤한 공기를 깊이 들이마셨다. 세상을 바꾸고 르네상스를 탄생시킨 세 가지 위대한 발명품이 있었다. 두 가지는 이미 앞에서 언급했다. 화약과 가동 활자를 이용한 인쇄기.

나는 세 번째 것을 보고 있었다. 항구에 있는 모든 배가 삼각 돛을 달고 있었다.

암흑시대에는 돛이 직사각형이었다. 직사각형 돛은 바람이 뒤에서 불어올 때만 유용했다. 그런 배들의 선체를 채운 건 화물이 아니라 바람이 잘못된 방향으로 불 때—이런 경우가 태반이었다—마다 거대한 노를 젓는 노잡이들이었다.

좌현과 우현 사이를 쉽게 오갈 수 있는 삼각돛 덕분에 배는 바람을 거슬러 항해할 수 있게 되었다. 내가 보기에, 이것은 마법이다.

62
더없이 중요한 선택

시장에는 건물 두 개와 더불어 끝이 없어 보일 정도로 많은 천막이 있었다. 건물과 천막 안팎에 수백 개의 탁자가 무질서하게 놓여 있었다. 생선이 든 양동이 옆에 모피 더미가 쌓여 있는 식이었다.

이 때문에 필요한 물건을 모두 찾는 것이 보통 일이 아니게 되었지만 나는 괘념치 않았다. 이국적인 풍경과 냄새 사이로 돌아다니는 일이 즐거웠다. 그래서 내가 맡은 일이 얼마쯤 긴급하다는 점을 마음속으로 되새겨야 했다.

쿠비오가 나에게 동전 주머니를 주었다. 맨 먼저 산 물건은 앞으로 살 것들을 담을 삼베 자루였다. 석화된 울새의 알을 찾는 데 시간이 많이 걸렸지만, 마침 바로 맞은편에 사려고 했던 멸치 페이스트가 있었다!

나는 삼베 자루 절반을 마른 고추로 채웠다. 숙취 해소 물약과 피토의 뱃멀미를 위한 물약에는 고추가 한 개씩만 필요했다. 나머지는 쿠비오가 언급한 괴혈병에 쓸 고추였다.

괴혈병은 선원병이라고도 불렸다. 오랫동안 바다에 나가 있는 선원들은 잇몸이 썩고, 이가 빠지고, 근육이 약해졌다. 많은 사람이 이 병으로 사망했다. 나는 밤에 불이 야생 동물을 쫓아내듯, 고추가 악령을 쫓아낼 것이라고 생각했다.

21세기 의사들은 그런 개념을 비웃을 것이다. 그들은 괴혈병의 원인이 비타민 C 결핍이라고 말할 것이다. 그리고 선원들에게 오렌지나 레몬을 줘야 한다는 것도 몰랐던, 끔찍할 정도로 무지한 16세기 의사들을 향해 고개를 절레절레 저을 것이다.

그들의 말을 듣노라면, 현미경으로 — 당시에는 현미경이 없었다 — 비타민 A, B, C, D, E가 우유 사발에 담긴 눅눅한 시리얼처럼 둥둥 떠다니는 모습이 들여다보일 것만 같다.

비타민은 만능 해결책도 아니고 유일한 해결책도 아니다. 숫자 1과 2 사이에는 무한한 수의 분수가 있고, 현재 널리 쓰이는 음표들 사이에는 무한한 수의 음이 있다. 마찬가지로 비타민 A, B, C, D, E 사이에도 고유한 특성과 효능을 가진 무한한 수의 물질이 존재한다. 내 마법은 대부분 비타민들 사이에 있는 그런 물질들을 기반으로 한 것이었다.

아, 그리고 참, 고추가 오렌지보다 비타민 C를 더 많이 함유하고 있다는 것은 이제 잘 알려진 사실이다. 게다가 말린 고추는 배에 보관하기도 훨씬 용이하고, 쥐도 끌어들이지 않는다.

하지만 내가 뭘 알았겠는가? 그저 끔찍할 정도로 무지한 16세기 의사였을 뿐인데!

피토의 뱃멀미 약에 쓸 생강을 조금 샀다. 노점상은 생강 뿌리만 사지 말고 향긋한 향이 나는 꽃들도 사라고 부추겼다. 사실 효과는 꽃이 더 좋다.

나는 그만 기웃대고 시장을 떠나기로 결심했다. 이 시장에 훨씬 더 익숙한 쿠비오는 아마 한참 전에 선원복을 샀을 테고, 점점 더 초조해하며 나를 기다리고 있을 것이 확실했다.

하지만 차를 파는 노점상 앞을 내가 무슨 수로 지나칠 수 있었겠는가?

주머니에 동전이 아직 몇 닢 남아 있었다. 아메리카에도 차가 있다는 것을 누가 알았으랴. 쿠비오가 이런 나의 돌발 행동을 틀림없이 이해해 주리라고 나는 믿었다.

긴 탁자 위에 다양한 통이 줄지어 놓여 있었다. 각 통 앞에는 찻잎을 조금씩 담아 놓은 작은 바구니가 놓여 있었다.

나는 바구니를 차례차례 살펴보며 찻잎 냄새를 맡아 보았다. 오늘 아침 식사 때 무척 만족스럽게 마셨던 훈제 향이 나는 차도 있어서 바로 알아보았다. 하지만 그렇게 특이한 차를 오랜 기간 마실 유일한 차로 선택해도 될지는 확신이 서지 않았다.

동전 주머니를 다시 확인해 보니 두 통을 사도 될 만큼 돈이 넉넉해서 기뻤다. 하지만 결정이 더 쉬워진 반면 선택지는 더 복잡해졌다.

나는 다시 한번 바구니에 담긴 찻잎 냄새를 차례차례 맡아 보았고, 최종 후보를 넷으로 좁혔다. 하나는 아침에 마신 훈제 향이 나는 차로 이미 결정했다. 세 번째로 바구니 네 개의 냄새를 맡고 있을 때, 일찌감치 제외해 놓았던 바구니 하나가 내 주의를 끌었다. 그 바구니의 냄새를 다시 맡았을 때, 결정할 수 있었다. 바로 이 차로구나.

후드가 뒤로 젖혀져 칼라가 목을 조였다.

"대머리 녀석을 찾았다!"

누군가 소리쳤고, 내 양팔이 붙들렸다.

모두 세 사람이었다. 둘이 내 팔을 한쪽씩 잡았고, 소리치던 사람은 이제 칼을 허공에 휘두르고 있었다.

"그가 주문을 걸지 못하게 해!"

이 경고에 누군가가 내 입속에 기름진 헝겊을 물렸다.

세 사람 모두 어렸다. 열아홉 살도 채 되지 않았다. 그중 한 명은 여드름이 심했다. 이런 상황이 아니었다면 나는 근처 가판대에서 약초와 버섯을 조금 구해 여드름을 치료해 줄 수도 있었을 것이다.

사람들이 모여들었다. 꿀새 여인숙 주인이 보였다. 그녀는 어깨에 파란 벨벳 천을 두르고 있었다.

더 많은 사내들이 가세했다. 책임자로 보이는 사람이 다른 두 수도사는 어디에 숨어 있느냐고 물었다.

나는 헝겊을 입에 물고 있어 아무 말도 할 수 없는데도 그는 손등으로 나를 때렸다. 그리고 나서야 어린 남자에게 입에 물린

재갈을 제거하라고 명령했다.

"주문을 걸지도 모릅니다."

어린 남자가 경고했다.

"아나톨은 주문을 걸지 않아."

누구인지 바로 알 수 있는 목소리였다. 긴 흰색 모피 코트를 입은 디티에리가 시장통을 성큼성큼 가로질러 내게 다가왔다.

"달림플 왕을 대신하여, 툴리아 공주의 납치 및 살해 혐의로 너를 체포한다."

표면적으로는 내게 말하는 것 같지만, 실은 구경꾼들을 향한 말이었다. 헉하고 놀라는 소리와 수군대는 소리가 들리는가 싶더니 이내 나를 향한 고함과 욕설로 바뀌었다. 여기저기서 다양한 처형 방법을 제안하는 말이 튀어나왔다.

디티에리는 잠시 상황을 지켜만 보다가 한 손을 들어 구경꾼들의 입을 다물게 했다. 그러고는 아직 두 명의 공모자를 더 찾고 있으며, 그들은 아마도 수도사로 변장했을 가능성이 있다고 말했다. 그들을 붙잡는 데 도움되는 정보를 제공하는 사람은 후한 보상을 받을 것이라고 했다.

나는 나를 빤히 보는 여인숙 주인을 바라보았다. 그녀는 슬금슬금 뒷걸음질로 사람들 사이를 빠져나가 몸을 돌려 시장 출구로 향했다.

그녀가 한 말 그대로, 꿀새는 지저귀지 않았다.

63
긴 여행

시장에서 병사들에게 끌려가는 동안 아까보다 더 큰 고함과 심한 욕설이 등뒤에서 들려왔다. 말을 탄 병사들이 산책로를 순찰하는 모습이 보였다. 피토나 툴리아, 쿠비오의 흔적은 보이지 않았다. 여인숙 주인이 그들에게 경고해 주었기만을 나는 바랐다.

나는 마차로 끌려갔다. 두 손이 등 뒤로 묶이고 말들도 조금 흥분했지만, 큰 탈 없이 마차에 올랐다. 마차에 타자마자 발목마저 묶였다.

디티에리가 뒤따라 마차에 탔다.

"아나톨, 그들은 어디 있나?"

"누구 말이오?"

그는 나의 연기를 보고 웃었다.

"툴리아 공주와 필경사 피토."

나는 피토는 역병으로 죽었다는 것을 상기시켰고, 공주는 납치되어 살해당했다는 소문을 들었다고 했다.

내가 범죄자로 몰릴 수밖에 없는 이유를 우리 둘 다 잘 알고 있었다. 달림플은 공주가 자신을 경멸하다 못해 비천한 필경사와 함께 도망쳤다는 사실이 알려지는 것을 도저히 묵과할 수 없었다.

"이제 호랑이가 두 마리야."

디티에리가 말했다.

"왕은 인간과 짐승의 싸움을 관전하기 좋은 훌륭한 스포츠로 여겨. 하지만 그건 진정한 스포츠가 아니지. 안 그런가? 애초에 누가 이길지 다 아니까."

그는 자기 말을 깊이 생각해 보라고 말하고는 나머지 사람들을 찾는 수색대에 합류하기 위해 자리를 떴다.

나는 몇 시간이나 마차 속에 갇혀 있었다. 수색이 어떻게 진행되고 있는지는 알 길이 없었다. 유일한 위안은 내가 혼자 있는 시간이 일 초, 일 초 늘어날 때마다 툴리아나 피토가 잡히지 않고 일 초, 일 초 흘러간다는 사실이었다.

나는 갈수록 더 초조해졌다. 손발은 묶여 있지, 양쪽에 버티고 있는 경비병들한테서는 악취가 풍기지, 호랑이가 몇 마리 기다리고 있든 그냥 빨리 거기로 가고 싶은 심정이었다.

해 질 녘이 되어서야 디티에리가 돌아왔다. 그를 봐서 반가웠다고 할 수는 없었지만, 적어도 뭔가 변화가 있다는 신호였다. 그는 아무 말 없이 내 맞은편에 앉았고, 마침내 마차가 출발했다. 마차 양쪽에 말을 타고 가는 병사들이 보였다.

성으로 돌아가는 길은 사흘이 걸렸다. 디티에리는 놀라울 정도로 친절하게 굴었다. 아마도 내가 더는 위협적인 존재가 아니기 때문이었던 같다. 어차피 사흘 동안 붙어 있어야 하니 그냥 심심해서 그랬을 수도 있다.

그는 마치 내가 오랫동안 헤어져 있다가 고향에 돌아온 친구라도 되는 양 내가 없는 동안 일어난 일들을 세세히 이야기해 주었다. 우리는 산드로 왕의 신하 가운데 마지막 남은 두 사람이었다. 나머지는 모두 도망쳤거나 호랑이 먹이가 되었다.

달림플은 산드로 왕에게 충성한 자들이 역모를 꾀하지 못하도록 확실하게 조치했다. 달림플의 첩자였던 볼타로조차 호랑이 밥이 되었다.

"한 왕을 기꺼이 배신한 볼타로라면 다른 왕도 배신할 가능성이 크지."

디티에리는 그렇게 말했다.

마키아벨리가 자랑스러워할 만한 말이었다.

나는 그에게 어떻게 해서 살아남았는지 물었다.

"나의 충성심은 늘 코리나 왕비님을 향한 것이었고, 왕비님은 의심할 여지 없이 달림플에게 헌신적이니까."

"헌신적이고 순종적이오?"

내 질문에 그는 미소를 지었다.

하웰에 대해 묻고 싶었지만, 공연히 그에게 관심이 쏠리게 할까 봐 두려웠다. 그는 아직 성에 있으리라.

"놀랍군, 아나톨. 루비로 감자를 사는 수도사라니? 자네가 그보다는 똑똑한 줄 알았는데."

"정말 맛있는 감자였소."

그는 웃었다.

잠이 든 내가 양쪽 경비병에게 번갈아 몸을 기대자, 얼마 후 그들은 내가 마차 벽에 기댈 수 있도록 자리를 바꾸어 주었다. 나는 병사들이 먹는 음식을 먹었고, 그들이 볼일을 보려고 멈추면 나도 그들의 생체 리듬에 맞추었다.

셋째 날 오후, 나는 뭔가에 부딪혀 잠에서 깼다. 마차가 멈춰섰다. 쇠밧줄 감개가 돌아가는 소리가 들렸다. 성문이 내려오고 있었다.

호랑이 해자를 건넜다. 집에 돌아왔다.

64

속삭이는 왕

나는 손과 발목이 묶인 채로 마차를 오르내리는 데 익숙해졌다. 이번에 넘어진 유일한 이유는 경비병 하나가 나를 밀쳤기 때문이다. 그 병사는 우리를 기다리며 지켜보고 있는 왕비에게 깊은 인상을 주고 싶었던 것 같다.

그녀는 깊은 인상을 받지 않았다.

"아나톨은 우리의 손님이다."

왕비는 경비병에게 밧줄을 풀어 주고 나를 일으켜 세우라고 명령했다.

내가 다시 일어서자, 그녀는 나에게 저녁 식사 전에 목욕을 하고 싶은지 물었다.

나는 너무 무섭고 당황해 아무 대답도 할 수 없었지만, 어차피 그녀는 내 대답을 기다리지 않았다. 그 자리에 와 있는 마르타에게 내 목욕을 준비하라고 지시했다.

양쪽에 경비병이 한 명씩 붙은 채로 마르타를 따라 마당을 가로질러 가면서, 나는 왕비가 누구의 저녁 식사를 말하는 것인지 궁금했다. 내 식사? 아니면 호랑이들 식사?

욕조는 세탁실에 있었다. 세탁실은 조리실이 있는 별채에 있었다. 마르타가 뜨거운 물이 담긴 냄비를 욕조로 나르며 오가는 동안 나는 가만히 기다렸다. 마르타는 예전과 다름없이 안절부절못하는 것 같았다.

그녀가 나를 걱정해서 무서워하는 것인지, 아니면 나를 무서워하는 것인지 알쏭했다. 공주가 아직 살아 있다고 그녀를 안심시키고 싶었지만, 감히 어떤 말도 할 수 없었다.

내가 입을 깨끗한 옷이 이미 가지런히 놓여 있었다. 망토와 내가 좋아하는 은색 단추가 달린 파란색 셔츠를 보고 있자니, 과거에 대한 따스한 향수가 느껴졌다.

욕조 물이 다 차자, 마르타가 다가와 조용히 경고했다.

"국왕 전하께서는 속삭이듯 작은 목소리로만 말하십시오. 하지만 '뭐라고요?'라고 묻는 자는 큰 화를 입습니다."

내가 목욕하는 동안 마르타는 자리를 떴지만, 경비병들은 그대로 남아 있었다.

목욕을 마친 후 마련된 새 속옷을 입었다. 약간 뻣뻣하고 까슬까슬했지만, 천이 부드러워질 만큼 오래 살 기대는 하지 않았다. 어쨌든 더럽고 허름한 속옷을 입은 채 죽고 싶지는 않았다.

셔츠와 망토는 입지 않고 카푸친 수도사 로브를 다시 입기로 했다. 가장 아끼는 옷들이 찢기고 피투성이가 될 생각을 하니 견딜 수가 없었다.

나는 조용히 맹세했다. 예수 그리스도가 아니라 툴리아와 피토에게 하는 맹세였다.

나는 배신하지 않을 것이다.

경비병들이 나를 성의 본채 안에 있는 널따란 계단 위로 데려갔다. 모르는 사람들이 가던 길을 멈추고는 나를 빤히 바라보았다. 익숙한 장소에 낯선 얼굴들이 그렇게나 많다는 것이 생경했다.

나는 전에 왕의 방에 몇 번 가 본 적이 있었다. 인상적이었지만 화려하지는 않았다. 예술의 후원자였던 전왕의 방에 갈 때마다 전시된 그림과 조각품을 기쁘게 감상했다.

경비병이 왕의 방문을 열자 확연한 차이가 느껴졌다. 저녁 식탁으로 짐작되는 탁자에 놓인 접시와 가재도구를 포함해 방 안을 온통 금으로 도금한 것 같았다. 식탁보조차 금실로 수놓았다. 등불, 벽등, 액자도 모두 황금색이었다. 백마를 타고 칼을 뽑은 달림플을 그린 어마어마하게 큰 그림도 하나 걸려 있었다. 그림속 그는 세기의 결혼식에서 입었던 것과 똑같은 금색 제복을 입고 있었다. 맞은편 벽에는 두 개의 커다란 은 거울이 걸려 있어서 호화로움이 무한대로 배가되었다. 이것이 금욕과 공리주의를 중시하는 옥사타니아의 윤리 수준이란 말인가?

경비병이 내가 앉아야 할 자리를 일러 주었다. 달림플의 그림과 마주 보는 자리였다.

왕의 방은 여러 칸으로 나뉘어 있었다. 코리나 왕비가 세 개의 내부 문 가운데 하나를 통해 들어왔다. 그녀는 나를 힐끗 보고는 다른 문 앞으로 가서 왕을 기다렸다. 경비병이 나에게도 일어서라고 손짓했다.

목숨을 구걸하지 않을 거야. 나는 다짐했다.

왕이 들어오자 왕비는 한쪽 무릎을 꿇었다. 나는 두 다리가 떨렸지만 고개 숙여 인사하지는 않았다.

그는 그림 속 옷과 똑같은 금색 옷을 입고 있었다. 군도가 옆구리에 찬 칼집에 꽂혀 있었다.

나는 바베트의 팔을 베었던 칼을 떠올리지 않을 수 없었다.

그는 저녁 식탁에 앉아 한참 뜸을 들이다가 왕비와 나도 앉아도 좋다는 뜻으로 고갯짓을 했다. 그러고는 뭐라고 속삭였다. 나는 그의 말을 대부분 들을 수 없었지만 '수도사'라는 단어는 놓치지 않고 들었다.

나는 '뭐라고요?'라고 묻지 않았다.

나는 그에게 예수 그리스도를 섬기는 일에 삶을 바치기로 했다고 말했다. 비겁한 말이었다. 자비를 바랐던 것이다. 차라리 달림플 왕을 섬기는 일에 내 삶을 바치고 있다고 말하는 편이 나을 뻔했다.

하인이 올리브와 치즈, 따뜻한 무화과가 담긴 접시를 우리에게 하나씩 가져다주었다. 왕비는 달림플이 음식을 입에 댈 때까지 기다렸고, 나도 그렇게 했다. 그는 무화과를 깨물며 속삭였다.
"맛있네. 기막히게."

기막히게 말을 듣는 순간 가슴이 아렸다. 예전에 바베트의 레이스를 평가할 때 썼던 바로 그 단어였다.

그가 코리나에게 뭐라고 속삭였고, 그녀는 나를 보며 이렇게 말했다.

"우리의 한없이 너그러우신 국왕 전하께서 그대가 아무것도 먹지 않는다고 걱정하고 계시오."

나는 마지못해 올리브를 한 입 베어 물었다. 삼키기가 정말 힘들었다. 목이 죄어들고 두 다리가 떨렸다.

포도주가 잔에 채워졌다. 더 많은 코스 요리가 나왔다. 고개를 들 때마다 두 명의 달림플이 보였다. 식탁에 앉은 달림플과 그 너머 벽에 걸린 달림플.

왕이 내는 소리 중에 내 귀에 들리는 것이라고는 후루룩 소리와 입술을 핥는 소리뿐이었다. 그는 단 한 번도 내게 직접 말하지 않았다. 할 말이 있으면 왕비에게 속삭였고, 왕비는 그의 메시지를 전했다. 매번 음식에 관한 이야기였다.

"우리의 훌륭하신 국왕 전하께서 그대가 훈제 장어를 맛있게 먹기를 바라고 계시오!"

"우리의 한없이 너그러우신 국왕 전하께서 그대가 거위 고기에 대해 어떻게 생각하는지 궁금해하시오."

"우리의 지혜롭고 자비로우신 국왕 전하께서 그대에게 염소

다리가 잔뜩 있다고 알려 주라 하시오. 혹시 더 원하면 실컷 먹을 수 있다고."

처음에 나는 왕이 나를 살찌워서 호랑이 먹이로 던지려는 건가 하고 생각했지만, 네 번째 코스 요리가 나올 때에 이르러서는 나를 자기 마법사로 영입하려는 게 아닌가 싶기도 했다. 어쨌든 나는 이 땅에서 가장 위대한 마법사이고, 그의 마법사는 기껏해야 무능한 마법사일 뿐이었으니. 생각이 여기에 미치자 나는 용기가 생겼고, 염소 고기를 조금 먹을 수 있었다. 하지만 식탁 아래에서는 여전히 두 다리를 떨고 있었다.

캐러멜 커스터드가 후식으로 나왔다.

"우리의 더없이 존귀하신 국왕 전하께서 오늘 식사가 특식이 아니라는 점을 그대가 알아주기를 바라시오. 국왕 전하께서는 매일 이렇게 드시니까."

나는 고개를 끄덕이고는 마지못해 커스터드를 한 숟가락 입에 넣었다.

피토가 뭐라고 말할지 나는 알았다. 오직 당신만이 당신의 의지를 통제할 수 있습니다, 아나톨. 달림플이 그것을 빼앗아 가도록 내버려두지 마십시오. 당신의 재능을 그를 돕는 데 쓰느니 차라리 호랑이 먹이가 되는 편이 낫습니다.

툴리아가 뭐라고 말할지도 알았다. 당연히 그의 마법사가 되겠다고 해야지요. 그의 신뢰를 얻으세요. 그런 다음 그를 암살하세요.

저녁 식탁 위에 금색 항아리가 놓여 있었다. 달림플이 왕비에게 속삭였다.

그녀는 항아리에 든 것을 부어 컵 두 개를 채운 다음 하나는 왕에게, 다른 하나는 나에게 주었다.

"우리의 현명하신 국왕 전하께서는 당신이 희귀한 차를 얼마나 소중히 여기는지 잘 알고 계시오. 이것은 옥사타니아 최고의 차요."

왕비가 자기가 마실 차는 따르지 않았지만, 그것이 특별히 나에게 의심을 불러일으키지는 않았다. 내가 아는 한 옥사타니아에서 재배되는 차는 없다는 사실도 마찬가지였다.

달림플도 기꺼이 차를 마시는 마당에 내가 못 마실 이유가 있겠는가? 더구나 호랑이에게 잡아먹히느니 독살되는 편이 확실히 나았다.

내가 차를 한 모금 마시는 동안 왕과 왕비는 나를 물끄러미 보았다.

끔찍했다. 옥사타니아 최고급 차는 늪 물 같은 맛이 났다.

그럼에도 나는 더없이 즐거운 마음으로 차를 마셨다. 나는 왕에게 미소지으며 말했다.

"맛있군요. 기가 막히게."

온갖 화려함에도 불구하고, 우리의 가장 무식하고 천박하신 국왕 전하께서는 좋은 차와 악취 나는 잡초를 끓인 차를 구별할 줄 몰랐다.

두 다리가 더 이상 떨리지 않았다. 끔찍한 차를 한 모금, 한 모금 마실 때마다 나는 점점 더 대담해졌다.

"레이스 팔던 아가씨를 기억하십니까?"

"레이스?"

왕이 속삭였다.

"전하께서 그녀에게 레이스로 가죽 장화를 닦으라고 강요했지요."

그는 호기심 어린 눈으로 나를 뚫어지게 보더니 기억을 떠올리고는 속삭였다.

"그때는 대머리가 아니었는데."

"그녀의 이름은 바베트였습니다."

그의 얼굴에 서서히 깨달은 기색이 번졌고, 이윽고 모든 것을 이해하게 되었다. 가려움. 거머리. 해독제. 그의 목소리 변화는 독특한 생리적 특성 때문이 아니었다.

그것은 의도한 결과였다.

나는 그를 보며 미소를 지었다. 복수는 끝났고 나는 호랑이들과 마주할 준비가 되었다.

"하웰."

왕이 속삭였다.

코리나 왕비가 물었다.

"하웰을 기억하나?"

나는 잠시 뜸을 들이고는 되물었다.

"그 농인 말입니까?"

"그는 귀머거리가 아니었어!"

달림플은 이제 속삭이지 않고 소리를 내지르고 있었다.

"그는 산드로의 첩자였어!"

목소리가 유리창이라도 깰 것처럼 날카로웠다.

왕비가 말했다.

"하웰은 지하 감옥에서 보고 들은 모든 것을 산드로 왕에게 말했어. 남편은 나한테도 말해 주었고."

"그리고 왕비는 나한테 말해 주었지!"

달림플이 사탕을 받기로 약속받은 다섯 살 여자아이 같은 목소리로 말했다.

"피토는 대체 왜 염탐했던 건가요?"

내가 왕비에게 물었다.

"하웰은 피토를 염탐하지 않았어. 당신을 염탐했지."

왕비가 대답했다.

달림플은 낄낄 웃었다.

말이 안 되는 소리였다. 나는 산드로 왕에게 직접 보고도 할 수 있는 위치였다.

"그나저나 하웰은 어떻게 됐지요?"

내가 특별히 관심이 있는 것처럼 들리지 않도록 애쓰며 물었다.

코리나 왕비가 말했다.

"우리도 몰라. 그는 공주를 찾는 임무의 책임자가 됐어. 당신도 찾고 말이야. 그런데 돌아오지 않았어."

이제야 우리가 추적을 벗어나 계속 도망칠 수 있었던 이유가 설명되었다.

나는 무표정으로 일관했다. 하웰은 스스로를 자랑스러워했으리라.

"당신네 에스콰베타인들은 스스로 아주 우월하다고 생각하더군!"

달림플이 소리쳤다.

"옥사타니아의 수학자들과 언어학자들이 당신의 그 간단한 암호도 해독하지 못할 것 같았나?"

당혹스러우리만치 우스꽝스러운 그의 목소리 때문에 나는 그가 내 일지에 대해 이야기하고 있다는 사실을 금방 알아차리지 못했다.

"혹시 내가 너를 호랑이들에게 줄 거라고 생각하나?"

그는 짧게 웃고는 내처 말했다.

"그건 너무 빠르지. 난 네가 아주, 아주 오랫동안 고통받길 원해."

나는 내가 마신 빈 찻잔을 물끄러미 보았다. 이제는 내가 깨달을 차례였다.

내가 한 가지는 옳았다. 그는 나에게 깊은 인상을 주고 싶어 했다. 하지만 나를 자기 마법사로 만들고 싶어서는 아니었다. 그는 자신의 삶과 미래의 내 삶이 얼마나 다를지 내가 뼈저리게 느끼기를 원한 것이었다.

내가 마신 것은 늪 물 맛이 나는 차가 아니었다. 진짜 늪 물이었다. 다른 성분과 혼합된 늪 물.

우리가 마신 것은 루이지 물약이었다.

"난 영원히 살 거야!"

달림플이 새된 소리로 외쳤다.

"앞으로 천년만년 왕으로 살 거야! 그리고 너는 내 발아래에서 살게 될 거야. 지하 감옥 벽에 쇠사슬로 묶인 채로."

65

영원, 그 첫날

경비병들이 내 발목에 족쇄를 채웠다. 그러고는 호랑이들에게 던져 달라고 애원하는 나를 질질 끌고 돌계단을 내려갔다.

나는 피토가 묶였던 바로 그 고리에 쇠사슬로 묶였다. 내가 비명을 지르고 있을 때, 철문이 꽝 닫혔다. 경비병들이 떠났고, 빛도 함께 사라졌다.

수도원에서 들어 기억하는 라틴어 음절과 구절 들을 뒤죽박죽 섞어 기도를 올렸다. 말은 중요하지 않아요. 나는 눈물이 마를 때까지 울었다.

그러다 문득 달림플이 잘못 알고 있다는 사실을 깨달았다. 루이지 물약은 노화 과정에만 영향을 미칠 뿐이었다. 불로장생의 묘약이지 불로불사의 묘약, 즉 영생의 묘약은 아니었다.

나는 여전히 스스로 목숨을 끊을 수 있었다.

쇠사슬의 길이는 세 걸음을 빠르게 걸어가 벽에 머리를 박을 수 있을 정도는 됐다.

어둠이 나의 동맹군이었다. 벽이 없다고 뇌를 속이기만 하면 그만이었다.

몇 번이나 고개를 숙이고 결연히 두 걸음을 내딛다가 우뚝 멈추었다. 그때마다 손을 뻗어 얼마나 벽 가까이 왔는지 확인했다. 한번은 코가 벽에서 5센티미터도 안 되는 거리에 있었지만, 대부분은 팔을 꽤나 뻗어야 벽에 닿았다.

문제는 내가 아직 절망적이지 않다는 것이었다. 고통스러우리라는 예상만 있을 뿐 실제로 고통을 겪고 있는 것은 아니었다. 견디기 힘들 만큼 고통스러울 때 스스로 목숨을 끊을 수 있음을 아는 것으로 충분했다.

그러다 또 한 가지 새로운 사실을 깨달았다.

나는 미소를 지었다.

만약 달림플이 자신은 영원히 죽지 않는다고 믿고 있다면, 분명 어리석을 정도로 무모한 짓을 저지를 것이다. 거기서 어찌어찌 살아남는다면 더욱더 어리석고 무모한 모험을 하겠지.

천년만년? 그는 일주일도 살아남지 못할 것이다!

나는 껄껄 웃었다.

나는 등을 대고 누워 잠을 청하려고 애썼다. 내 로브는 매트 역할도 하고 이불 역할도 했다. 눈을 감을 필요가 있을까? 호기심이 생겼다. 시험해 보려 했지만, 오래 누워 있을수록 눈을 감았는지 떴는지 알기가 더 어려웠다. 그걸 알아내려면 의도적으로 눈을 감거나 떠 보아야 했다.

토르텔루가에 있는 친구들을 생각해 보았다. 체스에서 누가 이겼을까? 아니, 체스를 두긴 했을까? 여인숙 주인이 그들에게 위험을 알렸고, 그들이 안전하게 쿠비오의 배에 탔다고 생각하면 마음이 편했다. 아마도 내가 마차에 앉아 디티에리가 돌아오기를 기다리는 동안 출항했을 것이다.

쿠비오는 선원 한 명을 잃었지만, 아마도 세 사람이 배를 몰아 무사히 항구를 벗어났을 것이다. 해안을 따라가다 어딘가에 정박해 필요한 선원을 모두 구할 수도 있었으리라.

내 마음은 표류하다 바다로 나아갔고, 돛대가 셋 달린 배가 파도를 타고 출렁거리는 모습을 보았다. 파도가 흩뿌리는 바닷물을 얼굴에 맞으며 밧줄을 당기는 피토의 모습이 그려졌다. 밧줄의 다른 쪽 끝에 무엇이 있는지는 알 수 없었다.

쿠비오의 배가 어떻게 생겼는지 정확히는 모른다. 한 번도 직접 본 적이 없으니까.

높은 돛대 꼭대기에 있는 툴리아의 모습을 상상했다. 배가 격렬하게 출렁거리는 동안 그녀는 한 손으로 배를 붙든다. 다른 한 손으로는 망원경을 들고 해적과 바다 괴물과 인어가 보이는지 살핀다. 나는 눈을 떴는지 감았는지 모른 채 잠들었다.

뭔가가 발 위로 기어가는 느낌에 화들짝 잠에서 깼다. 순간 내가 어디에 있는지 잊어버리고 그것을 떨어내려고 몸을 마구 흔들다 족쇄를 찬 발목이 부러질 뻔했다.

그 생명체가 내 다리를 타고 쪼르르 기어 내 로브 속으로 들어왔다.

나는 가만히 누워 있었다. 벌레가 사타구니 위를 기어갈 때는 새 속옷을 입기를 잘했다는 생각이 들었다.

녀석은 언덕을 오르듯이 내 배를 타고 올라가 잠시 머물다 가슴으로 내려왔다. 그러고는 아무것도 느껴지지 않았다.

나는 녀석이 다음에 어디에서 나타날지 궁금해하며 초조하게 기다렸다. 녀석은 정찰병에 불과하고 이내 내 몸을 구석구석 갉아먹을 설치류 무리가 올지도 모른다는 걱정이 들었다.

찍찍 소리가 났다.

"루이지?"

나는 속삭여 묻고는 그의 머리를 부드럽게 어루만졌다. 루이지는 내 심장 바로 위에 있는, 로브에 난 도끼 자국 속에서 아늑하게 웅크리고 있었다.

지하 감옥에서의 첫날밤, 나는 그렇게 잠을 잤다. 그 후 밤마다 그렇게 잠을 잤다.

제3부

 끝없이 기나긴 끝

66

기억과 망상

투어 가이드는 호랑이성의 죄수가 지하 감옥에서 백 년을 살았다고 했다. 구십이 년 정도였던 것 같은데, 사람들은 딱 떨어지는 숫자를 선호한다. 음계에 있는 음표들을 그 사이에 있는 미묘한 음보다 더 좋아하는 것처럼. 과학자와 의사들이 A, B, C 같은 글자로 된 비타민에만 집중하고 그 밖의 모든 것은 무시하는 이유도 매한가지다.

구십이 년도 추정치이다. 일이 년 오차가 있을 수도 있다. 마침내 내가 세상에 모습을 드러냈을 때, 나는 정신이 혼미한 상태였고, 혼자서 제대로 살 수 있을 만큼 지혜를 회복하는 데 십오 년 넘게 걸렸다. 그 시기에 일어난 일들에 대해 내가 아는 것은 모두 역사 기록물을 통해서다. (역사학자에 대한 내 입장은 여러분도 알 것이다.)

달림플은 내가 예상한 일주일보다는 오래 버텼다. 그는 내가 포로로 잡힌 지 십사 년이 되었을 때 죽었다. 물론 내가 그 사실을 당시에 알 방법은 없었다.

짐작건대 달림플에 비해 너무 늙어 버린 코리나 왕비의 자리를 차지하려는 젊은 여성들이 많았을 것이다. 이 불운한 여성들은 대부분 호랑이 밥이 되고 말았을 것이다.

옥사타니아 대사가 나의 악마 거머리가 달림플의 남성성을 빨아 먹어 버렸다고 말했을 때 나는 그 말의 진의를 파악하지 못했지만, 지금 와서 생각해 보니 그 여성들의 죽음이 그것과 관련이 있을 성싶다. 그는 자신의 결점을 여자들 탓으로 돌렸거나, 아마도 그것에 대해 절대 발설하지 못하도록 확실한 조치를 취했으리라.

한 소녀는 다른 소녀들과 달랐다. 그녀는 그의 구애를 거절했을 뿐만 아니라, 두 가지 사료에 따르면 왕을 비웃기까지 했다. 여러분은 그녀가 그런 무례함 때문에 처형당했을 것이라고 생각하겠지만, 그런 상황에서 흔히 그렇듯이 달림플은 그녀를 사랑하게 되었다.

그는 자신의 남성성을 증명하기 위해 일을 벌였다. 1538년 9월 6일, 해자에 긴 사다리가 놓였다. 다리에서 소녀가 지켜보는 가운데 달림플은 군검으로만 무장한 채 사다리를 타고 내려갔다.

그다음에 무슨 일이 일어났을지 나는 상상만 할 수 있을 따름이다.

그건 진정한 스포츠가 아니지. 안 그런가? 애초에 누가 이길지 다 아니까.

그리고 상상해 보라! 내가 그랬던 것처럼. 수천 번이나. 그가 죽은 지 사백여 년이 지난 지금도 나는 잠이 오지 않을 때마다 금빛 제복을 차려입고 자신만만하게 사다리를 내려가는 달림플의 모습을 그려 본다.

대부분의 경우, 그가 사다리를 다 내려가기도 전에 잠든다.

그 구십이 년 동안 지하 감옥 안에서 일어난 일에 대해서는 기억과 망상을 구분하기가 어렵다.

음식을 가져다주고, 양동이를 비워 주고, 발톱을 깎아 준 하인들이 있었지만, 그들은 나에게 말을 거는 것이 금지되었다. 한편 루이지와는 긴 대화를 나누었던 기억이 있다. 피토와 툴리아도 이따금 나타났다. 하지만 그들은 나의 질문에 한 번도 답을 하지 않았기 때문에 그들이 찾아와도 답답하기만 했다.

체스 게임에서 누가 이겼지? 배를 타고 아메리카대륙으로 갔나?

어느 시점에 족쇄가 제거되었고, 나는 자유롭게 지하 감옥을 돌아다닐 수 있었다. 여러분은 이것을 기념비적인 순간이라고 생각하겠지만, 정작 나는 쇠사슬에서 풀려난 기억이 전혀 없다.

내가 수감된 동안 성은 최소 아홉 번 정복당했다. 대부분 프랑스와 영국 사이에 주도권이 오갔지만, 베네치아인들도 몇 년 동안 성을 차지했고, 헝가리인들 역시 열 달 가까이 성을 점유했다. 프랑스 가톨릭교도들과 프랑스 개신교도들 또한 전투를 벌였다.

정복자들에게 나는 너무 무거워 옮길 수 없는, 덩치 크고 낡은 가구 같은 존재였으리라. 좋든 싫든 성을 점령한 자들은 호랑이와 유리 코끼리 그리고 지하 감옥에 사는 미친 수도사도 인계받았다.

전해 들은 바에 따르면, 나는 결국 전설 같은 존재가 되었다고 한다. 사람들이 나의 축복을 받기 위해 지하 감옥으로 순례를 왔다. 그 기억은 어렴풋하게만 남아 있다. 아마도 엉터리 라틴어를 읊었을 것이다.

간혹 정신이 극도로 명료한 때도 있었다. 그런 때는 머리가 불길처럼 활활 타오르는 듯했다. 영감이 지하 감옥까지 찾아든 순간들이었다. "모래가 아니야, 소금이야!"라고 소리치며 잠에서 깬 기억도 있다.

아니, 소리치지 않았을지도 모른다. 실제로 입 밖으로 큰 소리를 낸 적이 있는지는 확실하지 않다.

나는 머릿속으로 여러 가지 화합물과 물질을 소금과 섞는 실험을 했다. 그리고 결과를 분석하고 실험을 수정했다. 양초의 크기와 모양, 배열을 조정하고, 촛불이 너무 약하면 다른 것으로 교체했다.

고양이 오줌은 필요한 색깔을 내 주었고 전체 과정을 돌아가게 하는 완벽한 촉매제였다. 아무 고양이 오줌이나 괜찮은 것은 아니었다. 신선한 게와 삶은 아스파라거스를 먹는 식단을 유지하는 고양이여야만 했다.

소금의 마법은 오래전부터 알려져 왔다. 암흑시대에는 노동자들이 급료를 소금으로 받던 시기도 있었다. 바로 그 시기에 '돈값을 하는'이라는 뜻인 worth one's salt라는 표현이 생겨났다. 봉급을 뜻하는 영어 단어 샐러리(salary)도 소금(salt)에서 유래했다.

이것은 알고 나면 너무나 당연해 보여서, 궁정 마법사 시절에 왜 내가 소금의 마법을 생각을 하지 못했을까 의문이 들 정도이다. 만약 그랬다면 에스콰베타는 오늘날에도 존재할지 모른다.

67
신대륙

걱정 마시라. 다음 사백 년 동안의 내 삶을 여러분에게 구구절절 이야기할 생각은 없으니. 다만 이미 기록된 내용과 관련된 일들만 말해 보겠다. 그중에 여러분도 특별하다고 동의할 만한 사건이 하나 있었다.

결국 한 영국 공작이 나를 구슬려 지하 감옥 밖으로 나오게 했다. 그는 팔 년 전에 성을 차지한 후 지하 감옥의 문 두 개를 잠그지 않고 열어 두었던 모양인데, 설사 내가 그 사실을 알았더라도 너무 두려워 밖으로 나가지 못했을 것이다.

그리 특별한 일은 아니다. 나는 늘 겁쟁이였으니.

영국 공작은 부인과 함께 십오 년쯤 인내심을 가지고 나를 돌보아 주었다. 애석하게도 그들은 성이 다시 함락되었을 때 살해당했다. 이번 침략자는 프랑스 가톨릭교도들이었다.

나는 성을 떠나도 좋다는 허락을 받았다. 나는 수도사의 로브가 아니라 제대로 된 영국식 정장을 입고 마지막으로 해자를 건넜다. 주머니에는 내가 세상에 적응하는 동안 버틸 만큼의 돈이 있었다.

호랑이들은 죽은 지 오래였다. 호랑이가 다시 들어온 건 20세기 후반으로, 관광객 유치용이었다.

내가 되돌아온 세상은 떠났을 때와 같지 않았다. 나는 혼란스러웠지만, 이제 정신적으로 비정상인 상태는 아니었다.

쿠비오 선장의 마지막 항해에 대해 알아보려 했지만, 한 세기가 넘게 지난 터라 한때 칭송받았던 에스코베타 선장에 대해 들어 본 사람은 거의 없었다. 더 유명한 동시대 선장들과는 달리, 그는 영토를 정복하거나 수천 명의 무고한 사람들을 살해하거나 노예로 삼지 않았다. 역사의 관점에서 보면, 그는 무의미했다.

툴리아 공주에 대해 알려진 이야기는 전설뿐이었다. 아름다운 공주가 잘생긴 왕자와 사랑에 빠졌다. 그녀는 결혼식 날 밤에 납치되어 살해당했고, 왕자는 정신이 나가 다시는 말을 하지 않았다. 그저 속삭일 뿐이었다. 세월이 흘러도 왕자의 슬픔은 점점 커져만 갔고, 결국 왕자는 호랑이들이 있는 곳으로 사다리를 타고 내려갔다.

나는 이탈리아반도를 구석구석 누비고 아메리카대륙까지 가서 눈에 띄는 모든 서점을 뒤졌다. 쿠비오에 대한 정보만이 아니라 피토의 책도 찾아보았다. 하지만 책은 툴리아의 아이디어였지, 피토의 아이디어가 아니었다. 설령 그들이 아메리카에 도착했다 하더라도, 그는 그런 한가한 활동을 할 시간이 없었을 것이다. 살아남기 위해 그들은 전력을 다했으리라.

나는 1703년에 신대륙에 왔다. 그때는 더 이상 신대륙이 아니었다. 사실, 예전에도 신대륙인 적은 없었다.

여행을 하다 필라델피아에까지 흘러들었다. 당시 그곳은 인구가 만 명에 육박하는, 식민지에서 두 번째로 큰 도시였다. 수레와 말이 어찌나 많은지 나는 치이지 않으려고 고개를 이리저리 계속 돌려야 했다. 번잡한 거리를 무사히 건너면 크나큰 안도감을 느꼈다. 싸 놓은지 얼마 안 되는 말똥을 밟기는 했지만.

이것도 특별할 것은 없었다. 내가 똥 더미를 밟은 것이 처음도 아니고 마지막도 아닐 것이니.

한 남자가 웃고 있었는데, 내가 고개를 돌려 째려보자 곧바로 사과했다. 그는 대머리였지만, 나와 달리 정수리만 대머리였다. 풍성한 구레나룻과 온화한 미소를 가진 사람이었다.

그는 자신을 너새니얼이라고 소개하고는 나에게 식사를 대접하고 싶다고 했다. 그러고는 한 손을 내밀었다.

나는 그 손을 물끄러미 보았다. 내가 해야 할 일을 기억하는 데 잠깐 시간이 걸렸고, 나는 그의 손을 꼭 쥐고 위엄 있게 위아래로 흔들었다.

"그러니까 퀘이커교도가 아니시군요?"

나중에 너새니얼이 물었다.

우리는 술집에서 에일 맥주 한 피처와 생선튀김 한 접시를 나뉘 먹고 있었다. 그는 악수가 퀘이커교도의 전통이라고 설명했다.

나는 고대 그리스에도 그런 관습이 있었다고 했다.

"학자시군요."

"아닙니다. 친구 중에 학자가 있었습니다."

술집에서 나온 뒤, 그는 나에게 아내와 세 딸을 소개했다. 막내는 여섯 살도 안 되었다. 그 아이는 긴 막대기를 칼인 척하며 놀고 있었다. 막대기로 내 목에서 10센티미터쯤 떨어진 곳을 겨누고는, 나에게 노예제 폐지론자인지 노예 소유주인지 밝히라고 다그쳤다.

"아저씨가 노예 소유주라면 아저씨의 사악한 목을 벨 거예요!"

너새니얼과 그의 아내는 나에게 연신 사과하고 딸아이의 무례함을 꾸짖느라 내 얼굴에 흐르는 눈물을 보지 못했다.

여자아이는 보았다. 아이의 갈색 눈에는 관심과 호기심이 가득했고, 파란 눈에는 반항심이 반짝였다.

68
마지막 생각들

내 정원에 있는 풀과 나무는 앞선 풀과 나무가 남긴 씨앗에서 싹튼 것들이다. 그 뿌리는 역사의 토양 속에 깊이 뻗어 있다.

퀘이커교도들은 누군가로부터 악수 의식을 배웠을 것이다. 그들은 또한 모든 사람이 평등하다고 믿었다. 너새니얼의 가족은 평화롭고 나눔이 넘치는 공동체의 일원이었다. 담장은 없었다. 왕이나 왕비, 공주도 없었다.

나는 피토와 툴리아가 미국에서 살아남았을 뿐만 아니라 풍요롭게 잘 살았을 것이라고 믿기로 했다. 두 사람이 서로의 품에 열정적으로 자신을 내던지는 결정적이고 로맨틱한 한 순간이 있었던 것 같지는 않다. 툴리아의 허세와 피토의 건방진 자신감에도 불구하고 두 사람은 서로를 향한 자신의 감정에 수줍음과 경계심을 동시에 느꼈던 듯하다. 내가 두 사람으로부터 앗아 버린 사랑을 조심스럽게 재발견하는 과정에서 어설픈 행동도 많았던 것 같다.

그들이 아들을 낳아 이름을 아나톨이라고 지었을 것이라고 생각한다면 내가 너무 오만하거나 욕심이 많은 것일까? 어쩌면 가계도 어딘가에서 아나톨이 더 미국적인 이름인 너새니얼로 바뀌었을지도 모른다.

나는 부딪히고 넘어지며 십 년을 버티고, 또 십 년을 버티는 식으로 살아왔다. 마차에서 떨어졌고, 말, 옥상, 사다리에서 떨어졌다. 바나나 껍질을 밟고, 갈퀴를 밟고, 열린 맨홀에 빠졌다. 하지만 모든 역경에도 불구하고 나는 여기 있다. 청바지와 후드티를 입고 카푸치노를 마시면서. 지금도 후드를 쓰면 마음이 편하다.

어떤 사람들은 카푸친 수도사들이 카푸치노를 처음 만들었다고 생각하지만, 커피는 그들에게 너무 사치스러운 것이었다. 그 이름을 지은 사람이 누구든 간에 이름을 지을 때 장난기가 좀 발동했던 것 같다. 에스프레소는 내가 아주 오랫동안 입었던 로브와 같은 색이다.

나는 캐나다 동부 해안에 살고 있다. 예전에는 매우 외딴 지역이었다. 내 통나무집은 예전 작업실 크기의 약 세 배에 달하지만 어수선하기는 매한가지다. 물건들이 자꾸 쌓여만 간다.

아직도 물약을 만지작거리긴 하지만 나만의 재미를 위해서일 뿐이다. 너무 늦었지만 무려 오백 년이 지난 후에야 마침내 눈 색깔을 바꾸는 방법을 고안해 냈다. 하지만 요즘은 색이 들어간 콘택트렌즈만 끼면 된다. 요일마다 다른 색깔 렌즈를 낄 수도 있다.

내 집을 둘러싼 정원은 6에이커가 넘는다. 아스파라거스를 직접 심어서 키우는데, 새 슈퍼마켓에서 파는 것보다 효과가 더 강력하다. 신선한 게를 쉽게 찾을 수 있는 바위 해변까지는 집에서 걸어서 이십 분 거리다. 소금은 당연히 쉽게 구할 수 있다.

나는 아직 이름을 지어 주지 않은 고양이 두 마리를 키우고 있다. 나는 객관적이고 냉정한 태도를 유지해야 한다. 후각은 심하게 제한적이지만, 시력은 여전히 좋다. 여전히 노란색을 스물네 가지 색조로 구별할 수 있다.

곧 이사해야 할지도 모르겠다. 집 주변이 점점 더 최신식으로 변해 가고 있다. 마을로 모험을 나설 때마다 새로운 호텔이나 개발 시설이 지어지는 것을 볼 수 있다.

그렇다고 불평하는 것은 아니다. 나는 이 세상의 관찰자이지 참여자가 아니다.

과거에 몇 번 용기를 내어 친구를 사귀어 보았다. 처음에는 좋았지만, 점점 어색해지고 결국에는 고통스러워졌다.

연애는 두 번 해 보았다. 아니다. 여러분이 무슨 생각을 하는지 모르겠지만, 두 번의 경험 모두 물약의 효과는 아니었다. 사백 년 넘는 세월 동안 나 같은 사람을 사랑해 줄 여성이 두 명 있었다.

두 관계 모두 삼 주 이상 지속되지 못했다. 관계를 시작하기 위해 물약을 쓰지는 않았지만, 끝내기 위해서는 사용했다. 이 다정하고 사랑스러운 여성들이 나에게 시간을 허비하는 것은 불

공평한 일일 터였다. 나는 그들에 대해 좋은 추억을 간직하고 있지만, 그들은 나에 대한 기억이라곤 하나도 없이 떠났다.

개인 표식은 필라델피아의 여자아이만 생각하면 얻을 수 있다. 기쁨의 눈물도 가슴에서 우러나오는 눈물이니.

카푸치노를 마지막으로 한 모금 마신다. 크루아상을 한 조각 떼어 후드 티 앞주머니에 넣는다. 나의 작은 친구이자 평생의 동반자가 크루아상을 먹는다.

감사의 말

아나톨과 달리, 나는 역사가들의 연구를 존중하고 높이 평가한다. 나는 그레이트 코스에서 제작한 두 편의 강의 영상 시리즈를 보았다. 『르네상스: 서구의 변혁 *Renaissance: The Transformation of the West*』에는 노던 아이오와 대학의 제니퍼 맥냅 교수의 강의 48편이 실려 있다. 『중세 세계 *Medieval World*』에는 퍼듀 대학의 도시 암스트롱 교수의 강의 36편이 수록되어 있다. 이 84편의 강의를 통해 얻은 정보와 영감은 이 책에 담긴 여러 아이디어에 큰 영향을 주었다. 예를 하나만 들자면, 암스트롱 교수는 헨리 2세의 기록에 기초해 "점프와 휘파람과 방귀로" 궁정 사람들을 즐겁게 해 준, 존경받는 음유시인에 대해 이야기했다.

6장에서 아나톨은 안젤리카의 발언을 언급한다. "여자는 원치 않게 접근해 오는 남자는 용서해도 기회를 날려 버리는 남자는 용서하지 않는다." 이 말은 사실 같은 취지의 말을 훨씬 더 우아하게 표현한 샤를모리스 드 탈레랑페리고르(1754~1838)의 명언을 변형한 것이다. "여자는 기회를 강요하는 남자는 용서해도 기회를 놓치는 남자는 절대로 용서하지 않는다."

  사십 년 넘게 나의 문학 에이전트였던 엘런 레빈에게 감사의 마음과 찬사를 전하고 싶다. 그녀의 지성과 성실함과 강인함은 어린이·청소년 책 작가로서 나의 경력에 더없이 소중한 존재였다. 그녀는 나의 소설 『호랑이성의 마법사』가 세상에 나오는 데 결정적인 도움을 주었다.

옮긴이의 말

루이스 새커는 세계의 어린이·청소년 문학계에서 가장 인기 있는 작가 가운데 하나이다. 어린이책의 최고 영예인 뉴베리상을 받은 『구덩이』(창비청소년문학 2)를 비롯해 여러 작품이 전 세계에서 꾸준히 사랑받고 있다.

새커의 소설은 정교한 직조물 같다. 천은 한 방향으로 짜이지 않는다. 가로로 뻗은 씨줄과 세로로 가로지르는 날줄이 교차하며 직조된다. 씨줄과 날줄을 엮는 방식이나 순서에 따라 줄무늬, 격자무늬, 기하학적 무늬 등 다양한 무늬가 만들어진다. 새커의 이야기는 한 방향의 서사로 직진하지 않는다. 별개인 것으로 보이는 현재와 과거의 사건들(씨줄)이 날줄로 연결된다. 역사와 현실, 사회와 개인, 운명과 자유가 정교하게 교차한다.

대표작 『구덩이』는 이런 직조의 미학이 가장 뚜렷하게 드러나는 작품이다. 소년원에 수감된 소년의 현재 이야기가 씨줄이라면, 또 다른 씨줄인, 한 세기 전에 일어난 두 사건(집시 할멈의 저주 이야기와 흑인 양파 장수를 사랑한 백인 여교사의 비극적인 이야기)이 날줄로 치밀하게 엮인다. 직조물이 완성되어 가는 과정에서 과거가 현재를 규정하고, 우연이 필연으로 변하고, 불행이 행운으로 뒤바뀌는 입체적인 서사의 무늬가 드러난다.

『호랑이성의 마법사』에서 새커는 아주 긴 날줄을 사용한다. 현재에서 시작한 이야기가 오백 년 전 르네상스 시대의 유럽으로 이어진다. 이 오백 년짜리 날줄에 새커는 흥미진진한 씨줄을 하나하나 엮는다.

모래로 유리를 만들 수 있다면, 금은 만들 수 없을까? 이를 고민하는 궁정 마법사 아나톨이 등장한다. 그는 실력을 인정받아 궁정 마법사가 되었으나 이제는 위상이 추락하고 있다. 왕국은 경제적으로 파탄 상태이고, 왕과 왕비는 딸인 툴리아 공주와 이웃 왕국 왕자의 정략결혼을 통해 왕국의 위기를 타개하려 한다. 이 결혼은 공주가 어렸을 때 약조되었다. 하지만 결혼식이 얼마 남지 않았을 때, 공주는 비천한 궁중 견습 필경사 피토와 사랑에 빠져 왕자와의 결혼을 거부한다(『작은 발걸음』(창비청소년문학 35)에 나오는 아이돌 소녀를 사랑한 전과자 소년이 연상되는 대목이다).

피토는 곧바로 지하 감옥에 갇힌다. 아나톨은 공주와 왕자의 결혼을 성사시켜 위태로운 왕국을 구하라는 임무를 부여받고 사랑의 묘약과 기억을 지우는 물약을 만든다. 하지만 툴리아를 배신할 수는 없다. 어렸을 때부터 딸처럼 아꼈던 공주이다. 피토의 처형을 가만히 지켜볼 수도 없는 노릇이다. 그에게 피토는 어느새 모략과 암투가 판치는 궁중에서 친구라고 부를 수 있는 유일한 존재가 되었다. 아나톨은 왕국과 자신의 입지, 공주의 사랑과 견습 필경사의 목숨을 지켜 내는 마법을 부릴 수 있을까? 툴리아와 피토의 사랑은 과연 이루어질까?

새커의 오백 년짜리 날줄과 씨줄에는 흥미로운 캐릭터와 사건만 있는 것이 아니다. 그는 곳곳에서 역사와 문명에 관한 비평을 내놓는다. 전염병, 바이러스, 항생제, 비타민, 유토피아, 의학과 심리학, 현대식 정밀 측정기와 실험실 등 다양한 소재를 다룬다. 비평의 기조는 일견 중세 시대(더 넓게는 과거)의 무지몽매함을 비웃는 21세기 사람들에 대한 반론의 성격을 띠지만, 새커가 전하고자 하는 메시지는 과거부터 축적된 경험과 지식이 현재 우리 모습의 밑바탕이 되었다는 점일 것이다. 사실 과거가 현재를 규정한다는 것은 새커의 여러 작품을 관통하는 중요한 모티브이다.

오백 년짜리 날줄과 씨줄이 만들어 내는 무늬에서 루이스 새커 특유의 기발한 상상력과 유머를 빼놓을 수는 없다. 현대식 악수를 처음 한 사람은 누구였을까? 그 장소는? 페니실린은 플레밍이 합성한 게 아니라 발견한 것인데, 그보다 앞서 발견한 사람은 없었을까? 이런 흥미로운 의문에 새커는 특유의 기발함으로 답한다. 틈만 나면 품위를 내세우지만, 걸핏하면 넘어지고 자빠지고 쓰러지는 실수를 연발하는 마법사의 모습에서는 새커 특유의 잔잔하고 따스한 유머를 느낄 수 있다.

이 작품에서 가장 인상적인 대목은 삼각돛 이야기이다. 새커는 화약과 구텐베르크의 인쇄기와 더불어 삼각돛을 르네상스 시대의 3대 발명품으로 꼽는다. 르네상스 시대 이전의 돛은 직사각형이었다. 직사각형 돛은 순풍 때만, 즉 바람이 뒤에서 불어올 때만 쓸모가 있었다. "좌현과 우현 사이를 쉽게 오갈 수 있는 삼각돛 덕분에 배는 바람을 거슬러 항해할 수 있게 되었다. 내가 보기에, 이것은 마법이다."(371면)

삶은 바다와 같다. 순풍이 불 때도 있지만, 역풍이 불 때도 있다. 우리에게 필요한 것은 역풍을, 역경을, 불운과 불행을 거슬러 앞으로 나아가는 불굴의 의지다. 『호랑이성의 마법사』는 한마디로 삶과 사랑에서 역풍을 맞은 마법사와 공주와 견습 필경사의 모험과 성장 이야기이다.

이 책과 새커의 다른 작품들을 씨줄과 날줄로 엮어 보면, 그가 전하고자 하는 메시지가 더 또렷하게 드러난다. 살다가 역풍이 불거나 불행의 "구덩이"에 빠졌을 때 좌절하지 않고 아무리 "작은 발걸음"이라도 앞으로 나아가는 것, 그것은 "마법"이다.

독자 여러분이 마법 같은 삶을 살기를 희망해 본다.

2025년 가을
김영선

호랑이성의 마법사

초판 1쇄 발행 • 2025년 11월 26일

지은이 • 루이스 새커
옮긴이 • 김영선
펴낸이 • 염종선
책임편집 • 김도연 김정희
조판 • 박지현
펴낸곳 • (주)창비
등록 • 1986년 8월 5일 제85호
주소 • 10881 경기도 파주시 회동길 184
전화 • 031-955-3333
팩시밀리 • 영업 031-955-3399 편집 031-955-3400
홈페이지 • www.changbi.com
전자우편 • ya@changbi.com

한국어판 ⓒ (주)창비 2025
ISBN 978-89-364-3167-9 43840

* 이 책 내용의 전부 또는 일부를 재사용하려면
  반드시 저작권자와 창비 양측의 동의를 받아야 합니다.
* 책값은 뒤표지에 표시되어 있습니다.